DAS DRACHENKOLLEKTIV

Lochguard Highland Drachen
Buch 8

JESSIE DONOVAN

Mythical Lake Press, LLC

Impressum

Das Drachenkollektiv
Englisches Copyright © 2021 Laura Hoak-Kagey
Deutsches Copyright © 2026 Laura Hoak-Kagey
Deutsche Übersetzung von Anna Drago und Katrin Dolle
Mythical Lake Press, LLC
www.JessieDonovan.com

Cover-Art von Laura Hoak-Kagey von Mythical Lake Design

ISBN: 9798891560949

Die Stonefire Drachen und Lochguard Highland Drachen Serien sind miteinander verflochten. Da so viele Leser nach der Lesereihenfolge fragen, habe ich sie in dieses Buch aufgenommen. (Diese Liste gilt ab Februar 2026.)

Dem Drachen geopfert (Stonefire Drachen #1)
Den Drachen verführen (Stonefire Drachen #2)
Die Drachen offenbaren (Stonefire Drachen #3)
Den Drachen heilen (Stonefire Drachen #4)
Den Drachen wiedererwecken (Stonefire Drachen #5)
Das Dilemma des Drachen (Lochguard Highland Drachen #1)
Vom Drachen geliebt (Stonefire Drachen #6)
Der Drachenwächter (Lochguard Highland Drachen #2)
Dem Drachen ergeben (Stonefire Drachen #7)
Das Drachenherz (Lochguard Highland Drachen #3)
Vom Drachen geheilt (Stonefire Drachen #8)
Der Drachenkrieger (Lochguard Highland Drachen #4)
Dem Drachen helfen (Stonefire Drachen #9)
Den Drachen finden (Stonefire Drachen #10)
Vom Drachen ersehnt (Stonefire Drachen #11)
Die Drachenfamilie (Lochguard Highland Drachen #5)
Skyhunter gewinnen (Stonefire Drachen Universum #1)
Die Entdeckung des Drachen (Lochguard Highland Drachen #6)
Snowridge Verwandeln (Stonefire Drachen Universum #2)

Kapitel Eins

Catherine „Cat" MacAllister saß am großen Tisch in einem der Räume der frisch wiederaufgebauten großen Halle von Lochguard und versuchte, ihre neueste Idee für ein Gemälde zu skizzieren und gleichzeitig die junge Frau ihr gegenüber im Auge zu behalten.

Eine ihrer vielen Aufgaben innerhalb des Clans bestand darin, der armen Aimee King zu helfen, einer Frau, die von einem früheren Clanführer im Süden Englands, in Clan Skyhunter, schwer misshandelt worden war. Man hatte sie nach Lochguard geschickt, damit sie dort gesund werden konnte, und die Kunsttherapie zeigte in den letzten Monaten gute Wirkung: Sie beruhigte Aimee für immer längere Zeitspannen.

Zugegeben, die junge Frau war keine begnadete Künstlerin, doch sie entspannte sich sichtlich, während sie das Malen-nach-Zahlen-Bild ausfüllte, das Cat für sie entworfen hatte. So sehr, dass man fast vergessen konnte, wie viel das Mädchen in ihrem noch jungen Leben bereits durchgemacht hatte, ganz zu schweigen davon, dass sein Drache stumm war.

Was für eine Drachenwandlerin so viel wie den Verlust ihrer halben Seele bedeutete.

Cat spürte, wie sich ihr innerer Drache in ihrem Kopf regte, als wolle er ihr versichern, dass er noch da war – doch er wusste es besser, als jetzt zu sprechen. Sobald ihr Tier redete, verwandelten sich Cats Pupillen vorübergehend in Schlitze. Und blitzende Drachenaugen erschreckten Aimee immer noch, aus Gründen, die mit dem zu tun hatten, was ihr während ihrer Gefangenschaft widerfahren war – auch wenn Aimee nie darüber sprach. Nicht einmal Cats recht gesprächiger Drache würde es riskieren, die arme Frau zu verschrecken.

Zumal Cat bald noch weniger Zeit haben würde – und sie nicht riskieren wollte, dass jemand Aimees Vertrauen wieder neu aufbauen musste.

Neben der Mithilfe im Restaurant ihrer Mutter, ihren eigenen Kunstprojekten, dem Kunstunterricht für die Kinder und den Sitzungen mit Aimee würde Cat bald auch noch mit einem Menschenmann namens Lachlan MacKintosh zusammenarbeiten.

Aye, sie freute sich auf das einmonatige gemeinsame Kunstprojekt zwischen Menschen und Drachenwandlern. Aber sie hatte ein klitzekleines bisschen Angst davor, dem Verantwortlichen gegenüber etwas zu sagen, das sie besser für sich behalten hätte.

Besser gesagt: Sie hatte dieses Problem bei all ihren bisherigen Begegnungen mit ihm gehabt.

Ihr Drache bewegte sich erneut, und für einen Moment wünschte Cat, sie könnte richtig mit ihrem Tier sprechen, statt ihm nur leise in Gedanken zu antworten.

Sie beobachtete, wie Aimee ihren Pinsel in ein dunkles Blau tauchte, als die Tür mit einem Knall aufflog und ihr jüngerer Bruder Connor hereinstürmte. „Cat –"

Cat nahm ihren Bruder kaum wahr und konzentrierte sich ganz auf Aimee.

Das Mädchen hatte Probleme mit Männern.

Aber anstatt in die hinterste Ecke zu flüchten, starrte Aimee Connor an. Und ihr Bruder starrte zurück.

Da sie wusste, dass Connor nicht lange den Mund würde halten können – niemand in ihrer Familie konnte das –, stand Cat auf und scheuchte ihn wieder zur Tür hinaus. Dann griff sie nach dem Knauf und sah noch einmal zu Aimee. „Ich bin gleich wieder da, aye?"

Als die andere Frau nickte, zog Cat die Tür zu und zischte in vorwurfsvollem Flüsterton: „Was zum Teufel sollte das? Du weißt genau, dass du nicht einfach so reinplatzen darfst, wenn ich bei ihr bin!"

Connor verschränkte die Arme vor der Brust. „Es ist Dienstag, nicht Donnerstag, woher zur Hölle sollte ich wissen, dass sie heute bei dir ist?"

Sie runzelte die Stirn. „Seit wann kennst du meinen Terminplan?"

Er hob die Brauen. „Seit wann kennst du meinen nicht?"

Sie brummelte: „Das ist was anderes. Wenn ich euch nicht im Auge behalte, passiert garantiert irgendein Unfug."

Er knurrte: „Ich bin nicht mehr fünfzehn, Cat. Hör auf, mich wie einen grünen Jungen zu behandeln."

Ihr innerer Drache meldete sich zu Wort. *Da hat er nicht unrecht.*

Jetzt auf einmal redest du?

Ihr Tier schnaubte. *Aimee ist doch nicht hier, also warum nicht?*

Cat ignorierte ihren Drachen, holte tief Luft und sagte: „Sorry. Alte Gewohnheiten wird man nicht so leicht los und so."

Er grinste, und Cat hätte beinahe gestöhnt. Jetzt würde ihr Bruder sie garantiert irgendwann mit ihrer Entschuldigung aufziehen. Oder, was wahrscheinlicher war, es als Beweis dafür benutzen, dass er tatsächlich der Mann im Haus war – als ältester männlicher Geschwisterteil.

Großartig. Connor würde noch unerträglicher werden.

Um das Thema zu wechseln, fragte sie: „Also, warum bist du hier so reingeplatzt? Es gibt hoffentlich einen guten Grund, sonst muss ich meine Entschuldigung vielleicht zurücknehmen."

Er löste die Arme, wippte auf den Fersen und grinste noch breiter. „Ganz bestimmt nicht."

Sie knurrte: „Connor."

Er zuckte mit den Schultern. „Na gut. Der Menschenmann ist da, dieser MDA-Typ, und er wartet bei Finn auf dich. Du sollst wegen irgendwas so bald wie möglich kommen. Details haben sie mir nicht verraten."

Finn war Lochguards Clanführer, was bedeutete, dass sie weder Nein sagen noch es hinauszögern konnte, bis Aimees Stunde vorbei war. „Ich lasse Aimee nur schnell ihre Sachen zusammenpacken und komme dann."

Das Mädchen hatte oft bei Finn und seiner Gefährtin Arabella übernachtet, also konnte ihr Clanführer ihr kaum einen Vorwurf machen, wenn sie ein paar Minuten brauchte, um Aimee zu helfen und sie sicher nach Hause zu bringen.

Connor räusperte sich. „Ich kann so lange bleiben, bis sie fertig ist. Ich versuche sogar, leise zu sein."

Sie sah ihn schief an. „Das bezweifle ich stark. Außerdem kommt sie mit Männern nicht gut klar." Er öffnete den Mund, aber sie kam ihm zuvor. „Nicht jetzt, Connor. Je länger du mit mir diskutierst, desto später komme ich. Und willst du Finn wirklich erklären, warum das so ist?"

Er verdrehte die Augen. „Ich wollte nur helfen, aber was soll's. Ich sage ihnen, dass du unterwegs bist."

Während ihr Bruder davonging, fragte sich Cat einen Moment lang, woher sein plötzliches Interesse für Aimee kam.

Doch dann fiel ihr wieder ein, dass sie sich

beeilen musste – Lachlan würde ihr garantiert jetzt schon diesen überheblichen Blick zuwerfen, weil sie zu spät kam –, und sie konzentrierte sich darauf, den Raum aufzuräumen und Aimee sicher zu Finns Haus zu bringen.

LACHLAN MACKINTOSH SAß auf einem Stuhl dem blonden Clanführer von Lochguard, Finn Stewart, gegenüber und gab sich größte Mühe, nicht ungeduldig mit den Fingern auf seinem Oberschenkel zu trommeln.

Er wollte nur endlich anfangen. Es gab eine Million Dinge, die er über das Land der schottischen Drachen herausfinden musste, bevor er die Unterkünfte und Arbeitsräume für die im Herbst anreisenden Künstler einrichten konnte.

Zwei Monate. Mehr Zeit hatte er nicht, um alles über diesen Clan in Erfahrung zu bringen und einen Weg zu finden, sein Herzensprojekt zum Erfolg zu führen.

Wenn Lachlans Plan, Künstler – Menschen und Drachenwandler – hierher einzuladen, scheiterte, konnte er seinen Job verlieren. Er hatte alles auf diese eine Karte gesetzt. Es musste einfach klappen.

Und Lachlan weigerte sich zu scheitern.

Sein Job war sein Leben, sein Sinn, der Grund, warum er nicht wieder in sein altes Leben zurückfiel – das eines wütenden, verantwortungslosen Säufers, der allen wehtat, die ihm nahestanden.

Nein. Dorthin würde er nie wieder zurückkehren. Er durfte es nicht.

Deshalb starrte er nur, als Finn ihn schweigend musterte – was allen Gerüchten über den redseligen schottischen Drachenmann widersprach. Lachlan hatte lange genug mit Drachenwandlern zu tun, um sich nicht so leicht von ihnen einschüchtern zu lassen.

Aber als immer mehr Minuten verstrichen, räusperte er sich schließlich und sagte: „Sie kommt zu spät. Ich kann gern mit jemand anderem sprechen, mit jemandem, der weniger beschäftigt ist."

Finn hob die dunkelblonden Brauen. „Willst du mir etwa erzählen, dir wäre noch nie etwas Unvorhergesehenes dazwischengekommen? Es sind erst fünf Minuten, MacKintosh. Die Welt geht davon nicht unter."

Stimmt, das tat sie nicht. Aber Lachlan brauchte Struktur. Zehn Minuten zu spät an einem Tag, eine Stunde am nächsten, immer neue Ausreden für die kleinen Dinge – bis er irgendwann wieder angepisst in einer Kneipe saß und nicht nur die Zeit, sondern auch sich selbst verlor.

Manch einer würde es vielleicht übertrieben nennen, schließlich war er seit zehn Jahren trocken. Aber Lachlan kannte sich, und er würde sich kein zweites Mal in Versuchung bringen. Denn beim nächsten Mal würde er vielleicht nicht mehr um Hilfe bitten oder die Kraft haben, gegen seine selbstgemachte Hölle anzukämpfen.

Und beim nächsten Mal könnte er enden wie sein Vater.

Er wollte nicht weiter in diese Richtung denken – er musste einen klaren Kopf behalten, wenn er mit Drachen zu tun hatte – und antwortete: „Ich bin sicher, ich muss nicht nochmal erklären, wie wichtig das hier ist und dass wir es beide richtig machen müssen. Wenn das mein erster Eindruck von der Zusammenarbeit mit Ms MacAllister ist, brauche ich vielleicht einen anderen Ansprechpartner."

Finn lehnte sich in seinem Stuhl zurück. „Cat hat mehr zu tun als fast jeder andere, der keine Führungsposition hat, und trotzdem schafft sie es irgendwie immer, alles unter einen Hut zu bringen." Ein fast warnender Unterton schwang in Finns Stimme mit, als er hinzufügte: „Wag es ja nicht, ihre Arbeitsmoral infrage zu stellen."

Lachlan wusste von der letzten Ausstellung, an der Cat teilgenommen hatte, dass sie tat, was getan werden musste – auch wenn sie es auf eine lässige Art erledigte, die er nicht ganz verstand.

Aber es gab noch einen anderen Grund, warum er wegen ihrer Verspätung so unwirsch war, einen Grund, den er dem Clanführer niemals verraten würde, nicht einmal, wenn der drohte, ihm die Eier abzuschneiden.

Einen ganzen Monat nach ihrer letzten Begegnung hatte er von ihrem Lächeln geträumt, von ihrem Lachen, davon, wie sie ihn aufzog.

Träume, in denen er weit mehr tat, als sie nur zu

küssen, und die ihn hart und frustriert und auf sich selbst angewiesen zurückließen.

Sie war genau das, was er meiden sollte – und trotzdem schien das seine Träume nicht zu interessieren.

Genauer gesagt: Seine Lust und sein Verlangen scherten sich einen Dreck darum.

Monatelang mit ihr zusammenzuarbeiten würde seine Selbstbeherrschung auf eine harte Probe stellen. Und er musste ihr widerstehen. Nicht nur, weil er nicht wusste, wie er mit einer Beziehung umgehen sollte – das würde bedeuten, seine düstere Vergangenheit offenzulegen –, sondern auch, weil sie eine Drachenwandlerin war. Schon ein Kuss konnte ihn seinen Job kosten. Nur die allerwenigsten behielten ihre Stelle beim Ministerium für Drachenangelegenheiten, kurz MDA, wenn sie sich mit einem Drachenwandler einließen.

Doch Lachlan würde dieses Risiko nicht eingehen. Sein Job war sein Leben. Ohne ihn wäre er verloren.

Reiß dich zusammen. Konzentrier dich!

Er wollte sich gerade entschuldigen, denn er *war* unnötig unwirsch, als ein Klopfen an der Tür ihn unterbrach. Finn rief: „Herein!"

Eigentlich hätte er nicht hinsehen sollen, aber Lachlan tat es trotzdem. Als die Tür aufging und die wunderschöne, dunkelhaarige, hellhäutige Gestalt von Catherine MacAllister zum Vorschein kam, schoss das Bild von ihr durch seinen Kopf, wie sie lachte, während er ihren Hals küsste.

Nur dass sie in Wirklichkeit noch viel schöner war als in seinen Träumen.

Hör auf damit! Wenn er es geschafft hatte, all denen ins Gesicht zu sehen, die er in seinem Leben verletzt hatte, und seine Fehler einzugestehen, dann konnte er auch mit einer einzigen Frau und ihrem Lächeln umgehen.

Cat schloss die Tür und sagte: „Tut mir leid, dass ich zu spät bin. Ich war gerade mitten bei einer Sache."

Finn nickte – er wusste offensichtlich, worum es ging, hielt es aber nicht für nötig, Lachlan aufzuklären. Der Clanführer sagte nur: „Aye, ich weiß. Komm, setz dich, Cat."

Lachlan stand auf. „Ich würde lieber keine Zeit mit Smalltalk verschwenden. Wir können auch einfach direkt anfangen."

Finn hob eine Augenbraue, aber es war Cat, die antwortete: „Aye, mir soll's recht sein. Ich hab' heute noch ein halbes Dutzend anderer Dinge zu erledigen, je schneller wir also fertig sind, desto besser. Bereit, Lachlan?"

Er blinzelte beinahe wegen ihrer Direktheit. „Ja. Das wäre hervorragend, Miss MacAllister."

Sie seufzte. „Wieder diese Förmlichkeiten. Das wird die ganze nächste Zeit so gehen, oder?"

Wäre Lochguards Clanführer nicht dabei gewesen, hätte er ihr vielleicht die Worte um die Ohren gehauen, die sie ihm vor vielen Monaten bei der Kunstausstellung an den Kopf geworfen hatte – irgendwas von „eine Scheißmenge zu erledigen zu haben". Ihr Gesichtsausdruck wäre unbezahlbar gewesen.

Doch er verdrängte die Versuchung schnell. Selbst wenn es sie wahrscheinlich zum Lächeln oder sogar Lachen gebracht hätte – was er liebend gern wieder sehen würde, um es mit seinen Erinnerungen zu vergleichen –, es gab viel zu viel zu tun. „Gehen wir endlich, oder willst du meine Wortwahl weiter sezieren?"

Cat wedelte abwehrend mit der Hand. „Schön, schön, sprich, wie du willst. Aber nenn mich Cat, denn wenn du Miss MacAllister sagst, reagiere ich nicht."

Finn schnaubte leise, aber Lachlan ignorierte ihn. „Wie wäre es mit Catherine?"

Sie rümpfte die Nase. „Auf keinen Fall. Dann muss ich immer an meine Großmutter denken, nach der ich benannt worden bin."

Lachlan wusste ein oder zwei Dinge darüber, wie ungern man mit einem bestimmten Familienmitglied in Verbindung gebracht werden wollte. Er bezweifelte, dass die Drachenfrau jemand so Üblen wie seinen Vater in ihrem Stammbaum hatte, aber der Einfachheit halber nickte er knapp. „Dann eben Cat. Und jetzt lass uns gehen."

Cat musterte ihn einen Moment lang, die Augen voller Fragen, zuckte dann aber nur mit den Schultern. „Wie du willst." Sie sah zu Finn. „Ich komm später nochmal vorbei, Finn."

Lachlan hatte keine Ahnung, warum, aber es interessierte ihn auch nicht wirklich. Und während Cat ihn aus dem Raum und dann aus dem Cottage führte, gab er sich größte Mühe, mit ihr Schritt zu halten und stur geradeaus zu blicken.

Sonst hätte er vielleicht bemerkt, wie die Sonne die roten Strähnen in ihrem dunklen Haar auflodern ließ oder wie selbstsicher sie ging – etwas, das er nicht allzu oft sah.

Nein, am besten konzentrierte er sich auf die Arbeit. Und je schneller er die Räume sah, mit denen er würde arbeiten müssen, desto schneller konnte er damit anfangen – und sie aus den Augen verlieren.

Kapitel Zwei

Den ganzen Weg zum Lagerhaus – dem Gebäude, das für das Kunstkollektiv-Projekt genutzt werden sollte – warf Cat aus den Augenwinkeln verstohlene Blicke auf Lachlans Profil.

Natürlich nur aus künstlerischen Gründen. Sie hatte ihn in den letzten Monaten ziemlich oft gemalt, aber mit seinen Lippen und der Intensität seines Blickes hatte sie immer Probleme.

Andere hätten sich mit „ganz okay" zufriedengegeben. Sie nicht. Es war fast schon zur Besessenheit geworden, ihn genau so festhalten zu wollen, wie sie ihn sah.

Um ihn wirklich einzufangen, müsste er ihr allerdings Modell sitzen, vor allem, da er sich seit ihrem letzten Treffen die Haare kurz geschnitten hatte. Aber darum konnte sie ihn unmöglich bitten – selbst, wenn sie dächte, er würde zustimmen, was er nicht würde.

Und selbst wenn er sie überraschen und tatsächlich anbieten würde, Modell zu sitzen, war sie sich nicht sicher, ob sie sich allein mit ihm trauen konnte.

Trotz seiner übertriebenen Förmlichkeit, seiner Anspannung und seiner Schweigsamkeit – das absolute Gegenteil ihrer Familie – hatte er etwas Magnetisches an sich.

Fast, als wäre er voller Geheimnisse – und sie wollte nichts mehr, als sie zu ergründen.

Nicht zum ersten Mal fragte sie ihren inneren Drachen: *Bist du dir wirklich sicher, dass du nicht spüren kannst, ob er unser wahrer Gefährte ist?*

Der wahre Gefährte eines Drachenwandlers war die beste Chance auf Glück. Nicht immer, aber meistens. Und ein Kuss würde den Gefährtenrausch auslösen, bis die Frau schwanger war.

Cat hatte sich oft gefragt, ob Lachlan ihrer sein könnte – so seltsam ihr die Paarung auch schien.

Ihr Drache gähnte, bevor er antwortete: *Du weißt genauso gut wie ich, dass männliche Drachen wahre Gefährten erkennen können. So verdammt unfair es auch ist – das Beste, was ich tun kann, ist raten. Und ich hab' keinen blassen Schimmer. Aber wenn du ihn küssen und ihn die ganze Nacht reiten willst: Ich bin dabei. Ich will mehr davon.*

Sie seufzte innerlich. *Du weißt, dass wir beschäftigt waren. Ich hab' einfach keine Zeit dafür.*

Und trotzdem fragst du nach diesem Menschenmann. Vielleicht, weil du ihn selbst willst.

Er war attraktiv, klar – mit seinem dunklen

Haar, dem markanten Kiefer und den breiten Schultern, die jede Frau, die auf Männer stand, dazu bringen würden, ihn bespringen zu wollen. Sie war wahrscheinlich nicht die einzige Person – weiblich oder auch männlich – in Lochguard, die das bemerkte.

Aber Lachlan war verschlossen, ruhig und reserviert auf eine Weise, die sie sich kaum vorstellen konnte.

Manche mochten genau das – wollten sticheln und sanft drängen, bis die Wahrheit ans Licht kam.

Cat jedoch hatte schon jetzt kaum genug Stunden am Tag für all ihre Aufgaben. Sie würde sich lieber einen Gefährten wie Finn suchen oder Fraser MacKenzie oder einen der charmanten, lebensfrohen Kerle in Lochguard.

Ihr Drache schnaubte. *Die sind alle vergeben oder nicht interessiert.*

Na ja, nicht alle. Es gibt noch ein paar MacKay-Brüder, die solo sind.

Und die wohnen alle in Seahaven. Da ist es mir viel zu kalt, so nah am Meer.

Seahaven war ein kleinerer Abspaltungsclan – ursprünglich aus Lochguard, aber vor Jahrzehnten verbannt, weil sie menschliche Gefährten hatten. Cat hatte erst kürzlich angefangen, ein paar Seahaven-Kindern Kunstunterricht zu geben. *Was in gewisser Weise sogar praktisch für mich ist, dass sie nicht in Lochguard wohnen. Zumindest im Moment. Mit unseren normalen Pflichten plus dem gemeinsamen Menschen-*

Drachen-Projekt habe ich keine Zeit, regelmäßig zu daten. Aber ein Trip alle vier Wochen oder alle zwei Wochen – das könnte ich schaffen.

Nicht genug!

Das ist alles, was ich gerade hinbekomme, und das weißt du.

Ihr Drache schnaubte nur. Offensichtlich wollte er nicht schon wieder darüber diskutieren.

Cat fühlte sich ein bisschen schuldig, weil sie ihrem Drachen den Sex verwehrte – innere Drachen brauchten ihn. Und es war auch nicht so, dass Cat keinen Mann wollte, den sie für sich beanspruchen und mit dem sie eine Familie gründen konnte. Sie liebte ihre eigene Familie abgöttisch und wollte das eines Tages auch für sich.

Aber jetzt war einfach nicht der richtige Zeitpunkt. Sie war sechsundzwanzig; sie hatte noch massenhaft Zeit.

Das kleine Lagerhaus kam in Sicht, und ihr fiel auf, dass sie die ganze Zeit schweigend gelaufen waren. In der Hoffnung, einen besseren Eindruck von Lochguards Gastfreundschaft machen zu können, sagte sie: „Falls du irgendwelche Fragen hast, kannst du sie mir jederzeit stellen."

Er brummte nur und nickte kurz, sah sie aber nicht an.

Und aus irgendeinem Grund nervte sie das.

Ihr Clan hatte Himmel und Hölle in Bewegung gesetzt, damit ihre Mum im Restaurant Hilfe bekam und Cat genug Zeit hatte, das gemeinsame Kunstprogramm zwischen Menschen und

Drachenwandlern zu planen und aufzubauen. Und er hatte nicht einmal den Anstand, sie anzusehen, geschweige denn ein oder zwei Sätze zu sagen.

Aber mehr noch: Cat war es nicht gewohnt, ignoriert zu werden. Sie genoss es eigentlich, von allen gemocht zu werden, und sie konnte sich beim besten Willen nicht daran erinnern, Lachlan MacKintosh irgendwie verärgert zu haben. Sie hatte ihn aufgezogen, aye, aber nicht mehr als alle anderen bei der Ausstellung vor einem Jahr.

Ihr Drache meldete sich. *Sag's ihm doch einfach. Vor dich hin zu kochen ist nicht dein Stil.*

Ich wollte nett sein.

Ihr Tier schnaubte. *Aye, weil das ja auch nicht am Ende nach hinten losgehen wird, wenn dein Temperament irgendwann explodiert.*

Ihr Drache hatte recht – Cat ging Probleme lieber direkt an. Besser jetzt etwas sagen als später. Sie schrie selten, aber wenn, dann war es nicht schön.

Deshalb blieb sie stehen, obwohl sie fast schon am Lagerhaus waren, und griff nach seinem Handgelenk. Lachlan hätte weitergehen können, doch auch er blieb stehen. Er sah sie immer noch nicht an, sondern fragte nur: „Was?"

Sie stellte sich direkt vor ihn und verlangte zu erfahren: „Hast du ein Problem mit mir?"

Endlich trafen sich ihre Blicke, und das Blau seiner Augen war viel tiefer, als ihr zuvor aufgefallen war. Außerdem waren da goldene Sprenkel um die Pupille, fast wie glimmende Kohlen.

Und für einen winzigen Moment glaubte sie, Hitze darin zu sehen.

Doch falls ja, war in der nächsten Sekunde nur noch ein harter, kalter Blick zu erkennen. Sie fragte: „Also, hast du?"

„Ich bin nicht der redseligste Mensch. Wenn ich eine Frage habe, stelle ich sie."

Sie beugte sich vor und hob den Kopf, um ihm besser in die Augen sehen zu können. „Kannst du bitte mit dem vornehmen Getue aufhören? Das macht mich wahnsinnig, und ich kann dir versichern, dass es hier jeden nerven wird. Und ich bin mir ziemlich sicher, dass das genau das Gegenteil von dem ist, was du eigentlich erreichen willst, aye? Einen großen Drachenwandler-Clan verärgern?"

Er zögerte einen Moment, doch dann blitzte Entschlossenheit in seinen Augen auf. „Was zur Hölle soll ich denn stattdessen sagen, Mädel? Dass ich kein gesprächiger Bastard bin, Geschwätz nicht ausstehen kann und dass du endlich mit deinem verdammten Genörgel aufhören sollst?"

Sie blinzelte bei seinem plötzlichen Wandel. Es war das erste Mal, dass sie irgendeine Emotion von Lachlan MacKintosh hörte.

Und sie mochte es deutlich lieber.

Da sie nie zurücksteckte – das hätte ihr in ihrer Familie nur Spott und Hohn eingebracht –, bewegte sie ihren Kopf noch näher an seinen. „Aye, genau das würde mir besser gefallen. Kommt auf den Punkt und zeigt mir – und meinem Drachen – ein bisschen, wer du wirklich bist."

Ihr Drache schnaubte. *Lass mich da raus.*

Falls Lachlan ihre kurzzeitig blitzenden Drachenaugen bemerkte, ließ er es sich nicht anmerken. Stattdessen kniff er die Augen zusammen und sagte: „Vorsicht, Mädel. Du könntest Dinge sehen, die dir nicht gefallen."

Und sie starrte ihn einen Augenblick lang an und versuchte zu verstehen, was zum Teufel das bedeutete.

Lachlan rutschte selten in sein altes Ich zurück, wenn es um sein sorgfältig gepflegtes Auftreten ging, aber irgendwas an Cats Worten hatte den Damm gebrochen, den er so lange aufrechterhalten hatte.

Die Art, wie er früher geredet hatte – voller Feuer und Flüche – war einfach so herausgesprudelt. Und dann musste diese verdammte Frau auch noch sagen, dass ihr das gefiel!

Angst, Sorge oder beides hätten ihn bei den Worten der Drachenfrau überkommen müssen. Er hatte so verdammt hart daran gearbeitet, sich zu ändern, ein besserer Mensch zu werden.

Normalerweise, wenn seine sorgfältig errichtete Fassade einmal Risse bekam, fing er sich schnell wieder und sperrte die alte Version seiner selbst weg.

In den ersten Wochen und Monaten seiner Genesung, als er das noch nicht immer geschafft hatte, war er jedes Mal in Panik geraten – ständig in Angst, rückfällig zu werden und wieder allen wehzutun, die ihm nahestanden.

Trotz all der Jahre voller Kontrolle sollte Lachlan eigentlich auch jetzt panisch sein. Denn Verhaltenskontrolle und der Kampf gegen die Sucht waren ein lebenslanger Prozess.

Und doch wusste er tief im Inneren, dass er die Maske aus Kultiviertheit und Beherrschung ohne große Mühe wieder aufsetzen konnte. Zumindest sobald er nicht mehr in Cats Nähe war.

Es war fast, als wollte er sie mit Absicht ein bisschen wütend machen.

Was vollkommen absurd war.

Deshalb brummte er, um sie abzuschrecken: „Vorsicht, Mädel. Du könntest Dinge sehen, die dir nicht gefallen."

Aber anstatt zu antworten, starrte sie ihn nur an. Nicht wütend oder vorwurfsvoll. Nein, eher so, als wollte sie ihm direkt in die Seele blicken und herausfinden, was ihn antrieb.

Aye, vielleicht studierte sie ihn nur auf die Art, wie Künstler das taten. Er war oft genug mit ihnen zusammen gewesen, um zu wissen, dass sie manchmal stundenlang starrten, um zu entschlüsseln, wie ein Gesicht aufgebaut war, oft, ohne überhaupt nachzudenken.

Aber er glaubte nicht, dass Cat das gerade tat.

Lachlan widerstand nur knapp dem Drang, von einem Fuß auf den anderen zu treten. Normalerweise war er derjenige, der das Sagen hatte, der alles bestimmte – bei seiner Arbeit und in seinem Leben – und nur das zeigte, was er zeigen wollte.

Schon der leise Gedanke *Was, wenn sie diese Geheimnisse entdeckt?* reichte aus, um sich schnell wieder zusammenzureißen. Je weniger er ihr zeigte, desto besser.

Er wollte sich gerade für seinen Ausbruch entschuldigen und hoffentlich die frühere Förmlichkeit wiederherstellen, als Cats Pupillen zwischen rund und geschlitzt hin- und herflackerten. Um das Thema zu wechseln und die Aufmerksamkeit von sich abzulenken, fragte er: „Was hat dein Drache dazu zu sagen?"

Sie hob eine Augenbraue. „Ist das nicht Lektion eins in der MDA-Ausbildung – einem Drachenwandler, den man kaum kennt, keine solch persönlichen Fragen zu stellen?"

Er zuckte mit den Schultern. „Wenn wir zusammenarbeiten sollen, sollte ich doch wohl lernen, wie ich deinen Drachen nicht wütend mache."

Sie verdrehte die Augen. „Zurück zur Förmlichkeit, verstehe."

Gut. Die Distanz würde ihm helfen, sich zu schützen. Wovor genau, wusste er nicht. Aber er spürte, dass er Förmlichkeit und Abstand zwischen sich und dieser Frau brauchte.

Er ignorierte ihren Kommentar und wiederholte: „Dein Drache? Was hat er gesagt?"

Cats Augen blitzten erneut, dann lächelte sie. „Das willst du echt nicht wissen."

Eigentlich sollte er nicht reagieren – er wollte ja förmlich bleiben. Aber wenn sie versuchte, ihn aus dem Konzept zu bringen, würde er dasselbe tun. Vielleicht überlegte sie es sich dann zweimal, bevor sie es wieder versuchte. „Nach allem, was ich über Drachenwandler erfahren habe, geht's wahrscheinlich um mich – und möglicherweise sogar fehlende Kleidung. Und vielleicht ein Bett?"

Cat blieb der Mund offenstehen, und seine Mundwinkel zuckten zu einem kleinen Lächeln.

Aye, er mochte es, sie aus der Fassung zu bringen. Er war kurz davor, ihr zuzuzwinkern, einfach um sie noch mehr zu provozieren, konnte aber widerstehen.

Sie klappte den Mund wieder zu, räusperte sich und flüsterte: „Das wüsstest du wohl gern." Dann ließ sie sein Handgelenk los und ging Richtung Lagerhaus.

Er sollte froh sein, sich wieder dem Projekt zuwenden zu können. Für Lachlan stand so viel bei der Sache und deren Erfolg auf dem Spiel.

Und trotzdem wünschte er sich, er könnte noch ein bisschen länger mit Cat reden.

Was er natürlich nicht tun sollte.

Deshalb verdrängte er seine Gefühle und Wünsche schnell, vergewisserte sich, dass er sich wieder unter Kontrolle hatte, und folgte ihr.

Ein Gespräch, in dem er sie aufzog, konnte er sich erlauben. Ein zweites jedoch wäre gefährlich.

Denk an das Projekt, denk daran!

Richtig. Kurz darauf hatte er sie eingeholt, und den Rest des Weges zum Lagerhaus legten sie schweigend zurück.

CAT WAR SICH ZIEMLICH SICHER, dass Lachlan gerade mit ihr geflirtet – oder sie zumindest mit Sexfantasien aufgezogen hatte.

Lachlan, der steifste, formellste Mensch, den sie wahrscheinlich je getroffen hatte.

Vielleicht hatte sie ihn vollkommen falsch eingeschätzt.

Ihr Drache lachte. *Hättest du ihm einfach gesagt, dass ich ihm meine Drachengestalt zeigen wollte, hättest du dir das erspart.*

Cat log normalerweise nicht über das, was ihr Drache sagte – außer es ging um nackte Fantasien, von denen sie ihrer Familie *auf gar keinen Fall* erzählen würde. *Ich konnte nicht anders. Er hat förmlich darum gebettelt, aufgezogen zu werden, und es ist besser, wenn das von mir kommt als von jemand anderem.*

Und warum das?

Ihr Drache stellte sich dumm, aber Cat ließ sich nicht darauf ein. *Es gehört zu unserem Job, ihm bei der Eingewöhnung zu helfen. Und genau das tue ich gerade.*

Aye, das ist bestimmt der Grund, sagte ihr Drache gedehnt. *Und gehört zu dieser Eingewöhnung auch, ihm beim Entspannen zu helfen? Du weißt schon, nackt und stöhnend?*

Ein Bild blitzte auf – Lachlans intensiver Blick ganz auf sie gerichtet, voller Versprechungen von Lecken, Saugen, Beißen –, bevor er es tatsächlich tat.

Allein der Gedanke an all diese Intensität, auf sie gerichtet, ließ Cat erschaudern.

Sie schob das Bild schnell beiseite. *Nein, ich denke nicht daran, mit ihm zu schlafen. Vielleicht sollte ich mir einen der MacKay-Brüder schnappen und versuchen, ihn zu verführen. Dann hörst du endlich auf, mich mit sexy Bildern zu bombardieren.*

Hab' ich heute noch gar nicht gemacht. Das warst ganz allein du.

Immer, wenn Cat nicht zugeben wollte, dass ihr Drache recht hatte, ignorierte sie ihn einfach.

Was ohnehin nicht lange nötig war, denn eine Minute später hatten sie das Lagerhaus erreicht. Nachdem sie den Code eingegeben hatte – Lochguard hatte zu viele Angriffe und Bedrohungen erlebt, um nicht höchste Sicherheitsvorkehrungen zu treffen –, winkte sie Lachlan herein.

Kaum war die Tür zu, sagte sie: „Hier entlang. Die kleineren Räume zeige ich dir später. Ich möchte dir erst den Hauptraum zeigen."

Er neigte nur den Kopf – eine Geste, die so förmlich war, dass man kaum glauben konnte, dass er vor nicht einmal fünf Minuten geflucht und sie aufgezogen hatte.

Lachlan MacKintosh entpuppte sich als ein noch größeres Rätsel, als sie gedacht hatte.

Das Projekt, Cat. Konzentrier dich aufs Projekt. Zügig ging sie voran und erreichte schließlich den Hauptraum. All die Zweifel und Überraschungen von ihrem Weg mit Lachlan hierher verblassten, ersetzt durch ein aufgeregtes Kribbeln.

Immer wenn sie jemandem ihre Kunst zeigen konnte, fühlte sie sich so – nervös, glücklich und stolz. Aber heute war etwas ganz Besonderes, denn Lachlan würde als Erster ihr Wandbild sehen.

Und obwohl Cat wusste, dass sie Talent hatte – eine Gabe sogar –, flatterte ihr Magen ein bisschen. Sie hatte noch nie ein Wandbild gemalt, und sie hoffte, dass Lachlan es so sah wie sie.

Cat verdrängte die dummen Zweifel, betrat den Raum und schaltete das Licht an.

Es war ein großer, offener Raum mit verschiedenen Arbeitstischen, Staffeleien und leeren Rollwagen für Materialien, und an einer Wand befanden sich mehrere Waschbecken.

Doch sie konzentrierte sich nur auf die Wandstelle, die sie für sich beansprucht hatte – ganz hinten im Raum.

Sie hatte zwei Drachen gemalt, die durch den Sternenhimmel flogen, das Mondlicht glitzerte auf ihrem Schuppenkleid, und Dinge, die mit Lochguards Geschichte zu tun hatten, waren als Sternbilder versteckt.

Eine alte Brosche, ein altes Wappen, sogar ihre

Vorstellung vom allerersten Clanführer — alles
war da.

Es war sehr Lochguard-spezifisch, aber genau
das war ja auch der Sinn. Jeder Künstler sollte sein
eigenes Wandbild malen, etwas aus seiner Heimat
oder seinem Clan. Nicht nur, damit sie voneinander
lernen konnten, sondern auch, damit der Rest ihres
Clans — und alle Besucher — auch ein wenig
erfuhren.

Lachlan trat näher an ihr Wandbild heran, die
Hände hinter dem Rücken verschränkt, bis er nah
genug war, um alles zu erkennen, aber weit genug
weg, um das Gesamtbild zu sehen.

Ihr erster Impuls war, hinzulaufen und alles zu
erklären. Aber wenn der Zweck war, dass andere
hinsehen und es selbst interpretieren konnten,
musste sie ihnen auch Zeit dafür geben.

Daher schlenderte sie lässig zu ihm hinüber.
Nach ein paar Minuten fragte sie: „Was denkst du?"

„Es ist anders."

Sie widerstand dem Drang, sich auf die Lippe
zu beißen, und fragte: „Inwiefern anders?"

Er deutete auf das Bild. „Etwas fantasievoller als
die anderen Sachen, die ich von dir gesehen habe.
Nicht schlecht, nur anders."

„Ich weiß, aber das war die einzige Möglichkeit,
so viel unterzubringen, ohne dass es gezwungen
aussieht."

Er zeigte auf das Wappen. „Zum Beispiel das
ursprüngliche Wappen eures Clans."

Freude durchströmte sie, weil er das kleine

Detail erkannt hatte. Sie nickte. „Aye, es sind acht Dinge in den Sternen versteckt. Ich finde, es sieht fantasievoll aus, aber es lädt auch zum Entdecken ein. Etwas, das Jung und Alt hoffentlich gleichermaßen mögen, wenn du später Führungen machst."

Endlich sah er sie an, aber sie konnte seinen Gesichtsausdruck nicht deuten. „Du hast schon so weit vorausgedacht?"

„Aye, natürlich. Das mache ich fast immer. Na ja, zumindest seit mein Vater gestorben ist und ich meiner Mum helfen musste, meine Geschwister großzuziehen. Glaub mir, jeder von diesen kleinen Rackern hätte jede noch so kleine Lücke ausgenutzt, wenn ich sie ihnen gelassen hätte. Was bedeutete, dass ich immer zwei Schritte vorausdenken musste."

Er sah sie weiter an und fragte leise: „Wann ist dein Vater gestorben?"

Sie zögerte einen Moment und überlegte, ob sie antworten sollte. Es war über zehn Jahre her, aber über ihren Vater zu reden schnürte ihr immer noch die Kehle zu.

Lachlan fügte schnell hinzu: „Du musst es mir nicht erzählen."

Nein, musste sie nicht. Und doch platzten die Worte heraus, bevor sie sich bremsen konnte. „Ich bin überrascht, dass das nicht in deinen Recherchen aufgetaucht ist. Vor etwas über zehn Jahren wurde er …" Sie hielt inne, holte tief Luft und fuhr fort: „Er wurde von Drachenjägern gefangen genommen und später blutleer aufgefunden."

Lachlan sagte leise: „Das wusste ich nicht. Entschuldigung."

Sie zuckte mit den Schultern und versuchte, den förmlichen, kühlen Klang seiner Worte zu ignorieren. „Besser, du erfährst es jetzt, als höflich meine Mum danach zu fragen."

Anstatt darauf hinzuweisen, dass er ihre Mum gar nicht treffen musste, um seine Aufgaben für das Projekt zu erledigen, nickte er nur und sah wieder zum Wandbild.

Und weil sie ohnehin schon so viel erzählt hatte, dachte sie sich: Ach, was soll's, und erklärte: „Der blaue Drache im Bild ist mein Vater. Der andere sein Freund, den er gesucht hatte, als er gefangen genommen wurde."

Lachlan wandte den Blick nicht von den beiden Drachen. „Sein Freund hat dasselbe Schicksal erlitten."

„Aye."

Sie standen schweigend da. Kein unangenehmes Schweigen, sondern eher, als wollten sie beide den Drachenmännern für einen Moment die Ehre erweisen – ihrer gedenken und der Tatsache, dass sie noch leben sollten, wenn nicht Gier im Spiel gewesen wäre.

Und, aye, es war Gier gewesen. Drachenblut hatte heilende Wirkung und brachte auf dem Schwarzmarkt riesige Summen ein.

Nicht, dass Cat daran denken wollte – oder

daran, wie die Jäger ihren Vater und dessen Freund nur als entbehrliche Wesen gesehen hatten, unwürdig zu leben, solange man reich mit ihnen werden konnte.

Lachlans Stimme riss sie aus ihren Gedanken. „Es tut mir leid. Ich kann mir nicht vorstellen, wie es ist, einen Vater zu verlieren, den man geliebt hat."

Seine Wortwahl kam ihr seltsam vor – es tat ihm nicht einfach leid um ihren Verlust, sondern um jemanden, den sie geliebt hatte. Doch bevor sie darüber nachdenken konnte, ihn danach zu fragen, räusperte sich Lachlan und deutete zur Tür. „Zeigst du mir den Rest?"

Dankbar für den Themenwechsel – sie würde ihren Vater immer lieben, aber an ihn zu denken machte sie immer noch trauriger, als sie je zugeben wollte – ging sie zügig zum Ausgang.

Sobald sie Lachlan jeden Raum im Gebäude gezeigt und ihn in seinem provisorischen Büro zurückgelassen hatte, verließ Cat eilig das Lagerhaus und joggte zu ihrem kleinen Atelier.

Sie hatte nur noch eine Stunde, bevor sie im Restaurant helfen musste, aber sie brannte darauf, an etwas zu arbeiten, irgendwas, um ihre Laune wieder aufzuhellen.

Ohne es zu merken, verbrachte sie die ganze Zeit damit, eine weitere Skizze von Lachlan anzufertigen. Aber diesmal hatte er Feuer in den Augen – was das Bild irgendwie lebendiger machte.

Mehr noch: Es war mehr *er* als nur ein

zweidimensionales Wesen. Immer noch voller
Geheimnisse, aber ein bisschen weniger eisig als all
die anderen Male, die sie ihn gezeichnet hatte.
Vielleicht, wenn sie endlich ein Bild malte, das mehr
wie er wirkte, konnte sie den Mann vergessen.

Aye, das musste es sein. Sie war stur und
entschlossen, wenn es darum ging, etwas in ihrer
Kunst genau richtig hinzubekommen. Wenn sie das
bei Lachlan schaffte, konnte sie ihn endlich
vergessen.

Kapitel Drei

Den Rest des Tages verbrachte Lachlan damit, sich in seinem neuen Büro und später im Cottage einzurichten, das für die nächsten Monate sein Zuhause sein würde. Er hielt sich bewusst beschäftigt, damit er nicht wieder an Cat denken und in alte Fehler zurückfallen konnte.

Aye, zumindest, solange er wach war.

Am nächsten Morgen verdrängte er all die Bilder, in denen er sie in ihrem Atelier nahm – über Tische, gegen Wände, auf Arbeitsplatten – und ging zu einem Treffen mit einem Teil der Sicherheitsmannschaft von Lochguard, die man hier Beschützer nannte.

Er hatte schon früher mit Beschützern von Lochguard und anderen britischen Clans zusammengearbeitet, doch diesmal gab es mehr Fragen als sonst, mehr Formulare und fast schon Belehrungen. Normalerweise bekam er Anweisungen oder Vorträge nur von einem einzigen

Drachenmann – Oberster Beschützer genannt –, aber in Lochguard teilten sich zwei Personen die Leitung der Clan-Sicherheit. Und obwohl beide das aktuelle Treffen geleitet hatten – zusammen mit ein paar ihrer Kollegen –, hatte vor allem die lebhafte Frau mit den wilden Locken, Faye MacKenzie, das Wort geführt.

Und das alles mit ihrem Baby in einer Tragevorrichtung vor der Brust.

Irgendwann war das Gruppentreffen zu Ende, doch Faye und ihr Gefährte, gleichzeitig ihr Co-oberster Beschützer Grant, bedeuteten ihm, noch zu bleiben. Als sie allein waren, sagte Faye: „Die große Feier findet zwar erst statt, wenn alle Künstler da sind, aber Finn möchte dich heute Abend schon richtig im Clan willkommen heißen – in kleinerem Kreis, damit du dich besser eingewöhnen kannst."

Davon ausgehend, wie groß die meisten Familien in Lochguard waren, fragte Lachlan sich, ob „klein" wirklich das richtige Wort war. „Ein, zwei Stunden kann ich einplanen, aber ich habe noch viel zu tun, bevor die Künstler in zwei Monaten anreisen."

Faye hob die dunklen Brauen. „Ein Abend bringt dich nicht um. Außerdem haben wir selten Leute, denen wir alle Kinder für einen Abend anvertrauen können, und Sylvia MacAllister hat sich echt ins Zeug gelegt, um ein riesiges Essen auf die Beine zu stellen."

Beim Namen MacAllister spitzte Lachlan die Ohren. Er ging im Kopf die Namen durch und erinnerte sich, dass das Cats Mutter war. Trotzdem konnte er sich nicht verkneifen zu sagen: „Wenn jemand ein riesiges Essen vorbereiten musste, bin ich mir nicht sicher, ob man dann noch von einem kleinen Kreis sprechen kann."

Faye funkelte ihn an, aber Grant versuchte, ein Schmunzeln zu verbergen, als er sagte: „Nach den Maßstäben ihrer Familie ist es klein. Aber egal – zu deinem Auftrag gehört, den Clan besser kennenzulernen, aye? Damit, dass man sich nur in die Arbeit vergräbt, erreicht man das nicht."

Lachlan wusste das. Aber meistens bedeutete „jemanden kennenlernen" in Großbritannien, in einen Pub zu gehen. Und obwohl er theoretisch einen Abend in einem Raum voller Leute überstehen konnte, die Alkohol tranken, ohne selbst rückfällig zu werden, war es eine Belastung.

Und so vergrub er sich in Arbeit, statt auszugehen.

Grant bedeutete Faye, sie möge sie allein lassen, und sie ging ohne ein Wort.

Eine beachtliche Leistung, wenn man bedachte, dass die Drachenfrau das gesamte Treffen dominiert hatte. Er hatte von den starken Bindungen zwischen Drachengefährten gehört, und anscheinend war das bei Faye und Grant der Fall. Er bezweifelte, dass Faye sich von irgendjemand anderem so einfach wegschicken lassen würde.

Kaum waren sie allein, räusperte sich Grant und sagte: „Ich werde nicht um den heißen Brei reden. Wir haben eine Hintergrundüberprüfung durchgeführt und wissen genau über deine Vergangenheit Bescheid." Lachlan hatte schon vor langer Zeit gelernt, sein Gesicht ausdruckslos zu halten, wenn jemand beiläufig seine Phase ansprach, in der er sich bewusstlos gesoffen hatte, und nickte nur. Grant fuhr fort: „Aber keine Sorge, wir haben hier keinen Pub und so gut wie nie Alkohol. Lochguard hatte vor etwa zwanzig Jahren einen Vorfall, bei dem ein paar Leute ums Leben gekommen sind, und seitdem ist es Clangesetz, Alkohol auf ein Minimum zu beschränken, damit sich sowas nicht wiederholt. Manchmal gibt's welchen bei großen Feiern, aber heute Abend nicht."

Mit anderen Worten: Wenn Lachlan an dem Treffen teilnahm, musste er sich nur mit einem Raum voller Drachenwandler auseinandersetzen. Alkohol, dem er bewusst widerstehen musste, würde es nicht geben.

Abgesehen von seiner Schwester kümmerte sich kaum jemand um solche Details.

Und vielleicht sollte er sich schämen – früher hätte ihn das Gespräch über seine größte Schwäche genau dazu gebracht –, aber stattdessen empfand Lachlan nur noch mehr Respekt für Grant. „Danke, dass du mir das sagst."

Der Drachenmann winkte das ab und stand auf. „Kein Ding." Er schmunzelte langsam. „Aber jetzt hast du keine Ausrede mehr, nicht zu kommen. Und ich an deiner Stelle würde nicht einmal versuchen, mich rauszureden. Du hast schon mit Faye zusammengearbeitet, aber glaub mir – wenn ihre ganze Familie zusammenkommt, ist das der reine Wahnsinn. Die würden dich aufspüren und nötigenfalls zur Feier schleifen."

Lachlan blinzelte. Das sollte wohl ein Scherz sein.

Grant sagte: „Und das werden sie wirklich tun. Also sei um sechs in der großen Halle, aye? Und zieh dich locker an. Krawatte ist nicht nötig."

Lachlan widerstand dem Impuls, seine zurechtzurücken. Auf gewisse Weise waren Anzug und Krawatte seine Rüstung.

Aber da er in Zukunft viele ungezwungene Veranstaltungen besuchen würde, sobald die Künstler da waren, musste er sich daran gewöhnen, ohne sie auszukommen.

Er stand auf und nickte. „Ich werde da sein, und ich bringe Nachtisch mit."

Grant hob die Brauen. „Du kannst kochen?"

Er zuckte mit den Schultern. Wenn man so viel Zeit allein verbrachte wie Lachlan, entwickelte man ein paar Hobbys. Nicht, dass er das einem Drachenmann, den er kaum kannte, auf die Nase binden wollte.

Grant öffnete die Tür. „Wenn du einen Erdbeer-Käsekuchen hinbekommst, hast du sowohl meine Gefährtin als auch ihre Brüder im Sack. Und glaub mir, das sind gute Verbündete."

Lachlan hatte keine verdammte Ahnung, wovon Grant redete – abgesehen von Faye würde er mit den MacKenzies nichts zu tun haben. Doch er hielt es für die sicherste Option, einfach zu nicken.

Und als sie das Sicherheitsgebäude verließen und Lachlan zu seinem Cottage ging, fragte er sich, was bei Drachenwandler-Familien als Wahnsinn durchging.

CAT STELLTE das letzte Tablett mit Essen auf, das sie, Connor und ihre Mum in die große Halle gebracht hatten, und fragte sich, ob es genug war.

Mit ihrer Familie, den MacKenzies, Finns Familie und Chase und Layla McFarland bezweifelte sie, dass das Büfett lange reichen würde.

Ihre Mum schnaubte und sagte: „Keine Sorge, Cat. Ich hab' noch mehr im kleinen Küchenbereich hinten warmgestellt. Wenn ich eine Sache daraus gelernt habe, dass ich fünf Kinder großgezogen habe, dann, dass ich zur Not immer etwas in Reserve haben sollte."

Sie lächelte ihre Mum an. „Vor allem bei Connor."

Ihre Mutter lachte. „Aye, obwohl ihr alle euer Gewicht in Essen verdrücken könnt. Oder zumindest konntet ihr das, als ihr jünger wart."

Connors Stimme erklang hinter ihr. „Das habe ich gehört. Und du liegst falsch – ich esse am meisten. Deshalb bin ich auch der Größte."

Cat verdrehte die Augen. „So funktioniert das nicht."

Ihr Bruder zwinkerte. „Sagt die Kleinste von uns allen, die manchmal vergisst zu essen, wenn sie in ein Kunstprojekt vertieft ist."

Das stimmte – sie verlor jegliches Zeitgefühl, wenn eine Idee sie packte. Deshalb hatte sie überall Wecker stehen. Manchmal waren zwei nötig, um sie auf den Boden der Tatsachen zu holen. „Ich bin genau so groß wie Mum. Das nennt man Genetik."

Connor nahm sich ein Brötchen, und ihre Mum hob die Brauen, bevor sie sagte: „Nimm noch irgendwas von diesem Tisch, bevor die anderen da sind, Connor Archibald, und du isst als Letzter und kriegst nur die kläglichen Reste." Belustigung funkelte in ihren Augen, als sie hinzufügte: „Und wer weiß, vielleicht schrumpfst du ja ohne so viel Essen."

Während ihr Bruder den tödlich getroffenen Sohn mimte – er griff sich ans Herz, als hätte man ein Messer hineingestoßen –, konnte Cat nicht aufhören zu lächeln. Aye, weil ihr Bruder manchmal ein Idiot war, und sie nicht anders konnte. Aber auch, weil ihre Mum in den letzten Wochen deutlich besser drauf und fast wieder sie selbst war.

Sie und ihre Geschwister wussten, dass ihre Mutter über ein Jahr lang krank gewesen war, aber nicht viel mehr. Ihre Mum weigerte sich, Details preiszugeben. Aber sie war ständig müde und zu dünn, und bis vor Kurzem war sie noch stiller gewesen als sonst.

Und da Cat die Ärzte nicht in die Ecke drängen und Antworten verlangen konnte – von wegen

Schweigepflicht und so –, malte ihr Kopf sich die schlimmsten Szenarien aus. Drachenwandler bekamen keinen Krebs, aber es gab genug andere Leiden, die sie schwer krank machen oder sogar töten konnten.

Hör auf. Nicht heute Abend. Nein, heute würde sie sich ausnahmsweise keine Sorgen machen. Der Abend sollte einfach ein bisschen Spaß bringen.

Na ja, für sie und die anderen Drachenwandler jedenfalls. Sie war sich nicht sicher, ob Lachlan das auch so empfinden würde.

Sie wollte sehen, wie er sich inmitten des Wahnsinns der vier Familien schlug. Sie hatte nicht gelogen, als sie ihm gesagt hatte, dass seine Förmlichkeit fast jeden in Lochguard nerven würde. Und viele der Anwesenden waren nicht gerade das, was man taktvoll nannte.

Sie hoffte, dass ihre Direktheit ihn davon überzeugte, ihr besser zu glauben, wenn es darum ging, sich bei den schottischen Drachen einzufügen. Schließlich war das mit ein Grund, warum er schon jetzt hier war – um zu lernen, wie man zwischen Lochguard und den menschlichen Besuchern der Kunstausstellung vermittelte.

Doch alle Gedanken ans Projekt verflogen, als ihr jüngster Bruder Jamie in den Raum gestürmt kam und rief: „Sie kommen gleich! Darf ich jetzt die Musik starten?"

Ihre Mum antwortete: „Aye, solange es keine dröhnende Tanzmusik ist, die uns allen Kopfschmerzen beschert, kannst du loslegen."

Jamie flitzte zum kleinen Computer-DJ-Pult am Rand des Raums. Cat flüsterte ihrer Mum zu: „Clever, ihn damit den Abend über zu beschäftigen."

Ihre Mum lachte. „Ich liebe all meine Kinder, aber Finn sagte, dieser MDA-Typ sei etwas zurückhaltend. Ich hielt es für besser, ihn zumindest heute Abend von Jamie fernzuhalten."

Sie lächelte und warf einen Blick auf ihren jüngsten Bruder. Jamie liebte es zu reden − so sehr, dass selbst ihr Großvater Archie Ausreden fand, um sich zu verziehen.

Und wenn man bedachte, dass ihr Großvater einmal einen riesigen Felsbrocken auf die Scheune seines Nachbarn hatte fallen lassen − wegen einer Lappalie −, war er nicht gerade ein Vorbild an Anstand.

Da fiel ihr etwas ein: „Grandpa bringt heute Abend aber nicht sein, äh, Dreiergespann mit, oder?"

Ihre Mum schaute zur Decke. „Nein, Gott sei Dank nicht. Er sagte, er schafft es heute nicht."

Ihr Großvater führte eine komplizierte Beziehung mit einer Frau und einem Mann. Die drei waren unzertrennlich.

Und obwohl Lochguard daran gewöhnt war, bezweifelte sie, dass Lachlan damit klarkäme.

Um ehrlich zu sein, würde sie ihm die Situation gern selbst erklären. Vielleicht zeigte er dann endlich mal Überraschung.

Oder überhaupt irgendeine Gefühlsregung. Sein

kühles Auftreten — oder war es eine Fassade? — machte sie nur wütend, und sie hatte keine Ahnung, warum. Zurückhaltende Leute hatte sie schließlich schon genug getroffen.

Ihr Drache meldete sich. *Weil er sein wahres Ich unterdrückt. Er hat uns bei diesem einen Ausbruch gezeigt, wozu er fähig ist, und du willst mehr davon.*

Anstatt mit ihrem Drachen zu diskutieren, konzentrierte sie sich auf ihre Zwillingsgeschwister Ian und Emma, die gerade den Raum betraten und neben ihnen stehen blieben. Emma sagte: „Du müsstest diesen Menschen sehen. Hast du nicht gesagt, er sei steif, Cat?" Ihre Schwester fächelte sich Luft zu. „Irgendwas muss passiert sein, denn heute Abend sieht er verdammt sexy aus."

Cat blinzelte bei den Worten ihrer Schwester. Hatte Lachlan endlich beschlossen, Lochguard mehr von sich zu zeigen? Es war ohnehin nur eine Frage der Zeit, bis ihre Familie oder die MacKenzies das aus ihm herauskitzeln würden.

Zumindest hatte sie das gedacht. Lochguard hatte den Ruf, Menschen zu ihrem wahren Ich zu verhelfen.

Aber bevor sie ihre Schwester nach mehr Details fragen konnte — nur um vorbereitet zu sein, redete sie sich ein —, strömten die Leute in den großen Raum.

Zuerst Finn und seine Gefährtin, dann Faye und Grant. Und direkt hinter ihnen Lachlan — und Cat musste fast zweimal hinsehen.

Er trug Jeans und ein Hemd mit

hochgekrempelten Ärmeln, die seine muskulösen, dunkel behaarten Unterarme zeigten.

Dazu der Blick auf seine Brust, weil oben ein paar Knöpfe offen standen – und er wirkte viel mehr wie ein Mann und viel weniger wie ein MDA-Angestellter.

Sogar sein Gang schien entspannter.

Dann trafen sich ihre Blicke quer durch den Raum. Aber obwohl er sich optisch gelockert hatte, waren Lachlans Augen so ausdruckslos wie immer. Er mochte locker gekleidet sein, aber diese verdammte Fassade war noch an Ort und Stelle.

Offensichtlich hatten die MacKenzies ihn noch nicht in die Mangel genommen.

Und weil sie ein kleiner Teufel war, konnte sie es kaum erwarten zu sehen, wie er reagierte, wenn diese Bande endlich ihre Aufmerksamkeit auf ihn richtete.

Sie ging zu Lachlan hinüber und lächelte. „Ich war mir nicht ganz sicher, ob du kommen würdest."

Er brummte: „Ich hatte nicht wirklich eine Wahl."

Der große, rothaarige Fraser MacKenzie klopfte Lachlan auf die Schulter. „Aye, aber du wirst Spaß haben. Dafür zu sorgen ist meine Mission des Abends."

Cat unterdrückte ein Stöhnen. Sie mochte Fraser wirklich, aber er konnte Ärger machen. Einige seiner Mutproben der letzten Jahre waren legendär. Seit er seine Gefährtin gefunden hatte, war er zwar etwas zahmer geworden, aber nicht ganz. Auch wenn sie wollte, dass die MacKenzies Lachlan ein bisschen durchschüttelten, würde Fraser ohne den Einfluss seines Zwillings oder seiner Gefährtin wahrscheinlich übertreiben.

Doch bevor Cat bei einem der beiden beruhigenden Einflüsse nach Bestätigung suchen konnte, sagte Frasers Gefährtin – die Menschenfrau Holly: „Lass ihn in Ruhe, Fraser."

Frasers Zwillingsbruder Fergus seufzte und sagte: „Aye, er ist unser Gast. Lass den Menschen selbst entscheiden, wie viel Spaß er haben will, statt es ihm aufzwingen zu wollen."

Chase McFarland – Grants jüngerer Bruder – mischte sich ein: „Erzähl mir von deinem Plan, Fraser. Vielleicht kann ich helfen."

Chase küsste seine schwangere Gefährtin Layla auf die Wange, und die Frau lachte nur, während Fraser und Chase in eine Ecke verschwanden, um wer weiß was zu besprechen. Holly signalisierte jedoch, dass sie Fraser und Chase im Zaum halten würde – vor allem, weil Layla wegen ihrer Schwangerschaft Anweisung hatte, es ruhig angehen zu lassen, und versprochen hatte, den Großteil des Abends zu sitzen –, und die Menschenfrau bedeutete Cat, Lachlan an einen sicheren Ort zu bringen.

Als sie den Käsekuchen in Lachlans Händen bemerkte, deutete Cat auf den Tisch. „Hier, stell deinen Nachtisch zu den anderen Sachen." Sobald sie weit genug weg von der Menge waren, warf sie einen verstohlenen Blick auf Lachlan. Und als er die Stirn runzelte, lachte sie. „Das sind sie, wenn sie ruhig sind, also solltest du dich auf Schlimmeres gefasst machen."

Weil die Musik zu laut geworden war — ihr Bruder machte das absichtlich, um ihre Mum zu ärgern, da war sie sich sicher —, nahm sie ihm den Käsekuchen ab, stellte ihn hin und drehte sich wieder zu Lachlan um.

Er stand mit gerunzelter Stirn da und beobachtete die wachsende Gruppe aus Fraser, Chase, Holly und Grant, und sie fragte sich, ob das alles vielleicht zu viel auf einmal für ihn war. Sie flüsterte gerade laut genug, dass er es über die Musik hören konnte: „Ich hab' versucht, ihnen das auszureden, und für den Anfang ein kleines Abendessen vorgeschlagen, aber sie wollten dich unbedingt richtig willkommen heißen."

Lachlan sah ihr erneut in die Augen und zuckte mit den Schultern. „Ich schaue einfach zu und erfahre so, wie es hier läuft. Sobald ich das kapiert habe, wird mich nichts mehr überraschen."

Sie hob die Brauen. „Ich lebe schon mein ganzes Leben lang hier und hab's immer noch nicht ganz raus. Also viel Erfolg dabei!"

Er lächelte fast. „Aye, na ja, manchmal sieht ein Außenstehender Dinge schneller."

Wenn er sich entspannte, kam der Schotte in ihm stärker durch. Aber sie wollte ihn nicht erschrecken und erwähnte es nicht. Stattdessen reichte sie ihm einen Teller. „Beeil dich und nimm dir, was du essen willst. Und halte dich nur nicht aus Höflichkeit zurück. Allein mein Bruder Connor könnte die Hälfte von dem Tisch leer essen." Sie nahm sich selbst einen Teller. „Ich schätze, wir haben dreißig Sekunden, vielleicht sechzig, bevor sie es merken und angerannt kommen. Also los!"

Und während sie von Schüssel zu Schüssel hastete und sich nahm, was sie wollte, kamen die anderen tatsächlich geradewegs auf den Tisch zugestürmt.

Lachlan wartete trotzdem noch abseits. Na ja, er würde es schon noch lernen.

Lächelnd nahm Cat sich das letzte Stück von dem, was sie wollte, und stellte sich in sicherer Entfernung vom Tisch auf, um zu sehen, was passierte.

Lachlan war stolz darauf, wie er Situationen immer erst beobachtete, Fakten sammelte und dann eine fundierte Entscheidung traf.

Aber als die meisten im Raum zum Tisch stürmten und ihn einfach beiseite drängten, fragte er sich, ob diese Methode in Lochguard funktionieren würde.

Vor allem, als Faye die rothaarigen Zwillinge – ihre Brüder, wenn er sich recht erinnerte – so hart anstieß, dass sie auf dem Allerwertesten landeten.

Eine der Drachenfrauen – die Ärztin? – blieb neben ihm stehen und sagte leise: „Deshalb sind wir in der großen Halle. Tante Lornas Esstisch ist nicht mehr groß genug."

Er warf ihr einen Blick zu. Ihre Hand lag auf dem kaum sichtbaren schwangeren Bauch – einer der Drachenwandler hatte ihm auf dem Weg hierher von ihrem Zustand erzählt –, und er runzelte die Stirn. „Du solltest zuerst drankommen."

Layla schüttelte den Kopf. „Alles gut. Chase holt mir einen Teller."

Trotzdem ärgerte es ihn, dass die anderen sich die Teller voll häuften, ohne die schwangere Frau vorzulassen. So sehr, dass er beschloss, die Beobachterrolle zu vergessen und für ein wenig Ordnung zu sorgen. Manieren waren schließlich nicht nur Menschen vorbehalten.

Lachlan schrie: „Stopp!"

Und wie durch ein Wunder taten es alle und sahen ihn an.

Er war vielleicht nicht der geselligste Typ, doch durch seinen Job war er es gewohnt, manchmal im Mittelpunkt zu stehen. Also räusperte er sich und sagte: „Ein bisschen Manieren, bitte", bevor er eine Gasse freimachte und Layla durchließ.

Ihr Gefährte war sofort an ihrer Seite, flüsterte besorgte Fragen, ob alles okay sei, und Lachlan überließ es dem Drachenmann, sich um sie zu kümmern. Trotzdem verschränkte er die Arme und funkelte in die Runde.

Ihm war egal, dass einer von ihnen der Clanführer war oder zwei die Sicherheitschefs.

Wenn sie ihn bestrafen oder zusammenstauchen wollten, weil er einer schwangeren Frau hatte helfen wollen, dann bitte.

Finn kam auf ihn zu und streckte eine Hand aus. Die Geste ließ Lachlan fast blinzeln. Er ergriff sie, sie schüttelten einander die Hände, und Finn lächelte ihn an. „Aye, du wirst hier prima reinpassen."

Lachlan hatte keine verdammte Ahnung, was das heißen sollte, aber er fragte: „War das eine Art Test?"

Finn schnaubte. „Ich wünschte, ich wäre so schlau, aber meine Familie ist manchmal ein bisschen wild. Und wir alle wissen, dass die MacKenzies um ihr Essen gegeneinander kämpfen, deshalb lässt man sie das normalerweise unter sich ausmachen. Aber du hast recht – Layla hätte zuerst gehen müssen." Er klopfte ihm auf die Schulter. „Aber sie ist fast fertig, also bist du jetzt dran. Du bist schließlich der Gast, aye?"

Wieder waren alle Augen auf ihn gerichtet, also tat er, was der Clanführer sagte. Danach suchte er den Raum ab und beeilte sich, ans Ende des einzelnen langen Tisches zu kommen, der für das Essen aufgebaut war.

Mit der Wand auf der einen und einem Stuhl auf der anderen Seite minimierte er zumindest, wie viele Leute um ihn herum saßen.

Außerdem hatte er von dort einen besseren Überblick, wie sie alle miteinander umgingen.

Dennoch wartete er, bis die anderen Platz genommen hatten, bevor er anfing zu essen.

DA CAT ihren Teller schon voll hatte, ignorierte sie das kleine Schamgefühl, nicht selbst zuerst an Layla gedacht zu haben, und ging zum langen Tisch für den Abend.

Sie war sich nicht sicher, wo sie sich hinsetzen sollte, aber dann nahm Lachlan am einen Ende Platz, direkt an der Wand, und sie lächelte. Wäre sie neu und wollte nicht mitten im Wahnsinn sitzen, hätte sie denselben Platz gewählt.

Und obwohl sie ihre Clanmitglieder mochte, setzte sie sich Lachlan schnell gegenüber und fragte: „Warst du in einem früheren Leben ein Drachenwandler?"

Er runzelte die Stirn, seine Finger spielten mit der Gabel neben seinem Teller. „Wovon sprichst du?"

Sie zuckte mit den Schultern. „Ich behaupte nicht, Expertin für Menschen zu sein, vor allem nicht für Menschenmänner, aber ich glaube nicht, dass viele andere getan hätten, was du gerade für Layla getan hast."

Er brummte und legte die Gabel weg. Er murmelte so leise, dass Cat ihn ohne ihr überempfindliches Gehör nicht verstanden hätte: „Ich hab' zu viele Jahre damit verbracht, anderen wehzutun und jedermanns Gefühle zu ignorieren. Ich versuche, das wiedergutzumachen."

Während er erneut anfing, mit dem Besteck zu spielen, versuchte sie, seine Worte zu deuten. Lachlan mochte steif sein und nicht schnell lachen, aber er war nie gemein oder grausam zu ihr gewesen. Sie sollte nichts sagen, platzte aber trotzdem heraus: „Wie hast du anderen wehgetan?"

Ihr Tischende war noch leer, auch wenn sie nicht glaubte, dass das lange so bleiben würde – sie sah Finn und Arabella auf dem Weg zu ihnen. Aber sie war sich nicht sicher, ob er antworten würde, bis er sagte: „Das ist eine lange Geschichte. Vielleicht ein andermal."

An der Art, wie er die Zähne aufeinanderbiss, erkannte sie, dass Lachlan an diesem Abend nicht nachgeben würde, nur weil sie bohrte.

Außerdem, als Finn und Arabella sich neben sie setzten, verwandelte sich Lachlans Gesicht wieder in die undurchdringliche Maske, die er für gewöhnlich trug.

Ihr Drache meldete sich. *Wir müssen sein Geheimnis herausfinden.*

Seit wann interessiert dich das?

Ihr Drache schnaubte. *Seit wann interessiert sich ein Drache nicht für ein Geheimnis? Das ist eine ganz besondere Art von Schatz, aye?*

Ihr inneres Tier hatte recht, was für ihre Zusammenarbeit mit dem Menschen Ärger bedeuten konnte, falls ihr Drache beschloss, weiterzugraben, bis Lachlan seine Vergangenheit preisgab.

Vor allem, weil sie spürte, dass es nicht leicht sein würde, ihm das zu entlocken. Ihr Bauchgefühl sagte ihr, dass Lachlans Wahrheit mehr war als nur jemanden angeschrien oder sich in seiner Jugend geprügelt zu haben. *Er wird es uns erzählen, wenn er so weit ist.*

Ihr Drache wollte gerade etwas darauf erwidern, als Cat bemerkte, wie ihre Mum am anderen Tischende aufsprang und aus dem Raum hastete.

Sie sah Layla aufstehen, sprang aber selbst auf und sagte zu ihr: „Ich schau nach ihr, setz dich wieder", und rannte hinaus.

Sie betrat die Toilette und hörte, wie ihre Mutter sich übergab, bevor wenige Sekunden später die Spülung betätigt wurde. „Mum?"

Ein paar Herzschläge lang nichts, dann kam ihre Mutter aus der Kabine, das Gesicht blass und erschöpfter als ihre vierundvierzig Jahre. „Mum?", sagte sie nochmal leise, mehr Frage als alles andere. „Was ist los?"

Hatte ihre Krankheit einen kritischen Punkt erreicht? Würde ihre Mutter sterben?

Das durfte nicht sein; es durfte einfach nicht sein. Cat konnte sich ein Leben ohne ihre Mutter nicht vorstellen.

Aber sie musste stark sein für ihre Mum, wie damals, als ihr Vater gestorben war. Also verdrängte sie ihre Gefühle so gut es ging, setzte ein geduldiges

Gesicht auf und wartete, dass ihre Mutter antwortete.

Ihre Mum ging zum Waschbecken, spülte sich den Mund aus und stützte sich mit den Händen auf der Ablage ab. Sie lehnte sich dagegen und seufzte. „So hab' ich mir dieses Gespräch nicht vorgestellt."

Cat war sofort an ihrer Seite und begegnete ihrem Blick im Spiegel. Irgendwas in der Stimme ihrer Mutter sagte ihr, dass es große Neuigkeiten waren. Sie hoffte nur, dass es nicht darum ging, dass die Krankheit sich verschlimmert hatte und ihre Mum sterben würde.

Sie verdrängte die Angst wieder und bat leise: „Sag's mir einfach."

Ihre Mutter schloss für ein paar Herzschläge die Augen, öffnete sie dann wieder und sagte: „Ach, Cat. Ob's nun gut oder schlecht ist – ich sag's einfach: Du wirst wieder eine große Schwester."

Fassungslos blinzelte sie nur. Aye, ihre Mutter war gerade erst achtzehn gewesen, als sie sie bekommen hatte, und war deshalb immer noch ziemlich jung im Vergleich zu den Müttern der meisten ihrer Freunde, aber sie hatte nicht einmal gewusst, dass ihre Mum mit jemandem zusammen war.

Ihr Drache sagte leise: *Man braucht keine Beziehung, um ein Kind zu zeugen.*

Cat ignorierte ihr Tier und platzte heraus: „Wie? Wer? Ist das der Grund, warum du so müde warst?"

Ihre Mutter drehte sich endlich zu ihr um und

strich ihr sanft über die Wange. „Aye, und nur die Ärzte wussten Bescheid. Sie mussten mir versprechen, niemandem etwas zu sagen."

Irgendwas nagte immer noch an ihr. „Aber du warst über ein Jahr lang krank." Sie deutete auf den Bauch ihrer Mutter. „Und man sieht es dir noch nicht einmal an, also kannst du nicht die ganze Zeit schwanger gewesen sein."

Ihre Mutter antwortete: „Ich *war* eine Weile krank, was mich ein paar Monate lang recht leichtsinnig gemacht hat." Sie legte eine Hand auf ihren Bauch. „Und so ist das hier passiert."

Mehr noch als die Identität des Vaters machten ihr die Folgen Angst. Sie platzte heraus: „Wird das Kind dich umbringen?"

Vielleicht war es direkt, und sie hätte taktvoller sein sollen, aber das Lächeln ihrer Mutter beruhigte sie ein wenig. „Ganz im Gegenteil, Liebes. Mir geht's besser, sowohl allgemein als auch laut meinen Blutwerten. Die Ärzte versuchen immer noch herauszufinden, warum, aber mir ist das egal. Alle Anzeichen deuten darauf hin, dass diese Schwangerschaft mein Leben gerettet hat."

„Also wirst du nicht mehr krank sein?", flüsterte sie.

Ihre Mum drückte ihr die Schulter. „Ich glaube nicht, abgesehen von den üblichen Schwangerschaftsbeschwerden."

Erleichterung durchflutete sie bei der Nachricht. Cat wusste, dass ihre Mutter nicht ewig leben würde, aber sie wollte mehr Zeit mit ihr. Und es sah so aus, als würde sie sie bekommen.

Einen Augenblick später sagte sie: „Die anderen ahnen nichts, oder?"

Auch ohne es auszusprechen, wusste ihre Mum, was sie meinte. „Nein, deine Geschwister wissen nichts. Und versprich mir, ihnen nichts zu sagen, Cat. Ich muss erst ein paar Dinge klären." Sie schaute einen Moment weg. „Vor allem, was den Vater angeht."

„Wer ist es?", fragte sie leise.

Ihre Mum sah sie wieder an und lächelte sanft. „Ich will es dir sagen, wirklich. Aber noch nicht. Bitte hab' Verständnis, aye?"

Sie wollte fast fragen, ob der betreffende Mann wusste, dass ihre Mum krank gewesen war.

Ganz zu schweigen davon, dass Cat keinen einzigen männlichen Besucher bei ihrer Mutter bemerkt hatte, was bedeuten könnte, dass er sie und das Kleine im Stich gelassen hatte. Wenn er von der Krankheit ihrer Mum gewusst und sich geweigert hatte, ihr mit dem Kind zu helfen, war er ein Arschloch, das bestraft gehörte.

So viele Fragen, und trotzdem brodelte aus irgendeinem Grund Wut in ihrem Bauch. Und nicht nur wegen des mysteriösen Mannes.

Ein Teil von Cat wollte schreien, dass sie sich alle solche Sorgen gemacht hatten und ihre Mum ihnen hätte sagen sollen, dass es ihr besser ging, statt sie im Ungewissen zu lassen – sie denken zu lassen, sie würde sterben.

Aber beim flehenden Blick ihrer Mum wusste Cat, dass sie sie nie hintergehen und es ihren Geschwistern ohne ihre Erlaubnis verraten würde.

Wenn sie das Geheimnis bewahren wollte, musste sie gehen und den Kopf freibekommen, bevor sie etwas sagte, das sie bereuen würde. Ihr Temperament schlug selten zu, aber sie war kurz davor.

Cat brauchte Zeit zum Nachdenken. Und musste einen Weg finden, ihre Gefühle vor ihren Geschwistern zu verbergen – was für sie alles andere als einfach war.

Sie trat einen Schritt zurück. „Ich sag' nichts, aber ich muss jetzt gehen."

„Cat –"

Sie hob eine Hand. „Mir geht's gut, Mum. Entschuldige mich bitte bei den anderen, aye? Vorausgesetzt, dir geht's gut genug, um allein zurückzukommen."

Ihre Mutter nickte. „Aye, mir geht's gut. Es war nur der Geruch des Fleischs."

Cat sollte nett sein, rational und fürsorglich. Ihre Mum zurück zum Tisch bringen, zu Lachlan zurückkehren und so tun, als hätte ihre Mutter ihr nicht gerade offenbart, dass sie ein Geschwisterchen bekommen würde, das über sechsundzwanzig Jahre jünger war als sie.

Aber ihre Füße hatten einen eigenen Willen, und sie verließ die große Halle, ging zu einem nahen Landeplatz und wandelte sich in ihre Drachengestalt.

Sobald sie in der Luft war, versuchte sie, ihre Gedanken zu ordnen, und fragte sich, warum die Nachricht ihrer Mutter sie so sehr aufwühlte. Vielleicht, weil sie immer noch dachte, ihre Mum würde sterben, oder sie befürchtete, sich um noch ein Geschwisterchen kümmern zu müssen, vor allem, falls ihre Mum erneut krank werden sollte.

Oder vielleicht wollte sie einfach ein paar ruhige Monate mit all den anderen Künstlern haben, eine Chance, sich auf das zu konzentrieren, was ihre Seele nährte, statt ihre Geschwister in Schach zu halten und sich um alle anderen zu kümmern – nur nicht um sich selbst.

Aber aus welchem Grund auch immer – die kühle Nachtluft, die Sterne und die kleinen Lichter unten von den wenigen Häusern, an denen sie vorbeiflog, hielten sie ganz gefangen, und sie prägte sich die Szenen ein.

Morgen würde sie wieder allen gegenübertreten können. Aber jetzt waren die Sterne, der Mond und ihr Drache ihre perfekten Gefährten.

Kapitel Vier

Am nächsten Morgen saß Lachlan am Schreibtisch in seinem neuen Büro in Lochguard und versuchte, sich auf seinen Laptop zu konzentrieren.

Es gab immer Papierkram und E-Mails, und jetzt noch mehr als sonst, weil er ein monatelanges Event ab Herbst organisierte. Er könnte den ganzen Vormittag daran sitzen – und wäre trotzdem nicht fertig.

Und doch juckte es ihm in den Fingern, das alles für eine Weile zu vergessen und Cat zu suchen.

Sie war gestern Abend früh gegangen, ihre Mutter hatte etwas von einer Besorgung gesagt. Aber Lachlan hatte bemerkt, dass Sylvia, als sie an den Tisch zurückkehrte, ein bisschen besorgt und vielleicht sogar ein wenig traurig ausgesehen hatte.

Zwischen den beiden war etwas vorgefallen; da war er sich sicher.

Allerdings hatte jeder Sylvias Worten geglaubt und den Abend damit verbracht, ihn zum Reden bringen zu wollen.

Und obwohl er es überlebt hatte – anscheinend benahmen sich die Drachenmänner etwas besser, wenn sie bei ihren Gefährtinnen saßen –, hatte Lachlan ein paarmal auf Cats verlassenen Teller geschaut und sich gefragt, was mit ihr passiert war.

Er zweifelte nicht daran, dass ihre Familie sie liebte – all das Necken und Gepläkel bewies es ihm –, doch einer von ihnen hätte ihr nachgehen müssen, um nach ihr zu sehen.

Aber keiner hatte es getan.

Was bedeutete, dass niemand wusste, ob es ihr gut ging.

Er seufzte frustriert und stand auf. Obwohl er erst am Nachmittag mit Cat verabredet war, war es fast schon seine Pflicht, früher nach ihr zu sehen. Schließlich brauchte er ihre Hilfe bei der Koordination mit den anderen Clans und Künstlern. Und es würde definitiv nicht helfen, wenn sie aufgewühlt war oder verschwand.

Lächerlich. Sie ist eine erwachsene Frau und kann ihre eigenen Probleme lösen. Zurück an die Arbeit. Er starrte wieder auf den Laptop. Aber die Wörter verschwammen, und er konnte sich immer noch nicht konzentrieren.

So viel zu seiner eisernen Disziplin.

Vielleicht, wenn sie lächelte und ihn aufzog – vielleicht sogar ein paar Flüche in seine Richtung schleuderte, um ihren Standpunkt klarzumachen –, dann könnte er sich verdammt nochmal endlich auf seine endlose To-do-Liste konzentrieren.

Entschluss gefasst, ging Lachlan zur Tür und aus dem Cottage. Am Tag seiner Ankunft hatten ihn die Drachenwandler durch den Clan geführt. Dabei hatten sie ihm auch Cats Atelier gezeigt. Sie hatten gesagt, wenn er sie nirgendwo sonst fände, wäre sie wahrscheinlich dort. Also würde er dort nachsehen.

Ein paar Leute winkten, und er winkte zurück, ging aber weiter. Wenn Lachlan sich erst einmal etwas vorgenommen hatte, zog er es durch. Vielleicht hielten ihn die anderen für unhöflich, aber im Moment war ihm das egal.

Drei Drachen flogen über ihn hinweg, und er sah ihnen nach, bis sie in der Ferne verschwanden. Er war definitiv nicht mehr in Glasgow.

Endlich erreichte er Cats Atelier – einen Anbau an einem Cottage – und klopfte an die Tür. Erst herrschte Stille. Gerade als er nochmal klopfen wollte, ging die Tür auf, und Cat stand da, in einem Kittel, der mit mehr Farben übersät war, als er zählen konnte, und mehreren Farbklecksen im Gesicht. Sie blinzelte. „Lachlan? Ich dachte, unser Termin ist erst in ein paar Stunden."

Er zuckte mit den Schultern. „Ist er auch." Da er nicht wollte, dass ihr Gespräch für jeden vorbeigehenden Drachenwandler zu hören war, deutete er an ihr vorbei. „Darf ich reinkommen?"

Sie runzelte die Stirn. „Normalerweise würde ich Ja sagen, aber es ist ein einziges Chaos, und ich muss wirklich fertig werden, bevor die Farbe trocknet."

„Ich kann hier an der Seite stehen, bis du fertig bist. Aber wir müssen reden, sobald du durch bist."

Sie musterte ihn einen Moment, und er konnte es ihr nicht verdenken. Es gab nichts Dringendes zu besprechen. Schließlich waren es fast noch zwei Monate, bis irgendwas losging oder die Künstler anreisten, und die nächste Deadline war erst in frühestens einer Woche.

Jedenfalls trat sie schließlich zurück und winkte ihn herein. „Komm rein. Aber pass auf, wo du hintrittst. Ich bin nicht die ordentlichste Malerin."

Sein Blick huschte über die Farbe in ihrem Gesicht, auf ihrem Kittel und schließlich an ihren Fingern. Er lächelte. „Nein, bist du nicht."

Sie hätte das Lächeln fast erwidert. „Aber du schon, stell ich mir vor. Makellos und perfekt."

Er schüttelte den Kopf. „Ich male überhaupt nicht, Mädel. Ich schaue mir nur gern an, was andere machen."

Ihr Lächeln wurde breiter. „Dann müssen wir dich wohl dazu bringen, es wenigstens einmal selbst zu versuchen." Bevor er sagen konnte, dass das pure Farbverschwendung wäre, winkte sie erneut. „Los jetzt. Ich muss wirklich fertig werden."

Er folgte ihr durch einen kleinen Flur bis zur Tür am Ende. Sie deutete auf die Türen zu beiden Seiten. „Eine ist das Lager, eine die Toilette. Ich sag dir das, weil ich ziemlich in meine Arbeit vertieft bin – aye? Ich will nicht, dass du anfängst rumzutanzen, wenn du mal musst."

Beinahe hätte er über ihre Worte geblinzelt, überspielte die Überraschung aber. Wahrscheinlich wollte sie ihn nur provozieren. Und wer weiß warum, aber er konterte: „Ich bin ein Mann. Ich finde schon einen Busch."

Sie verdrehte die Augen. „Ja, eins der Dinge, auf die Männer mit ihrem Schwanz so stolz sind."

„Ich glaube nicht so sehr, dass es Stolz ist. Eher Bequemlichkeit." Sie streckte ihm die Zunge heraus, und er schnaubte. „Sehr überzeugendes Argument."

„Du hast offensichtlich keine nervigen Geschwister, sonst wüsstest du, dass das bei denen super funktioniert, vor allem, wenn man sie als Rache aufziehen will."

Lachlan hatte nur eine Schwester, aber statt die Stimmung mit der Erinnerung daran zu trüben, wie er diese Beziehung jahrelang vermasselt hatte, bevor er sie – größtenteils – wieder gekittet hatte, deutete er auf die Tür. „Gehen wir jetzt rein, oder bleiben wir im dunklen Flur stehen?"

Sie legte die Hand auf den Knauf. „Sei einfach still, während ich arbeite, aye?"

Er nickte, und sie öffnete die Tür. Lachlan folgte ihr auf den Fersen.

Der Raum war viel größer, als er erwartet hatte – jede Wand etwa fünf Meter lang, mit Fenstern und Tageslicht aus drei Richtungen.

Selbst bei bedecktem Himmel war der Raum hell und fast schon fröhlich.

Aber als sein Blick durch den Raum schweifte, machten ihn die leuchtenden Farben der Bilder nur noch fröhlicher.

Cat beobachtete ihn, aber er deutete auf die riesige Staffelei an einer Seite, vor der ein Rollwagen und ein Hocker standen. „Mach du deine Sache fertig. Mich lenken deine ganzen Werke eine Weile ab."

Sie öffnete den Mund, als wollte sie etwas fragen, schloss ihn dann aber wieder und nickte. „Aye, in Ordnung. Ich brauche höchstens noch eine halbe Stunde für diese Schicht."

Während Cat sich also auf ihr Bild konzentrierte, ging Lachlan langsam von Gemälde zu Gemälde, studierte Motive, Farben und Töne. Kunst verriet eine Menge über einen Menschen, vor allem, wenn man den Künstler auch nur ein bisschen kannte.

Und aus irgendeinem Grund schaute er genauer hin als sonst – fast, als wäre Cat MacAllister ein Rätsel, das er lösen wollte.

CAT HASSTE ES NORMALERWEISE, wenn jemand in ihrem Atelier war. Meistens, weil alle, die bisher hier gewesen waren, gequatscht, Fragen gestellt oder Lärm gemacht hatten. Sie schienen nicht zu kapieren, dass Kunst Konzentration erforderte, genau wie alles andere.

Aber Lachlan war still, redete nicht, und sie bemerkte ihn kaum, als sie die letzte Schicht fertigstellte.

Während sie hier ein bisschen Grün verblendete und dort ein bisschen Blau, versank sie wieder in ihrem Bild. Alles andere schmolz dahin, bis nur noch sie und ihre Kunst existierten.

Es hätten genauso gut Stunden vergangen sein können, aber als Cat den letzten Pinselstrich setzte, konnte sie am Tageslicht erkennen, dass nicht allzu viel Zeit vergangen war. Sie nahm ihre Palette und wollte sie gerade sauber machen, als ihr Blick auf die übrig gebliebene Farbe fiel und sie lächelte. Sie drehte sich zu Lachlan um, der ein Bild betrachtete, das eine alte Schlacht zwischen Drachen und englischen Soldaten vor einigen Jahrhunderten darstellte, und sagte: „Lachlan."

Er nahm sich noch ein paar Sekunden, um das Bild zu studieren, dann drehte er sich zu ihr. „Fertig?"

„Aye, bin ich. Aber bevor wir zu unserem Meeting gehen, machen wir erst noch was anderes."

Er hob eine dunkle Braue. „Ich hoffe, du willst nicht vorschlagen, dass wir zusammen aufräumen. Aye, ich hätte ein paar Ideen, wie man diesen Raum effizienter gestalten könnte, aber das würde Tage dauern."

Sie lächelte. „Ich habe ein System, auch wenn man es nicht sieht. Nein, darum geht's nicht." Sie deutete auf eine kleinere Staffelei, die sie auf einem Tisch aufgebaut hatte. „Komm mal kurz her."

Während sie eine kleine Leinwand auf die Staffelei stellte, spürte sie den Moment, in dem er neben ihr stand. So albern es klang – Wärme strahlte von seinem Körper ab, und er duftete nach irgendeiner männlichen Seife.

Ihr Drache gähnte und wachte aus seinem Nickerchen auf – das er immer machte, wenn Cat malte – und sagte: *Ich rieche mehr den Mann als die Seife. Er riecht besser.*

Cat hätte beinahe tief eingeatmet, um zu prüfen, ob sie es auch bemerkte, verdrängte den Gedanken aber schnell. Das war schließlich Lachlan. Er würde sie wahrscheinlich für verrückt halten und jemanden als Mit-Koordinator verlangen, der nicht einfach Leute beschnupperte.

Ihr Drache wollte schon antworten, aber Cat sprach laut und brachte ihr Tier zum Schweigen. „Ich hab' noch ein bisschen Farbe übrig, deshalb dachte ich, du könntest es mal versuchen."

Sie warf ihm einen Blick zu und bemerkte die dunklen Stoppeln an seinem Kinn. Wahrscheinlich war er ein Mann, der sich zweimal am Tag rasieren musste, wenn er glatte Haut wollte.

Nicht, dass Cat etwas gegen ein bisschen Rauheit hätte.

Sie zwang sich, nicht rot zu werden, griff nach einem Pinsel und reichte ihn ihm. „Keine Sorge, wir versuchen nur was Abstraktes – eine nette

Umschreibung dafür, zu machen, was man will, und es dann Kunst zu nennen."

Er rückte den Pinsel in seiner Hand zurecht, tauchte ihn in blaue Farbe und zog eine gerade, diagonale Linie über die rechteckige Fläche. „So. Fertig."

Sie verdrehte die Augen. „Nein, das war nur frech."

Sie legte ihre Hand um seine Finger. Ihr Herz setzte einen Schlag aus, als sie seine warme, raue Haut unter ihrer spürte.

Vielleicht hatte sie einfach zu lange keinen Sex gehabt. Denn das hier war Lachlan − das genaue Gegenteil von allem, was sie war.

Definitiv nicht der Richtige für sie.

Ihr Drache summte. *Aber er ist hier, und sein Puls ist schneller geworden.*

Wahrscheinlich, weil er immer noch nervös ist in der Nähe von Drachenwandlern.

Red' dir das ruhig ein, aber ich glaube, du bist einfach nur feige.

Cat ignorierte ihren Drachen, räusperte sich und schlüpfte in ihre Kunstlehrer-Rolle. Sie führte seine Hand, um die Pinselspitze wieder in Farbe zu tauchen, und hielt sie vor die Leinwand. „Setz den Pinsel auf und lass ihn fließen. Versuche, ein bisschen von dir auf die Leinwand zu bringen. Und sag' mir nicht, du bist dieser gerade Strich. Ich kenne dich gut genug, um zu wissen, dass das Bullshit ist."

Sie sah sein Lächeln − was ihn weniger förmlich

und, das wagte sie zu behaupten, ein bisschen attraktiver machte. Lachlan antwortete: „Ein Teil von mir ist dieser gerade Strich. Aber der andere …"

Er unterbrach sich, und mit ihrer Hand immer noch auf seiner bewegte er sie zur Seite, strich langsam nach oben, wieder zurück und malte ein kurviges, kompliziertes Muster in Blau.

Er hob den Pinsel von der Leinwand, und Cat ließ endlich seine Hand los. Sie starrte das filigrane Muster an und dann zu Lachlan hoch. „Das ist glaubwürdiger."

„Wie würde dein Muster aussehen?", fragte er.

„Wahrscheinlich nicht viel anders."

Er drehte den Pinsel zu ihr. „Zeig's mir."

Sie nahm ihn, ihre Finger streiften seine, und das Herz donnerte in ihren Ohren.

Ein Teil von ihr wollte sich räuspern und vorschlagen, sauber zu machen. Das wäre viel einfacher, um sich wieder zu sammeln und sich klarzumachen, dass er definitiv mehr Ärger bedeutete, als er wert war.

Aber anders als beim wiederholten Malen derselben Dinge im Kunstunterricht oder beim Vorführen von Pinseltechniken wollte sie ihm ihr Muster wirklich zeigen.

Bevor sie es sich also anders überlegen konnte, wischte sie so viel Blau wie möglich ab und tauchte den Pinsel in Gelb. Sie setzte ihn oben auf die Leinwand, malte mit breiteren Strichen, kurvte um einige von Lachlans Linien herum und durch sie hindurch – wo sie sich berührten, wurde die Farbe grün –, bis sie den Pinsel abhob. „So."

Er fuhr mit dem Finger die Linien nach, ohne sie zu berühren. „Ein bisschen offener als meins."

„Aye, aber sie ergänzen sich, finde ich."

Kaum waren die Worte raus, wollte sie sie zurücknehmen. Er würde sie garantiert falsch verstehen.

Aber er antwortete: „Aye, da stimme ich dir zu." Dann nahm er einen Pinsel vom Tisch, tauchte ihn in ein Glas Wasser, das er sich geholt haben musste, während sie gemalt hatte, und verblendete sorgfältig die Stellen, wo die beiden Farben ineinander übergingen.

Während die Farbe dünner wurde und er sie verteilte, konnte sie nur zusehen. Als er jede Stelle verblendet hatte, wo ihre Linien sich kreuzten, sagte er: „Und jetzt sieht man nicht mehr, dass es nicht von Anfang an so gemalt werden sollte."

Sie sah zu seinem Gesicht hoch. „Für jemanden, der behauptet, noch nie gemalt zu haben, weißt du ganz schön viel."

Er lächelte – diesmal echt, nicht nur ein leichtes Zucken der Mundwinkel –, und ihr Herz flatterte einen Moment. Wann war Lachlan so attraktiv geworden?

Er antwortete: „Ich lerne schnell, und ich lerne von der Besten."

Sie schnaubte. „Ich bezweifle stark, dass es mich zur besten Lehrerin macht, dir gesagt zu haben, du sollst eine Linie ziehen."

Er zuckte mit den Schultern. „Vielleicht nicht das, aber ich habe dir vorhin beim Malen zugesehen. Also, aye, du warst meine Lehrerin."

Er hatte ihr beim Malen zugesehen? Und sie hatte seinen Blick bei der Arbeit nicht gespürt?

Ihr Drache meldete sich zu Wort. *Du würdest nicht einmal einen nackten Mann in der Ecke bemerken, wenn du malst. Vor allem, weil ich dabei immer schlafe.*

Cat ignorierte ihr Tier und musterte Lachlans blaue Augen – überrascht, wie viel Hitze und vielleicht sogar … Schalk darin lag?

Sie fragte sich, ob das der echte Lachlan war, wenn er seine Deckung fallen ließ.

Und ohne nachzudenken, wanderte ihr Blick zu seinem Mund, zu den Lippen, die zu malen ihr in der Vergangenheit so schwergefallen war.

Doch während sie auf die vollere Unterlippe starrte, war es ihr gerade egal, ihn richtig zu zeichnen. Sie fragte sich, ob er noch freier wurde – oder zumindest offener –, wenn er nicht reden konnte.

Zum Beispiel, wenn er jemanden küsste.

Ihr Drache brüllte fast: *Ja, ja! Küss ihn! Nur einmal. Es ist viel zu lange her.*

Ihn zu küssen war eine schlechte Idee, aye, eine ganz schlechte.

Und doch konnte sie, seit ihr Drache es erwähnt hatte, an nichts anderes mehr denken als daran, wie er schmecken oder wie er in ihren Mund stöhnen würde.

Seine raue Stimme drang an ihre Ohren. „Was sagt dein Drache dir die ganze Zeit?"

Ihr Blick wanderte zurück zu seinen Augen, und sie holte beinahe scharf Luft, als sie die Intensität in ihnen sah. Die kühle Beherrschung war weg, ersetzt durch einen warmen, einladenden Ausdruck, der aussah, als wollte Lachlan jeden Zentimeter ihres Körpers lecken.

Was falsch war. Das durften sie nicht tun. Schließlich hatten sie ein Event zu planen.

Und doch war es fast, als müsste sie ihn küssen. Nur dann könnte sie ihn vergessen und sich auf ihre Arbeit konzentrieren.

Bevor sie sich zurückhalten konnte, beugte sie sich näher zu ihm, bis ihre Körper nur noch einen Zentimeter voneinander getrennt waren. Sie antwortete: „Das willst du wirklich nicht wissen. Drachen sind ein sexgeiler Haufen."

„Ach, aye?", brummte er. „Warum sagst du das?"

Ihr Drache ergriff das Wort: *Sag's ihm nicht, zeig' es ihm. Küss ihn endlich. Tu ausnahmsweise mal was für dich und nicht für jemand anderen.*

Hätte ihr Drache ihr nur zugesetzt oder gesagt, er würde einen Juckreiz stillen, oder sie sogar mit Schuldgefühlen dazu gebracht, ihn zu küssen, hätte sie vielleicht widerstehen können.

Doch Cat tat selten etwas nur, weil sie es wollte – außer bei ihrer Kunst. Und vielleicht, wenn sie nicht gestern Abend erfahren hätte, dass sie ihrer Mutter wahrscheinlich noch viele Jahre mit einem

weiteren Geschwisterchen würde helfen müssen,
hätte sie möglicherweise widerstanden.

Aber Cat hatte es satt, nie spontan zu sein.
Früher als Kind war sie das gewesen, aber seitdem
nicht mehr.

Deshalb legte sie eine Hand an seine Brust, und
die Zeit schien stillzustehen, während sie einander
ansahen und das Herz in ihren Ohren trommelte.
Schließlich sagte sie: „Ich kann dir zeigen, woran er
denkt."

Er nahm ihr Kinn zwischen die Finger und
beugte sich näher an ihr Gesicht, bis sie seinen
heißen Atem auf ihren Lippen spürte.

Mehr Ermutigung brauchte sie nicht, um seinen
Kopf zu sich herunterzuziehen und ihn zu küssen.

LACHLAN HATTE SICH WIRKLICH BEMÜHT, Cats
wunderschöne dunkelblaue Augen nicht zu
bemerken oder wie die dunklen Haarsträhnen um
ihren Kopf tanzten und das Licht einfingen.

Ganz zu schweigen von ihren tiefrosa Lippen,
die sie mit der Zunge befeuchtet hatte, und er
konnte nicht aufhören, sich zu fragen, wie sie
schmecken mochten.

Und dann hatte sie auch noch eine Hand an
seine Brust legen müssen, und er konnte ein paar
Herzschläge lang kaum atmen.

Als sich ihre Finger beim kleinen Malunterricht
berührt hatten, hatte er die Hitze als nichts weiter

abgetan als die Tatsache, dass Lachlan zu lange keinen Sex mehr gehabt hatte.

Aber mit ihrer Hand an seiner Brust, ihrem Gesicht so nah, dass er ihren Atem auf seiner Haut spürte, und umgeben von ihrem Duft gemischt mit Farbe, schoss Verlangen durch ihn hindurch.

Er wollte sie.

Der Gedanke erschreckte ihn, und er hatte gerade zurückweichen wollen, um wieder klar denken zu können, als sie seine Lippen zu ihren herunterzog. Er stöhnte auf, weil sie so weich waren, und kaum hatte er sie dazu gebracht, sich zu öffnen, als sie ihn wegstieß, ans andere Ende des Raums rannte, sich zur Wand drehte und die Schultern hochzog, als hätte sie Schmerzen.

Das war weit mehr als bloßes Bedauern, ihn geküsst zu haben, da war sich Lachlan sicher.

Er machte einen Schritt auf sie zu. „Cat? Was ist los?"

Ihre Stimme klang angestrengt. „Hol meine Mum. Sie ist im Restaurant."

Er trat noch einen Schritt näher, aber sie wich weiter zurück, legte die Stirn an die Wand und schlang die Arme um ihren Oberkörper. Sie schrie: „Geh und hol meine Mutter!"

Es fühlte sich falsch an, sie zu verlassen. So sanft wie möglich bat er: „Sag mir, was los ist."

Sie warf einen Blick über die Schulter, und ihre Pupillen blitzten schneller als je zuvor. Sie rief: „Geh und hol sie! Jetzt!"

Er wollte sie nicht allein lassen. Doch dann

kauerte sie sich auf den Boden, und ihre Stimme klang noch gequälter, als sie sagte: „Bitte. Hol sie."

In diesem Moment verknotete sich sein Magen mit einer Vorahnung. Er hatte lange genug beim MDA gearbeitet, um die Grundlagen über Drachenwandler zu kennen. Er hatte das Gefühl, zu wissen, was mit ihr los war.

Aber er schob es für den Moment beiseite. Er würde ihre Mutter holen und dann bald genug wissen, ob er recht hatte oder nicht.

Und wenn er recht hatte … war er sich nicht sicher, ob er ihr helfen konnte.

Nein, jetzt nicht daran denken. Hilf erst einmal Cat. Das ist wichtig. Mit diesem Gedanken rannte Lachlan aus dem Raum, aus dem Cottage und so schnell er konnte zum Restaurant „The Dragon's Delight".

Dort stürmte er hinein und pfiff auf alle Höflichkeit. Cat hatte Schmerzen. „Wo ist Sylvia?" Als alle ihn nur anstarrten, brüllte er: „Wo ist sie?"

Die ältere Drachenfrau kam mit gerunzelter Stirn aus einer Hintertür. „Was ist hier los?"

Er rannte zu ihr und flüsterte: „Es geht um Cat. Irgendwas stimmt nicht, und sie braucht dich. Sie ist in ihrem Atelier."

Sie musste die Angst in seiner Stimme gehört haben, denn sie nickte. Sylvia sah zu jemandem und bat ihn, auf das Restaurant aufzupassen, dann ging sie zügig zur Tür hinaus.

Lachlan folgte ihr und wünschte sich, er könnte rennen, aber er passte seine Schritte an Sylvias an.

Das langsamere Tempo gab ihm Zeit, sich zu

beruhigen und nachzudenken, und er wusste, dass es nur einen Grund gab, warum Cat Schmerzen haben konnte, nachdem sie ihn geküsst hatte.

Er war ihr verdammter wahrer Gefährte, und sie versuchte, dem Gefährtenrausch zu widerstehen.

Es fühlte sich an, als wäre sein einer Moment der Schwäche – endlich mal etwas außerhalb seines Zeitplans und seiner sonstigen Pläne zu tun – nach hinten losgegangen.

Denn wenn es um wahre Gefährten ging, würde der Drache so lange Sex verlangen, bis die Frau schwanger war.

Und wenn Lachlan sich weigerte und ihr nicht gab, was sie brauchte, würde sie erst betäubt und er dann jahrelang so weit wie möglich weggeschickt werden, bis ihr Drache sich beruhigte.

Was immer noch viele Monate der Hölle für sie bedeutete.

Nach all den Jahren, in denen er versucht hatte, ein besserer Mensch zu werden und anderen nicht mehr wehzutun, hatte er offensichtlich wieder Chaos angerichtet.

Und Cat litt darunter.

Endlich sagte Sylvia: „Erzähl mir, was passiert ist."

Nachdem er es berichtet hatte, brauchte sie einen Moment, bevor sie sagte: „Ich nehme an, du weißt, was passiert ist, aye? Nach all der Zeit beim MDA."

„Aye", antwortete er.

Das Atelier kam in Sicht. Sylvia zeigte auf einen

Weg, der nach links abbog. „Geh zu Finns Haus, sag ihm, dass Cat gegen den Rausch ankämpft, und lass ihn einen Arzt schicken."

Lachlan hatte das Gefühl, er sollte etwas sagen, etwas tun, aber Sylvia deutete den Weg hinunter. „Geh! Im Moment geht's darum, Cat zu helfen. Der Rest hat Zeit."

Und so tat er, was sie sagte, und wartete – auch wenn Warten nicht gerade seine Stärke war.

Kapitel Fünf

Cat lag auf der Seite, zu einer Kugel zusammengerollt, und nutzte jede Kraftreserve, um zu bleiben, wo sie war.

Ihr Drache versuchte ständig, die Kontrolle über ihren Geist zu übernehmen und wollte hinter Lachlan herjagen.

Und als sie es nicht zuließ, brüllte ihr Drache immer wieder: *Such ihn und nimm ihn. Er gehört uns. Warum wehrst du dich? Ich werde das nicht tun. Ich finde ihn, beanspruche ihn und nehme mir, was ich will.*

Irgendwann wurden die Forderungen, Lachlan zu finden und zu nehmen, zu einem leisen Summen, das sie kaum noch wahrnahm, während sie ihr Bestes gab, ihren Drachen im Hinterkopf zu halten.

Sie bemerkte kaum, wie ihre Mutter sie fand, hörte nur ihre gedämpfte Stimme, als käme sie durch Wasser. „Schhh, Catherine. Der Arzt kommt gleich."

Sie hatte keine verdammte Ahnung, wie lange sie so dalag und gegen ihren Drachen kämpfte – der bis zu diesem Moment immer ihr bester Freund gewesen war –, bis ihr Drache plötzlich verstummte. Fast, als wäre er komplett verschwunden.

Dann hörte sie eine vertraute Stimme – die von Dr. Alex Campbell, Lochguards jüngerer Ärztin. „Alles gut, Cat. Dein Drache ist nur ein paar Tage weg. Er kommt zurück, wenn du bereit bist."

Cats ganzer Körper fühlte sich an, als wäre er mit Steinen beschwert. Sie war noch nie in ihrem Leben so müde gewesen. Aber irgendwie schaffte sie es, die Augen zu öffnen. Das Gesicht ihrer Mutter kam in Sicht. Sie war die eine Person, bei der Cat keinen Eiertanz aufführen musste, die Einzige, für die sie nicht ständig stark sein musste.

Und so brach sie in Tränen aus.

Ihre Mutter schaffte es, sie in eine aufrecht sitzende Position zu bringen, und drückte sie fest an sich.

Manchen wäre es vielleicht unangenehm gewesen, an der Schulter ihrer Mutter zu heulen, aber Cat war es egal, dass sie schon in ihren Zwanzigern war. Nein, sie schöpfte Kraft aus ihrer Mutter, und irgendwann beruhigte sie sich.

Ihre Mum sagte leise: „Wir sind allein, Cat. Die Ärztin ist weg. Also sag mir, warum du weinst, aye?"

Sie blickte in die Augen ihrer Mutter, und eine Mischung aus Schuldbewusstsein und Trost durchströmte sie. Schuld, weil sie ihre Mum am vorigen Abend angeschrien hatte, aber Trost von der einen Konstanten in ihrem Leben, die am längsten hielt. „Ich habe alles ruiniert."

Ihre Mum hob die Brauen. „Hast du dich ihm aufgezwungen oder er sich dir?"

Sie antwortete: „Nein."

„Aye, na ja, zum Küssen gehören zwei, oder?"

Cat seufzte und schaute zur Seite. „Ich hätte ihn gar nicht erst küssen sollen. Mir wurde eine riesige Verantwortung übertragen. Finn hat das MDA sogar überzeugt, das Event in Lochguard abzuhalten statt in Glasgow oder London, und ich hab' das alles für einen Kuss hingeschmissen. Auch wenn ich nicht wissen konnte, dass er mein wahrer Gefährte ist, war das natürlich eine Möglichkeit. Ich hätte stärker sein sollen, verantwortungsvoller und ein bisschen weniger egoistisch."

Ihre Mutter legte die Wange auf Cats Kopf. „Du konntest es nicht wissen, Liebes. Und du bist nicht die Erste, die sich im Eifer des Gefechts vergessen hat."

Sie schüttelte den Kopf. „Das spielt keine Rolle. Ich hab's trotzdem vermasselt."

Ihre Mutter schwieg einen Moment. Dann erwiderte sie schließlich: „Du warst immer die Verantwortungsvolle, hast mehr auf dich genommen, als du solltest – vor allem, nach dem Tod deines Vaters. Und ich glaube, ich hab' dir das noch nie gesagt, aber dein Wunsch, mir zu helfen, obwohl du selbst noch jung warst – aye, das hat mich am Ende aus meiner Verzweiflung gerissen."

Cat rückte ein Stück weg, um ihrer Mutter in die Augen zu sehen. „Was meinst du?"

Ihre Mum lächelte, und es wurde bittersüß. „Ich war traurig, so unendlich traurig, als dein Vater getötet wurde. Wie du weißt, war er mein wahrer Gefährte, mein bester Freund und die Liebe meines Lebens. Plötzlich war er weg, ohne Vorwarnung, und ich blieb mit fünf Kindern allein zurück. Ich wusste, ich musste für euch da sein. Und trotzdem war es so schwer, aus dem Bett zu kommen, geschweige denn die Mum zu sein, die ich sein sollte." Ihre Mutter strich Cat eine Strähne aus dem Gesicht. „Dann kamst du eines Morgens mit einem Frühstückstablett rein, standest aufrecht und viel zu erwachsen für deine fünfzehn Jahre da und sagtest mir, die Rechnungen fürs Restaurant seien fällig. Du hattest deine Geschwister überredet, dir zu helfen, mich aus dem Schlafzimmer zu tragen, falls nötig. Und obwohl das lächerlich war, war es genau das, was ich hören musste."

Cat erinnerte sich, wie besorgt und doch entschlossen sie damals gewesen war. „Ich hab' mich immer gefragt, warum das funktioniert hat."

Ihre Mutter strich über Cats Haar. „Mir wurde klar, dass, wenn du mit fünfzehn so entschlossen warst, unser Leben wieder in Ordnung zu bringen und deiner Mutter zu befehlen, aus dem Bett zu kommen, ich mich dann mehr anstrengen sollte. Denn wenn ich es nicht tat, würdest du wahrscheinlich versuchen, die Scherben aufzusammeln. Und das war egoistisch, unfair und ganz und gar nicht, was dein Vater gewollt hätte." Sie lächelte endlich warm. „Danke, Cat, dafür. Aber du sollst wissen, dass es okay ist, mal zu scheitern, um herauszufinden, wer du wirklich bist. Ich glaube, von diesem Moment an warst du entschlossen, die perfekte Tochter zu sein, die perfekte Schwester und perfekt in allem. Aber wir sind am interessantesten, wenn wir ein bisschen weniger perfekt sind, Liebes. Also statt dich für deinen Ausrutscher zu bestrafen, tu, was du bei mir gemacht hast – steh auf und überleg' dir deinen nächsten Schritt. Es ist dein Leben, Cat. Und du musst entscheiden, in welche Richtung du es lenken willst."

Sie tat nicht so, als würde sie es missverstehen. „Kind oder kein Kind."

Ihre Mum nickte. „Ich glaube, Lachlan spielt da auch eine Rolle, aye?"

Sie runzelte die Stirn. „Ich kenne ihn kaum."

Ihre Mutter zuckte mit einer Schulter. „Vielleicht nicht, aber er entspannt sich in deiner Nähe. Das ist mir gestern Abend aufgefallen. Und du strahlst auch, wenn du mit ihm redest. Du wirkst dann fast ein bisschen mehr wie eine junge Frau statt wie jemand, der seit einem Jahrzehnt eine Familie mit großziehen musste. Und auch wenn das keine ewige Liebe ist, ist es ein Anfang. Du kannst die nächsten drei Tage nutzen, um zu sehen, ob das reicht."

Selbst wenn niemand es ihr gesagt hatte, wusste

Cat, dass ihr Drache nur wegen der Spritze still war, die ihn zum Schweigen brachte. Manchmal war das nötig, wenn ein Gefährtenrausch unerwartet ausbrach.

Was bedeutete, dass sie etwa drei Tage hatte, bis ihr Drache wieder aufwachte, um zu entscheiden, ob sie ein Kind wollte oder nicht.

Ihre spontane Antwort war nein. Sie hatte gerade erst mit ihrer Mutter die Geschwister großgezogen.

Und doch – wenn sie einen wahren Partner hätte, einen Mann, der sie liebte und ihr bei allem half, könnte es okay sein. Trotz ihres Gemeckers liebte sie es, eine große Familie zu haben. Manche hatten nie Geschwister, und sie konnte sich nicht vorstellen, so oft allein zu sein.

Natürlich war das nicht allein ihre Entscheidung.

Bevor sie es sich anders überlegen konnte, platzte sie heraus: „Ist Lachlan schon aus Lochguard abgereist?"

„Ich weiß nicht genau, ob er noch hier ist, aber ich wette, er wartet wahrscheinlich bei Finn. Er hat sich wirklich Sorgen um dich gemacht, Cat. Ich glaube nicht, dass er einfach ohne ein Wort gehen würde. Er scheint der Typ Mann zu sein, der sich den Dingen stellt und sie angeht."

Das dachte sie auch. Auch wenn sie sich leicht irren konnte.

Schließlich wusste sie so wenig über ihn.

Trotzdem wollte sie kein Feigling sein. Das war nicht ihre Art. „Wenn du mir helfen könntest, zu Finn zu kommen, – ich will sofort mit Lachlan sprechen."

Ihre Mum sah ihr in die Augen, die Brauen leicht zusammengezogen. „Jetzt? Aber du bist erschöpft, Liebes. Vielleicht solltest du erst ein Nickerchen machen, damit du klar denken kannst."

Cat schüttelte den Kopf. „Nein. Ich könnte sowieso nicht schlafen. Außerdem hab' ich nicht viel Zeit, die ich mit ihm verbringen kann. Das heißt, falls er nicht abhaut."

Drei Tage. Cat hatte drei Tage, um herauszufinden, ob sie den Rausch wollte und dabei eine Mum werden oder ein paar Jahre Belastung und Stress erleiden, bis das Verlangen ihres Drachen endlich nachließ.

Und während ihre Mutter ihr aufhalf und ihr den ganzen Weg zu Finns Haus Kraft gab, war Cat sich nicht sicher, ob drei Tage reichen würden.

Lachlan ging normalerweise nicht auf und ab – das war fast schon ein Geständnis, dass er nicht komplett die Kontrolle hatte.

Aber während er auf Nachricht wartete, wie es Cat ging, konnte er nicht anders. Vor allem, da Finn in einem Meeting gewesen war und noch nicht mit ihm geredet hatte.

Trotz allem, was das Ministerium für Drachenangelegenheiten über Drachenwandler zu wissen glaubte, handelte jeder Clan – verdammt, jeder Einzelne – auf seine eigene Weise. Würde Lochguard ihn einfach wegschicken, in dem Glauben, es sei besser für Cat, zu leiden und den Rausch zu verdrängen, statt sich mit einem MDA-Angestellten einzulassen und all dem Kopfzerbrechen, das damit einherging?

Und warum wollte Lachlan bleiben und zumindest mit Cat reden – falls er das konnte, ohne dass sie über ihn herfiel und ihm die Klamotten vom Leib riss – und ihr verständlich machen, warum er meinte, den Rausch nicht durchziehen zu können? Nicht, weil er sie nicht wollte – verdammt, er war ehrlich genug, um zu sagen, dass sie schön war und ihre Berührung süchtig machte –, aber Lachlan war definitiv kein Vater-Material.

Verdammt, es war nicht einmal nur seine Angst, die Kontrolle zu verlieren und wieder zu trinken, die ihn beunruhigte. Auch wenn, aye, das ein Kampf war, den er sein Leben lang führen würde.

Nein, da lauerte etwas viel Schlimmeres im Hintergrund, das vielleicht nur darauf wartete, hervorzubrechen. Etwas, das ihm Angst machte:

Lachlan könnte enden wie sein Vater.

Nicht, dass er das wollte – vor allem, weil der Gedanke, seine Frau oder sein Kind zu schlagen, ihm Übelkeit bereitete –, aber der Vater seines Vaters hatte dasselbe getan, wie er als Junge oft gehört hatte. So regelten die MacKintoshs ihre

Familien und hielten ihre Frauen und Kinder in Schach.

Lachlan sah das anders. Er hatte sich seinem Dad gestellt, als er alt genug gewesen war, um seine Mutter und Schwester zu schützen. Aber er trug immer diese Angst in sich – die Angst, dass er trinken, die Beherrschung verlieren und jemanden schlagen könnte, den er eigentlich schützen sollte.

Wie der Vater, so der Sohn.

Nein. So wollte er nicht sein. Das war mit ein Grund, warum er so zurückgezogen lebte. Isolation war sicherer für alle.

Finn betrat den Raum, und Lachlan zwang sich, seine tiefsten Ängste wegzuschieben. Drachenwandler hatten manchmal einen sechsten Sinn, und er wollte nicht riskieren, dass der Drachenmann etwas merkte.

Lochguards Clanführer blieb ein paar Schritte vor ihm stehen, stemmte die Hände in die Hüften und fragte: „Du weißt, was passiert ist, aye?" Lachlan nickte. „Gut, dann haben wir jetzt ein kleines Gespräch."

Ungeduldig, es hinter sich zu bringen, fiel Lachlan ihm ins Wort: „Falls du mich wegschicken willst, gehe ich nicht, bevor ich die Gelegenheit hatte, mit Cat zu reden. Selbst wenn es per Videochat ist, um sie von mir fernzuhalten, das ist okay. Aber ich muss mit ihr reden."

Finn musterte ihn einen Moment, der neckende Typ vom vorigen Abend wie weggeblasen.

Theoretisch hatte Lachlan gewusst, wie viel

Verantwortung auf den Schultern eines Clanführers lastete. Aber aus irgendeinem Grund wurde es hier und jetzt, mit Finns Gesicht, das ernster war als je zuvor, verdammt real.

Finn antwortete schließlich: „Ich hatte nicht vor, dich ohne ein Wort wegzuschicken. Aber ist das dein Plan – ein kleines Gespräch und dann zurück in die Stadt rennen?"

Er könnte lügen und eine Ausrede erfinden, um es sich leichter zu machen. Aber seine Handlungen würden Cat so oder so verletzen, und er musste ehrlich sein zu allen Beteiligten. Das war eines der Dinge, die er sich geschworen hatte, als er trocken geworden war. „Ich bin nicht das, was sie braucht. Ich glaube, das wissen wir beide."

Finn hob eine Braue. „Ach ja?"

„Aye, sie verdient was Besseres."

Sie verdient jemanden, der so unbeschwert sein kann wie sie. Jemanden, der nicht vielleicht eines Tages zum Monster wird und ihr Leben zerstört, ihre Seele bricht und sie zum Weinen bringt.

Finn sagte: „Lass mich dir was über wahre Gefährtenpaarungen erzählen, aye?"

„Ich kenne die Grundlagen", presste er heraus. „Das tun alle MDA-Angestellten."

Der Drachenmann winkte das ab. „Die geben euch die Märchenversion, garantiert. Aber ich gebe dir jetzt mehr von der Wahrheit. Setz dich."

Er erkannte den dominanten Unterton in Finns Stimme – einen, den Clanführer oft einsetzten.

Und obwohl Lachlan keinen inneren Drachen

hatte, der dieser Dominanz gehorchen wollte, setzte er sich auf die Couch.

Kaum saß er, nahm Finn im Sessel gegenüber Platz. „Das MDA erzählt euch sicherlich, dass, wenn ein Drache seinen wahren Gefährten findet, diese Person die beste Chance auf Glück ist. Und, aye, oft stimmt das. Aber es klappt nicht immer. Manchmal endet es im Schmerz. Und selbst für diejenigen von uns, die die Liebe ihres Lebens finden, ist es mit Arbeit verbunden. Du hast ja keine Ahnung, wie lange es gedauert hat, bis ich meine eigene Gefährtin überzeugen konnte, mir eine Chance zu geben."

Er blinzelte. Finn und seine Gefährtin Arabella berührten einander ständig, küssten sich und zogen sich gegenseitig auf. Klar, manchmal war es trockener Humor oder sogar ein bisschen Gezanke. Aber es würde ihn in Verlegenheit bringen, wenn er ein anderes Wort für sie hätte finden müssen als „verliebt".

Finn zuckte mit den Schultern. „Es stimmt. Viele Leute, die jetzt in Lochguard leben, sind glücklich mit ihren Gefährten, aber sie mussten hart dafür arbeiten, dieses Glück zu erreichen. Du bist nicht der Einzige mit einer weniger als perfekten Vergangenheit − oder sogar einem Bastard von Vater."

Lachlan runzelte die Stirn. Er fragte sich, woher Finn mehr über ihn wusste als das, was öffentlich bekannt war.

Finn fuhr fort: „Ich habe Schatten in deinen

Augen gesehen, wenn du dachtest, niemand schaut hin. Nenn es die Aufmerksamkeit eines Clanführers. Auf jeden Fall – ich sage nicht, dass alles perfekt oder einfach wird, aber manchmal ist die Wahl eines Drachen die richtige. Das kann Kampf und Sturheit erfordern, aber ich kann dir aus Erfahrung sagen, dass es sich anfühlt wie nichts anderes, wenn du endlich alles bekommst, was du willst."

Während er noch überlegte, wie er darauf antworten sollte, stand Finn auf und sagte: „Du musst dich auch fragen, ob du dir von deiner Vergangenheit die Zukunft ruinieren lassen willst. Denn es gibt hier ein paar, die das fast zugelassen hätten. Und wenn sie das getan hätten, wären sie heute viel weniger glücklich, meiner Meinung nach."

Lachlan wusste, dass er nicht der Einzige mit Problemen war, aber er bezweifelte, dass viele der anderen, von denen Finn sprach, eine so verkorkste Vergangenheit hatten wie er.

Bevor Lachlan jedoch etwas sagen konnte, fuhr Finn fort: „Ich spüre Stärke in dir, MacKintosh. Die einzige Frage ist – wirst du sie nutzen, um zumindest eine gute Zukunft zu versuchen, oder wählst du den einfachen Weg und läufst davon, um jeden Schmerz zu vermeiden?"

Lachlan war solch eine Direktheit nicht gewöhnt, und doch ließ sie ihn fragen, ob er wirklich stark genug sein könnte, der Zukunft ins Auge zu sehen, statt sie sich von seiner Vergangenheit verderben zu lassen.

Würde er das wirklich in Betracht ziehen? Er kannte Cat kaum. Sicher konnte er sich nicht der monumentalen Aufgabe stellen, mit seiner Kindheit, seinen Ängsten und auch seinen Bewältigungsstrategien umzugehen, um trocken zu bleiben – nur weil sie ihn mehr lächeln ließ als sonst jemand?

Finns Stimme erfüllte den Raum. „Denk einfach drüber nach, aye? Mehr verlange ich nicht."

Seine Gefährtin Arabella klopfte und steckte den Kopf ins Zimmer. Sie warf Lachlan einen Blick zu, bevor sie zu ihrem Gefährten sah. „Cat und Sylvia sind da. Cat will mit Lachlan reden." Sie sah zu Lachlan. „Ihr Drache ist vorübergehend still, was bedeutet, dass sie wieder die Kontrolle hat, falls du dich das fragst."

Finn sah ihm wieder in die Augen. „Und?"

Er stand auf, zog seine Ärmel zurecht, um sich zu sammeln, und nickte. „Ich rede mit ihr."

Finn bedeutete ihm zu bleiben. „Ich hole sie her."

Sobald er allein war, holte Lachlan tief Luft und ließ sie wieder ausströmen.

Für einen Mann, der die letzten zehn Jahre nach einem festen Zeitplan und strenger Routine gelebt hatte, war das Chaos, dem er gleich gegenüberstehen würde, fast zu viel.

Aber zumindest schuldete er Cat ein Gespräch, um sie zu warnen, warum er die falsche Wahl war als Partner, als Vater oder als mehr als nur ein Bekannter.

Ganz zu schweigen davon, dass sie verdammt nochmal etwas viel Besseres als ihn finden konnte.

Also wartete er, immer noch unsicher, was er sagen oder tun würde, wenn er Cat wiedersah, aber bereit, ihr gegenüberzutreten.

Kapitel Sechs

Cat hätte Lachlan nicht warten lassen wollen, aber als sie jetzt vor der Wohnzimmertür stand – ein bisschen gestärkt durch eine schnelle Tasse Tee und ein paar Kekse –, war sie froh, dass sie auf den Rat ihrer Mum und Arabellas gehört hatte, Koffein zu sich zu nehmen, um das bevorstehende Gespräch zu überstehen. Sie fühlte sich nicht mehr so, als könnte sie jeden Moment umkippen.

Normalerweise hätte ihr Drache sie jetzt mit einem Spruch aufgezogen, aber da war nur Stille.

Es war immer noch schwer zu glauben, dass sie die nächsten drei Tage ohne ihr inneres Tier verbringen würde.

Und doch hatte sie wichtigere Dinge, um die sie sich Sorgen machen musste – den Menschenmann, der auf sie wartete.

Sie holte tief Luft, klopfte und öffnete die Tür.

Lachlan stand am Fenster, die Hände hinter

dem Rücken verschränkt, und warf einen Blick über die Schulter zu ihr.

Sie konnte seinen Gesichtsausdruck nicht deuten. Aber zumindest war er noch in Lochguard – das war schon mal etwas.

Er trat einen Schritt auf sie zu, hielt dann aber inne. „Ich würde dir gern zu einem Sessel helfen, aber ich will nichts verschlimmern, indem ich dich berühre."

Bei seiner Besorgnis schwand ihre Nervosität ein Stück. „So kurz nach der Spritze macht Berühren nichts – Küssen allerdings schon. Also versuch einfach, mir zu widerstehen, aye? Sonst kommt mein Drache vielleicht zurück."

Ohne ein weiteres Wort war er an ihrer Seite. Er legte einen Arm um ihre Taille und führte sie zum Sessel.

Klar, sie hätte es auch allein geschafft. Sie war schwach, aber sie konnte verdammt nochmal zu einem Sessel laufen.

Doch seine feste Präsenz an ihrer Seite, die Wärme seines Körpers und sogar sein Duft erinnerten sie daran, warum sie ihn überhaupt geküsst hatte.

Anziehung war nicht das Problem. Nein, nur der kleine Haken mit dem Rausch und dem Kind am Ende.

Kaum saß sie, ging er wieder zum Fenster – diesmal mit Blick zu ihr. Sie mochte die Distanz nicht, verstand aber, dass sie ihm vielleicht half.

Er sah sie ein paar Sekunden lang an. Gerade

als sie „Ich –" sagen wollte, sagte er gleichzeitig „Ich
–", und dann verstummten beide. Sie lächelte, aber
er räusperte sich.

Da es für ihn in diesem Moment sicher schwerer
war als für sie – Cat war zumindest mit dem
ständigen Wissen um wahre Gefährten und den
Rausch aufgewachsen –, winkte sie ihm zu. „Du
zuerst."

Er räusperte sich erneut. „Es tut mir leid, dass
ich dir Schmerzen bereitet habe."

Das war nicht gerade das, was sie hören wollte.
Vielleicht hatte sie ihrer Mum gegenüber den
Beginn des Rauschs beklagt, aber es war passiert,
und sie war bei seinem Kuss geschmolzen.

Sie mochte die Wahl, vor der sie jetzt stand,
vielleicht nicht, aber sie würde sich bei Lachlan
nicht für den Kuss entschuldigen. Bereute er ihn so
sehr?

*Denk daran, dass er ein Mensch ist, Cat. Er steckt bis
zum Hals drin.* Sie versuchte, ruhig zu bleiben, und
antwortete: „Ich hoffe, du meinst den Rausch-Teil
und nicht den Kuss an sich."

Er blinzelte – offensichtlich hatte er mit diesen
Worten nicht gerechnet. „Äh, ja."

Schon wieder diese verdammte Förmlichkeit. Zu
müde für Höflichkeiten platzte sie heraus: „Sag mir
einfach, was du denkst, Lachlan. Stell deine Fragen.
Schrei mich an, weil ich dich da reingezogen habe.
Irgendwas, nur nicht diese verdammte Höflichkeit,
hinter der du dich versteckst. Und, aye, das tust du,
also leugne es nicht."

Er richtete sich auf. „Bist du sicher, dass du das verkraftest? Du siehst erschöpft aus, und was ich dir erzählen muss, ist nicht voller Regenbögen und Rosen, Cat. Mich wirklich kennenzulernen, wird dir nur noch mehr wehtun."

Das weckte ihre Neugier. „Wie genau?" Er zögerte, und sie seufzte. „Ich bin stärker, als du denkst. Mein Vater wurde von Drachenjägern ermordet, als ich fünfzehn war. Das hab' ich überlebt, also kann ich verdammt nochmal alles verkraften, was du für so schrecklich hältst."

Zorn flammte in seinen Augen auf. Manch einer hätte versucht, die Wogen zu glätten, aber nicht sie. Er schien seine Fassade nur fallen zu lassen, wenn er starke Gefühle hatte. Und sie wollte dieses verdammte Gespräch endlich voranbringen.

Denn sie wusste immer noch nicht, was sie wollte – und würde es wahrscheinlich auch nicht wissen, bis Lachlan aufhörte, so verdammt geheimnisvoll zu sein und endlich ehrlich zu ihr war.

Er trat ein paar Schritte näher, seine Stimme weniger beherrscht, als er antwortete: „Du willst die Wahrheit? Aye, dann kriegst du sie." Er kam noch näher und ging in die Hocke, bis sie auf Augenhöhe waren, seine Augen voll von Emotionen, die sie nicht einordnen konnte. Er fuhr fort: „Ich bin ein trockener Alkoholiker, Cat. Ich habe Jahre damit verbracht, mich im Alk zu verlieren, meine Familie und Freunde anzubrüllen und fast jeden wegzustoßen. Ein einziger Ausrutscher, und du wärst in Gefahr. Vor allem wegen meiner Familiengeschichte."

Dass er trockener Alkoholiker war, hatte sie gewusst. Das schockierte sie nicht. Sein letzter Satz schon. „Was für eine Familiengeschichte?"

Er beugte sich näher und kniff die Augen zusammen. „Mein Vater hat mich geschlagen. Nicht nur mich, auch meine Mutter und meine Schwester. Und mein Großvater hat zuvor dasselbe mit seiner Familie gemacht. Es liegt mir im Blut, ein gewalttätiger Bastard zu sein. Und genau deshalb solltest du dich so weit wie möglich von mir fernhalten."

Ihr Herz zog sich zusammen, während sie ihn anstarrte und sich vorstellte, wie er als wehrloser Junge seinem Vater ausgeliefert gewesen war.

Sie argwöhnte, dass der Missbrauch wahrscheinlich auch zum Trinken geführt hatte.

Allein der Gedanke, dass ein Elternteil seinem Kind sowas antat und ein Leben lang Schmerz verursachte, machte sie wütend. Selbst ohne ihren Drachen wollte sie den Mann finden, ihn in ihrer Drachengestalt in die Ecke drängen und ihm zeigen, wie es sich anfühlte, der Schwächere zu sein.

Aber Lachlan wandte den Blick ab, zerstörte ihre Rachefantasie, und sie konzentrierte sich auf den Mann im Raum. Er brauchte sie. Und sie entschied, dass ein wenig Humor statt Wut ihm vielleicht mehr half.

„Es tut mir leid, dass dir das passiert ist. Aber ich glaube, du vergisst eine sehr wichtige Tatsache."

Sein Blick fand ihren. „Und die wäre?"

Sie lächelte. „Ich kann mich in einen sehr großen, sehr starken Drachen mit extrem scharfen Zähnen und Krallen verwandeln."

Er schüttelte den Kopf. „Vielleicht könnte dich das körperlich retten, aber ich hab' meiner Schwester emotional wehgetan, als ich getrunken habe. Von allen Männern auf der Welt stehe ich ziemlich weit unten auf der Liste derer, mit denen du ein Kind haben wollen solltest."

Eine andere Frau hätte sich von Lachlans wiederholter Abweisung anstacheln lassen. Aber sie spürte, dass seine Narben tief saßen – so tief, dass er nicht glaubte, eine glückliche Zukunft verdient zu haben.

Und sie erinnerte sich daran, wie Arabella damals nach Lochguard gekommen war – verschlossen und widerspenstig – und dann zu einer liebevollen Mutter, Gefährtin und Freundin geworden war, weil ein einziger Mann an sie geglaubt hatte.

Ganz zu schweigen von den Fortschritten, die Cat bei Aimee King gesehen hatte.

Sie wusste, dass Trost, Unterstützung und sogar Zuneigung einem helfen konnten zu erkennen, dass man Liebe und Zuneigung verdient hatte.

Die Frage war nur, ob sie diese Aufgabe übernehmen wollte.

Einerseits konnte sie wie Finn und Arabella enden – mit einer liebevollen Familie und einem

Gefährten, der ihr bester Freund war und ihr alles bedeutete.

Andererseits konnte es auch in einer Katastrophe enden – und vielleicht sogar in einem gebrochenen Herzen –, vor allem, wenn Lachlan weiter Ausreden suchte oder Distanz wahren wollte, um sie zu schützen.

Jedenfalls brauchte sie noch ein bisschen mehr Informationen von ihm, bevor sie eine Entscheidung traf. Also beugte sie sich vor, nahm seine Hand, damit er nicht floh, und sagte: „Ich würde niemals zulassen, dass mich jemand schlecht behandelt. Und ich behaupte nicht, dass du morgen aufwachst und plötzlich ist alles toll und rosig. Aber da ich weiß, dass ich auf mich selbst aufpassen kann und ein ganzer Drachenclan hinter mir steht, falls nötig – kannst du dann mal für einen Moment deine ganze Familiengeschichte vergessen? Was willst *du*, Lachlan? Willst du dein Leben lang allein bleiben, dich immer von anderen abschotten, nur für den Fall, dass du ausrutschst? Oder willst du eine Chance auf eine Gemeinschaft, die dich unterstützt, falls du sie brauchst, und dir das Leben ermöglichen, das du dir wünschst?" Sie beugte sich noch ein Stück näher. „Sag mir einfach, was du willst, Lachlan. Sei ehrlich zu mir. Das ist alles, was ich verlange."

Und so schwer es war, ihn nicht weiter zu drängen, wartete sie. Sie hatte das Gefühl, dass seine Antwort auch ihre eigene zu dem Rausch und dem daraus resultierenden Kind wäre.

LACHLAN KONNTE den Blick nicht von Cats Augen abwenden – wegen der Art, wie sie mit Feuer und Entschlossenheit sprach und ihn nicht mit Ausreden davonkommen ließ.

Er hatte gewusst, dass sie verantwortungsbewusst und freundlich war und manchmal sogar lustig. Aber hier und jetzt sah er, wie stark sie auch noch war.

Er glaubte ihr, dass sie nicht zulassen würde, schlecht von ihm behandelt zu werden – und nicht nur, weil sie sich in einen Drachen verwandeln konnte.

Cat besaß ein Selbstbewusstsein, das seine Mutter nie gehabt hatte, ein inneres Feuer, das niemand löschen würde.

Natürlich hatte er seine Mutter trotz all ihrer Schwächen geliebt, aber sie war schon lange gebrochen gewesen. Selbst als sein Vater vor ein paar Jahren gestorben war, war der letzte Rest ihrer Kraft verschwunden, und sie hatte kaum ein Jahr überlebt, bevor auch sie gestorben war.

Als Cat also fragte, was er wollte – wirklich für sich selbst wollte –, benutzte Lachlan nicht seine üblichen Ausreden. Stattdessen stellte er sich ein Leben vor, in dem er keinen gewalttätigen Vater hatte oder in dem er sich nicht im Alkohol verloren hatte, um damit fertigzuwerden, dass seine Mutter ihren Mann nicht verlassen wollte, obwohl Lachlan

und seine Schwester alt genug gewesen waren, um
sie zu unterstützen.

Ohne all das war er einfach nur ein Mann, der
Liebe und Geborgenheit wollte. Irgendwo
dazugehören, zu jemandem, der ihn die
schlimmsten Teile seines Lebens vergessen ließ.

Er konnte sich eine Zukunft mit einer starken
Frau wie Cat vorstellen – einer Frau, die ihn auf
Trab halten würde, aber auch da wäre, wenn er
Unterstützung brauchte.

Aber er wusste, dass das viel verlangt war.
Deshalb antwortete er endlich ehrlich – um ihr die
besten Informationen über sich zu geben, damit sie
ihre Entscheidung treffen konnte. „Als Kind hab' ich
mir nichts sehnlicher gewünscht als eine normale
Familie. Eine, in der die Eltern vielleicht streiten,
aber meine Mutter nicht wieder im Krankenhaus
landet mit einem weiteren ‚Sturz'. Meine Schwester
nur zu ärgern, ohne Angst zu haben, dass unser
Gezanke meinen Vater dazu bringt, den Gürtel zu
holen, um uns zum Schweigen zu bringen. Ich wollte
Lachen und Liebe und all die Dinge, die meine
Freunde als selbstverständlich hinnahmen." Er hielt
inne, versuchte, ihren Gesichtsausdruck zu deuten,
und scheiterte. Also fuhr er fort: „Aber ich kann nicht
einfach so tun, als gäbe es meine Vergangenheit
nicht, Cat. Sie wird mich mein Leben lang verfolgen,
und es wird eine riesige Menge Arbeit kosten, sie zu
überwinden. Du hast mal erwähnt, dass du deine
Geschwister mit großgezogen hast. Und obwohl du

dich nicht direkt beschwert hast, habe ich gemerkt, wie sehr dich das belastet hat. Ein Kind mit mir zu haben und getrennt zu leben, wäre noch mehr Arbeit – zusätzlich zu allem, was du schon tust. Und wenn es eins gibt, das ich nicht ertrage, dann jemandem zur Last zu fallen. Zumindest nicht mehr, als ich es in der Vergangenheit schon getan habe."

Am Ende war seine Stimme kratzig. Zwar hatte er von seinen Ängsten schon in Selbsthilfegruppen erzählt, aber hier bei Cat war es anders. Sie war so fröhlich und unbeschwert – das absolute Gegenteil von dunkel und verdreht.

Die Wahrheit auszusprechen und ein bisschen von seiner Dunkelheit weiterzugeben, war verdammt schwer. Aber er schuldete es ihr. Er wusste nicht warum, aber er hatte das Gefühl, es zu tun.

Sie antwortete schließlich: „Aye, es war hart mit meinen Geschwistern, nachdem Dad gestorben war. Aber nachdem ich heute mit meiner Mum geredet habe und sie mir sagte, wie sehr ich ihr geholfen habe, ist mir klar geworden, wie lohnend es war. Ich glaube, ich will damit sagen: Ich mag zwar meckern, aber wenn jemand einem sagt, wie wichtig man für ihn ist, macht das fast alles wieder wett."

Sie sah ihm in die Augen, und Lachlan hielt den Atem an. Wollte sie damit sagen, dass sie seine Probleme nicht stören würden oder die Tatsache, dass sie ihm würde helfen müssen?

Und warum war ihm das plötzlich so wichtig?

Doch sie sprach weiter, bevor er etwas sagen

konnte. „Und du hast es da vielleicht nicht gemerkt, aber schon allein, dass du gestern Abend dafür gesorgt hast, dass Layla zuerst etwas bekam, sagt mir, dass du nicht wie dein Vater bist." Sie drückte seine Hand, bevor sie hinzufügte: „Ich kann nichts versprechen, aber ich glaube, du bist einen Versuch wert, Lachlan MacKintosh. Und dass du, wenn es drauf ankommt, für mich oder ein Kind, das wir hätten, einstehen würdest, statt deinen Ärger an uns auszulassen, aye?"

Die Worte rutschten ihm heraus, bevor er sie stoppen konnte: „Ich würde mich eher umbringen, als dir wehzutun."

Sie lächelte sanft. „Das glaube ich auch. Dann bleibt nur noch eine Frage – willst du den Rausch mit mir? Wenn nicht, kannst du gehen, und ich werde dich nicht hassen. Dich vielleicht ein paar Jahre lang verfluchen, aber nicht hassen. Es war schließlich meine Entscheidung, dich trotz des Risikos zu küssen."

Er mochte es nicht, dass Cat sich die ganze Schuld gab. „Ich wusste auch, dass es passieren könnte, auch wenn es mir in dem Moment nicht in den Sinn gekommen ist. Aber Schuld zuzuweisen ist sinnlos. Nein, wichtiger ist, was du willst. Willst du ein Kind, Cat? Das alles war für dich genauso plötzlich wie für mich, und ich habe keine Ahnung, was du dir für deine Zukunft wünschst."

Sie griff nach seiner anderen Hand und drückte beide sanft. „Am Anfang hab' ich bei der Vorstellung geheult."

Der Gedanke, dass Cat geweint hatte, tat etwas mit seinem Herzen – so sehr, dass er am liebsten über die Enge gerieben hätte.

Sie zuckte mit den Schultern. „Aber ich glaube, das war eher die Angst vor dem Unbekannten – dass irgendein Mann, den ich kaum kenne, mir ein Kind macht. Aber nach diesem Gespräch habe ich nicht mehr so viel Angst. Ich bin ein bisschen nervös natürlich, aber es ist keine Angst mehr. Es würde mir nichts ausmachen. Aber du solltest wissen, dass es dich wahrscheinlich deinen Job kostet."

MDA-Angestellte durften sich nicht mit Drachenwandlern einlassen. Ein paar hatten es in der Vergangenheit getan, klar. Der Anführer des englischen Clans im Norden – Stonefire – hatte eine ehemalige MDA-Mitarbeiterin namens Evie Marshall gepaart. Aber sie hatte dafür kündigen müssen.

Wahrscheinlich würde es Lachlan genauso ergehen.

Das MDA war sein Fels in der Brandung gewesen, die Grundlage, um die er sein Leben strukturiert hatte – das eine, das ihn die letzten zehn Jahre zusammengehalten hatte. Konnte er das so einfach aufgeben?

Als er in Cats blaue Augen sah, fragte er sich, ob er vielleicht alles haben könnte. Sie hatte ihm die Idee in den Kopf gesetzt, an einer Zukunft zu arbeiten, die er sich wünschte. Und zum ersten Mal juckte es ihm in den Fingern, genau das zu tun.

Er sagte: „Ich werde darum kämpfen, meinen

Job zu behalten — zumindest bis zum Event im Herbst. Das gibt mir Zeit, einen Weg zu finden, sie davon zu überzeugen, dass es eine gute Idee ist, Mitarbeiter zu haben, die bei Drachenwandlern leben. Bücher und Berichte aus zweiter Hand reichen eben nur bedingt."

Sie nickte. „Ich bin mir sicher, Finn wird dir helfen, so gut er kann — vorausgesetzt, du arbeitest daran, sein Vertrauen zu gewinnen."

Er brummte: „Aye, vielleicht. Aber ich würde mir lieber erst dein Vertrauen verdienen."

Ihre Augen weiteten sich, bevor sie seine Hände wieder drückte. „Für den Anfang könntest du Zeit mit meiner Familie verbringen. Wir haben ein paar Tage, bevor mein Drache aus seinem medikamentösen Koma zurückkommt und wir uns voll und ganz dem Rausch hingeben müssen. Ich denke, es ist das Beste, wenn du siehst, wie das Leben hier wäre, falls du bleibst. Ganz zu schweigen davon, dass du dich an den Gedanken gewöhnen kannst, dass mein Drache manchmal die Kontrolle übernimmt und im Rausch ein bisschen grob sein wird."

Er hatte natürlich schon vom Gefährtenrausch gehört. Aber der Gedanke an Cat auf sich, wie sie seinen Schwanz ritt und ihre Nägel in seine Brust grub, jagte eine Hitzewelle durch seinen Körper.

Irgendwie glaubte er nicht, dass es eine Bürde wäre, mit ihrem Drachen klarzukommen.

Um seinen Schwanz im Zaum zu halten, konzentrierte er sich auf Cat und das, was sie vorgeschlagen hatte. „Aber ich würde auch Zeit mit dir verbringen, aye? Ich bin sicher, dein Drache ist toll, aber wenn ich ehrlich bin, freue ich mich mehr darauf, mit dir zu schlafen." Er löste eine Hand aus ihrer und wagte es, ihr eine Strähne aus dem Gesicht zu streichen. „Vor allem der Kuss macht mich neugierig."

Sie antwortete: „Mich auch."

Als sie zu ihm aufsah, die Augen voller Hitze, hielt er den Atem an. Sie war so verdammt schön.

Aber es war mehr als Schönheit, was ihn zu ihr hinzog. Es war nur ein tiefes Gespräch gewesen, aber er fühlte sich ihr schon näher. Früher hätte er das Gefühl unterdrückt und so getan, als wäre es nur Anziehung.

Aber Cat hatte etwas vor seiner Nase baumeln lassen – Hoffnung auf eine Zukunft –, und er wollte sie in- und auswendig kennenlernen.

Vielleicht konnte sie seine neue Sucht werden – aber auf gute Weise.

Sie ließ seine Hand los und legte ihre stattdessen an sein Gesicht. Ihre weichen Finger auf seiner Haut jagten eine weitere Hitzewelle durch seinen Körper. Nie zuvor war er sich der Berührung einer Frau so bewusst gewesen.

Es kostete ihn alles, sich auf ihre Worte zu konzentrieren und nicht wieder zu versuchen, sie zu küssen. „Aye, im Rausch bekommst du mich auch. Aber mein Drache ist ein Teil von mir, also ist das Angebot zwei für eins. Ich weiß, dass das für Menschen manchmal schwer zu begreifen ist, aber es ist wichtig, dass du das jetzt verstehst. Denn wenn wir im Rausch sind und ich meinen Drachen wieder habe, musst du auch ihm Aufmerksamkeit schenken. Wenn du ihn ignorierst, ignorierst du mich." Sie hielt inne und beugte sich näher, bis er ihren Atem auf seinen Lippen spürte. „Glaubst du, du kannst uns beide verkraften?"

Er wusste, dass er sie jetzt nicht küssen durfte, sonst würde es ihren Drachen wecken. Aber verdammt, er hatte noch nie so sehr darauf gebrannt, jemanden zu küssen. Fast, als bräuchte er es, sonst würde er Probleme beim Atmen bekommen.

Er wollte sie wirklich – mehr als alles andere.

Und das machte ihm ein bisschen Angst.

Du kannst sie noch nicht haben. Er konzentrierte sich auf ihre Frage, legte seine Hand über ihre und antwortete: „Aye, ich könnte euch beide verkraften. Ich brauche vielleicht ein paar Anweisungen, aber um dich wirklich zu kennen, werde ich es versuchen."

Sie lächelte, und ihre Augen leuchteten. Wann hatte er angefangen, all die kleinen Veränderungen in ihrem Gesicht und ihren Gesichtszügen so genau zu bemerken?

Cat sagte: „Du könntest mit den Schülern zusammen Unterricht nehmen. Die haben Kurse über innere Drachen und was man tun muss. Ich bin mir nicht sicher, ob du in die Bänke passt, aber die Lehrer lassen sich schon was einfallen."

Er brummte. „Ich setze mich ganz sicher nicht

an so ein verdammtes Kinderpult. Ich würde lieber Privatunterricht nehmen – vielleicht bei einer bestimmten schönen Drachenfrau."

Sie lachte, und der Klang beruhigte seine Seele. Er wollte, dass sie bei ihm öfter lachte.

War das überhaupt möglich?

Verdammt, er wurde viel zu romantisch.

Sie strich mit dem Daumen über seine Wange. „In meiner Nähe könntest du dich nie konzentrieren. Außerdem könnten die Schüler auch eine Menge von dir lernen. Falls du es noch nicht bemerkt hast – der einzige erwachsene Menschenmann, der in Lochguard lebt, ist Ross, und der ist schon etwas älter. Ich wette, die Schüler haben tausend Fragen an einen jüngeren Mann."

Lachlan kam nicht immer gut mit Gruppen von Kindern klar. Aber diese Hürde würde er nehmen, wenn es soweit war. „Wir werden sehen. Im Moment bist du mein Fokus, Cat. Also, was machen wir jetzt?"

Sie ließ seine Wangen los und deutete zur Tür. „Wir sagen Finn, was wir vorhaben. Dann brauche ich ein kleines Nickerchen vor dem Abendessen mit meiner Familie. Kommst du heute Abend?"

Er nickte. „Natürlich."

Sie zögerte einen Moment, hob dann aber eine Hand. „Ich bin erschöpft und brauche Hilfe, nach Hause zu kommen. Hilfst du mir?"

Er stand sofort auf, zog sie hoch und an seine Seite. Einen Augenblick standen sie so da – Hüfte an Hüfte –, starrten einander an, und Lachlan fühlte sich so entspannt wie lange nicht.

Er hätte nie gedacht, dass er das einmal sagen würde, aber vielleicht war diese eine Drachenfrau genau das, was er brauchte, um ganz zu sein.

Was verrückt war, wenn man bedachte, wie wenig er sie kannte.

Darüber wollte er nicht nachdenken. Also half er ihr aus dem Raum, erzählte Finn kurz, was sie vorhatten, und brachte sie nach Hause.

Als er sich schließlich von Cat verabschiedete, lächelte Lachlan – ohne sich die Mühe zu machen, seine übliche Maske aufzusetzen.

Er hätte nie gedacht, dass er sich auf ein Abendessen mit einer engen Familie freuen könnte. Noch vor einer Woche wäre der Gedanke zu schmerzhaft gewesen – eine bloße Erinnerung daran, was er nie gehabt hatte.

Aber er freute sich darauf, Cat wiederzusehen – ausgeruht und frech wie immer. Und das überwog jede Zurückhaltung, die er vor einem Familienessen hätte haben können.

Kapitel Sieben

Später am Tag schaute Cat zu, wie ihr Bruder Connor ihren jüngsten Bruder Jamie zu Boden drückte, und widerstand dem Drang zu seufzen.

Sie wussten, dass Lachlan zum Abendessen kam. Verdammt, sie wussten sogar vom Rausch und ihrem derzeit stummen Drachen.

Und trotzdem benahmen sie sich wie kleine Tiere.

Sie seufzte lauter als sonst, um vielleicht ihre Aufmerksamkeit zu bekommen, aber niemand bemerkte es. Aye, nun gut, wenn sie sich wie Zwölfjährige benehmen wollten, würde sie sie auch so behandeln. Sie marschierte zu ihnen, packte Connor am Kragen und zerrte. Fest.

„Au, hör auf, Cat!"

Sie durchbohrte ihn mit ihrem besten Große-Schwester-Blick. „Lass Jamie in Ruhe. Du kannst ihn später umbringen; mir egal. Aber nicht vor dem Essen."

Connor schüttelte den Kopf und stand auf. „Ich wollte ihn nicht umbringen, sondern nur zeigen, wie man jemanden festhält."

Sie musterte Jamie am Boden, der sich die Schulter rieb, und hob die Brauen. „Warum glaube ich dir das nicht?"

Connor zuckte mit den Schultern, bevor er Jamie eine Hand hinstreckte und sagte: „Keine Sorge, wir benehmen uns größtenteils. Ich dachte nur, es ist besser, den Unfug jetzt rauszulassen, aye? Vielleicht ist Jamie dann beim Essen ein bisschen weniger nervig."

Jamie knurrte seinen Bruder an, während seine Pupillen blitzten. „Ich bin nicht nervig."

Connor schnaubte. „Red' dir das nur ein, Junge. Aber wenn ich mir noch ein einziges Mal diese Legende von Loch Naver anhören muss oder dass du den Geist gesehen hast, liegst du gleich wieder am Boden."

Jamie sagte: „Es stimmt aber, ich habe sie gesehen. Ich kann nichts dafür, wenn du zu blöd bist, um zu kapieren, wie wichtig das ist."

Connor strich sich über den Ärmel. „Nicht blöd, Jamie, nur erwachsen."

Als Jamie auf seinen Bruder losspringen wollte, verdrehte ihr mittlerer Bruder Ian die Augen und stellte sich schnell dazwischen. Er schubste Connor in die eine Richtung und Jamie in die andere und sagte: „Du da rüber und du da. Cat sieht aus, als würde sie gleich explodieren, und ich will mir nicht von Mum anhören müssen, dass wir sie aufregen.

Habt ihr zwei Idioten vergessen, dass ihr Drache gerade weg ist? Sie hat eindeutig nicht die Kraft, sich mit eurem Scheiß auseinanderzusetzen."

Sie formte lautlos „Danke" zu Ian, während die anderen beiden brummelten und sich in entgegengesetzte Ecken des Raums verzogen.

Cat wollte gerade nach ihrer Mum in der Küche sehen, als es an der Tür klingelte. Das musste Lachlan sein.

Sie zischte ihren Geschwistern zu: „Benehmt euch", bevor sie ging, um aufzumachen.

Sie strich ihr Haar glatt, öffnete die Tür und gab sich größte Mühe, ihn nicht mit offenem Mund anzustarren.

Lachlan trug ein dunkelblaues Oberteil, das seine Augen fast zum Leuchten brachte, und seine Jeans – nun, die saß ziemlich eng, und sie konnte seine muskulösen Oberschenkel sehen.

Aber es war vor allem sein Gesicht, das sie überraschte. Die übliche gleichgültige Maske war weg, ersetzt durch eine Mischung aus Nervosität und Belustigung. Er murmelte: „Auch hallo!"

Sie runzelte die Stirn über den Wandel, doch dann reichte Lachlan ihr eine Schachtel Pralinen, und zwar auch noch ihre Lieblingssorte – schokoladenüberzogene Mandeln.

Das konnte er unmöglich einfach so erraten haben. Sie musterte ihn und fragte: „Wer hat dir das verraten?"

Er lächelte, und ihr Herz setzte wieder einen

Schlag aus. Verdammt, er war viel zu attraktiv, wenn er lächelte.

Nur gut, dass mein Drache nicht da ist, sonst wären wir längst in irgendeiner dunklen Ecke von Lochguard und würden mehr tun, als nur reden.

Als sie merkte, wohin ihre Gedanken drifteten, gab sie sich Mühe, nicht rot zu werden, und konzentrierte sich auf seine Antwort. „Arabella hat sich verplappert."

Arabella verplapperte sich definitiv nicht. Was hatte sie Lachlan sonst noch alles erzählt?

Sie schluckte die Frage herunter und winkte ihn herein. „Du hast also Finn und Ara gesehen?"

„Aye, kurz, aber das können wir später besprechen." Er rückte seine Ärmel zurecht – eine Gewohnheit, von der sie bemerkt hatte, dass er sie machte, wenn er sich auf etwas vorbereitete – und fügte hinzu: „Ich bin hier, um deine Familie kennenzulernen."

Sobald er drin war, schloss sie die Tür und kicherte. „Viel Erfolg dabei. Connor und Jamie hatten schon eine Art Ringkampf. Und wenn sie das tun, gehen sie den Rest des Abends aufeinander los. Ich bin mir nicht sicher, ob du dazwischenkommst, bevor sie einen weiteren vorübergehenden Waffenstillstand schließen."

Er sah sie an, seine Augen intensiv, als er sagte: „Das macht mir nichts. Es wäre schön, eine Familie zu sehen, die einander mag."

Trotz seiner harten Art, all seinem Getue,

kontrolliert und zufrieden zu wirken, dachte sie, dass Lachlan ein bisschen einsam war.

Ihre Familie war vielleicht nicht die beste, um sich langsam einzugewöhnen, aber wie sagt man so schön: Mitgehangen, mitgefangen.

Sie nahm seine Hand und zog. „Na dann los. Aber sag nicht, ich hätte dich nicht gewarnt. Zweifellos werden sie dich ausfragen, oder meine Brüder versuchen irgendeine männliche Initiationszeremonie, die mir wie völliger Wahnsinn vorkommt, aber irgendwie dazu führen soll, dass ihr euch am Ende mögt."

Er drückte ihre Hand, und sie hätte schwören können, dass er sagte: „Sie sind dir wichtig, also versuche ich es." Aber selbst mit ihrem überempfindlichen Gehör war sie sich nicht sicher.

Also tat sie, was bei den MacAllisters am besten funktionierte: Sie marschierte ins Wohnzimmer, um sie alle direkt zu konfrontieren.

LACHLAN HATTE den ganzen Weg zum Cottage von Cats Mutter damit verbracht, sich Arabellas Rat durch den Kopf gehen zu lassen: *Sei du selbst und nicht die Version, die du die Leute glauben machen willst. Wenn du das nicht schaffst − oder es zumindest versuchst −, dann spar dir die Zeit und geh gleich, denn innere Drachen mögen keine Täuschung.*

Es war ein ziemlich seltsames Gespräch gewesen. Finn und Arabella hatten mehr über ihr eigenes Liebeswerben und ihre Heirat – nein, Paarung, erinnerte er sich – erzählt, als er je für nötig gehalten hätte, mit einem Fremden zu teilen, aber er war nicht dumm und wusste, was sie damit bezweckten.

Er sollte versuchen, Cat glücklich zu machen.

Er war sich nicht ganz sicher, ob er das schon konnte. Wollte er es versuchen? Aye, natürlich. Sein Gespräch mit Cat vorhin war eines der ehrlichsten seines Lebens gewesen – und überraschend einfach, wenn man das Thema bedachte. Abgesehen von seiner eigenen Schwester oder Mutter hatte er noch nie so offen so viel über sich preisgegeben.

Aber ein Tag machte ihn noch nicht zu einem geheilten, ganzen Menschen, der würdig war, sich um jemanden zu kümmern – geschweige denn um ein Kind.

Trotzdem würde er versuchen, der Mann zu sein, der er seiner Meinung nach sein konnte.

Also hatte er ihre Lieblingspralinen gekauft und sich größte Mühe gegeben, nicht hinter seine Maske zurückzuweichen, als sie die Tür öffnete.

Und der Ausdruck auf ihrem Gesicht – als wäre ihr die Kinnlade runtergefallen – sagte ihm, dass sich die Mühe lohnte.

Aber als sie ihn ins Wohnzimmer zog und er plötzlich drei ziemlich großen Drachenmännern gegenüberstand, die alle mit verschränkten Armen dastanden und auf ihn herabsahen, blinzelte er.

Wären sie keine Drachenwandler gewesen, wäre

der Anblick lächerlich gewesen. Er war mindestens zehn Jahre älter als der Jüngste.

Aber als ihre Pupillen zwischen rund und schlitzförmig blitzten, wusste er, dass Alter keine Rolle spielte. Sie würden immer stärker sein als er, ein Mensch.

Trotzdem stand er aufrecht da und schaute nicht weg.

Da ließ Cat seine Hand los und ging zu ihren Brüdern. Sie stach jedem einen Finger in die Brust und murmelte etwas, das er nicht hören konnte. Der Älteste – er glaubte, es war Connor? – schaute nur zu Lachlan und sagte: „Wenn du meiner Schwester wehtust, lass' ich dich in unseren Loch fallen, ohne zu zögern, aus der größtmöglichen Höhe, die ich hinkriege, ohne dich umzubringen."

„Connor!", schalt Cat.

Aber Lachlan spürte, dass das wichtig war. Wenn er ihren Brüdern nicht die Stirn bieten konnte, verdiente er ohnehin keine Chance bei Cat. Er war vielleicht nur ein Mensch, aber er würde zweifellos von vielen anderen in Lochguard herausgefordert werden. Er musste jetzt den Standard setzen.

Er erwiderte: „Ich habe nicht vor, ihr wehzutun, wenn ich es verhindern kann."

Der Jüngste versuchte, sich noch größer zu machen – er war etwa zwei Zentimeter kleiner als die anderen beiden – und sagte: „Streng dich mehr an. Denn wenn Connor dich einmal fallen lässt, hole ich dich raus und mach's nochmal."

Der Mittlere verdrehte die Augen. „Das würde ihn garantiert umbringen, du Idiot. Du solltest was vorschlagen wie, ihn rausholen und irgendwo in der Wildnis aussetzen. Wenigstens wäre er dann noch am Leben, wenn du ihn verlässt."

Der Kleinste knurrte: „Im Gegensatz zu dir verbringe ich keine Zeit damit, mir zu überlegen, wie ich Leute bestrafe, die mir in die Quere kommen."

Der Mittlere antwortete: „Ich verbringe keine Zeit damit. Das nennt man schlagfertig sein. Was du offenbar nicht bist."

Der Kleinste knurrte und stürzte sich auf den Mittleren. „Ich bring dich um, Ian."

Während Ian – und der Letzte musste Jamie sein, stellte Lachlan fest – seinen Bruder mühelos auf den Boden warf und einen Fuß an seine Kehle drückte, drehte Cat ihren Brüdern den Rücken zu und sah zu ihm. „Komm schon. Das könnte eine Weile dauern, und ich hoffe fast, dass einer von ihnen ein blaues Auge kriegt. Sie werden schon kommen, sobald Mum das Essen fertig hat."

Er lächelte. So genervt sie auch wirkte, er merkte, dass sie sie liebte.

Und in einem Blitz sah er Cat vor sich, wie sie über drei kleine Jungs seufzte, die am Boden rangen – mit Lachlan an ihrer Seite.

Ein Verlangen, von dem er nicht gewusst hatte, dass er es hatte, durchflutete ihn. Er hatte sich nie erlaubt, auch nur an Kinder zu denken.

Aber mit Cat, aye, na ja, vielleicht könnte er es.

Um nicht in seinen eigenen Gedanken stecken zu bleiben, legte er eine Hand an ihren Rücken – er liebte es, wie sie sich an ihn lehnte – und sagte: „Lass sie. Ich muss ja auch deine Schwester noch kennenlernen."

Sie lächelte. „Emma ist besser als die da, aber nicht viel. Sie hat die Angewohnheit, direkt zu sein – so sehr, dass man sich unwohl fühlt."

Nach so vielen Jahren, in denen er nicht nur andere, sondern auch sich selbst getäuscht hatte, freute sich Lachlan eigentlich auf diese Art von Ehrlichkeit – die ihn wahrscheinlich ebenfalls ehrlich sein lassen würde.

Er erstarrte fast bei diesem Gedanken. Seit wann wollte er, dass Leute sein wahres Ich kennenlernten?

Aber er hatte keine Zeit, darüber nachzudenken, da Cat sie in die Küche führte – zu ihrer Mum und ihrer Schwester.

CAT WÜRDE IHREN BRÜDERN SPÄTER, wenn sie allein waren, ordentlich die Meinung geigen. Ihre Vorstellung davon, sich vor Lachlan nett und wohlerzogen zu benehmen, und ihre gingen offensichtlich himmelweit auseinander.

Aber dann stellte sie ihn ihrer Schwester und ihrer Mutter vor, und noch bevor ihre Mum mehr als lächeln konnte, platzte Emma heraus: „Du siehst ein bisschen entspannter aus. Normalerweise würde ich ja sagen, das liegt daran, dass du meine Schwester durchgevögelt hast, aber ich weiß, dass das nicht stimmt. Vielleicht hat Grandpa vorhin ein paar von seinen ‚Happy-Brownies' vorbeigebracht. Hat er?"

Cat und ihre Mum riefen gleichzeitig: „Emma!"

Emma zuckte mit den Schultern. „Na ja, irgendwas hat sich verändert. Ich will nur rausfinden, was."

Cat dachte eigentlich, sie sei an die Art ihrer Schwester gewöhnt, und trotzdem brannten ihre Wangen. Wie genau sollte sie jetzt von „Oh, du hast meine Schwester nicht gevögelt, aber hat mein Großvater dir vielleicht mit Gras versetzte Leckereien gegeben?" elegant umschwenken?

Vielleicht wurde eine eng verbundene Familie doch überbewertet.

Lachlan lachte, und der Klang wischte ihre Verlegenheit weg. Er sah so viel jünger aus, wenn er lachte – die Anspannung um seine Augen ließ nach, und seine Wangen röteten sich.

Was ihn noch viel attraktiver machte. Wenn sie ihn jetzt nur selbst zum Lachen bringen könnte, statt dass ihre Schwester das schaffte.

Lachlan antwortete Emma: „Die Direktheit macht mir nichts aus. Außerdem erzählst du mir vielleicht endlich die Wahrheit über euren Großvater. Keiner scheint mir ihn und die anderen beiden erklären zu wollen."

Emma strahlte. „Es ist ewig her, dass jemand nach Grandpa Archie gefragt hat. Er ist einer der

interessantesten Leute, die ich kenne." Ihre
Schwester riss Lachlan praktisch von Cats Seite weg.
„Du kannst beim Essen neben mir sitzen. Dann
erzähl ich dir alles."

Ihr erster Impuls war, die Hand auszustrecken
und Lachlan wieder an ihre Seite zu ziehen.

Aber Emma hatte ihn schon auf einen Stuhl
gedrückt. Ihre Schwester flüsterte ihm etwas zu –
zweifellos, damit sie und ihre Mum sie nicht wieder
zurechtweisen konnten –, aber Lachlan begegnete
Cats Blick.

Die Belustigung darin ließ ihren Bauch auf
angenehme Weise kribbeln.

Es war kaum zu glauben, dass sie ihn vor nicht
einmal einer Woche noch für kühl und distanziert
gehalten hatte.

Nicht, dass Cat dachte, er würde plötzlich die
ganze Zeit offen und sonnig sein. Nein, sie hatte das
Gefühl, dass er die Dunkelheit seiner Vergangenheit
mit seinem Vater kaum angerührt hatte.

Trotzdem würde sie ihn vor ihrer Familie nicht
darauf ansprechen. Dieses Essen war einfach eine
Gelegenheit für ihn, die MacAllisters
kennenzulernen – und vielleicht sogar ein bisschen
Spaß zu haben.

Cat setzte sich ihm gegenüber und gab sich
größte Mühe, nicht die Augen zu verdrehen,
während Emma Grandpa Archies Heldentaten
schilderte.

Ihre Mutter sagte: „Abendessen", und ihre drei
Brüder stürmten in den Raum und rutschten auf

ihre Stühle. Jamies Stuhl blieb durch den Schwung einen guten Fuß vom Tisch entfernt stehen.

Sie fragte sich, ob die bloße Erwähnung einer Mahlzeit alle Männer – und ein paar Frauen – im Clan zum Rennen bringen würde. Das müsste man mal ausprobieren.

Normalerweise hätte ihr Drache dazu einen Kommentar abgegeben, aber die Stille in ihrem Kopf war ohrenbetäubend. Sie vermisste ihre andere Hälfte mehr, als sie je gedacht hätte.

Was ihr half, Aimee King und die anderen Drachenwandler, die ihr Tier verloren hatten, besser zu verstehen.

Doch sie rang die Traurigkeit nieder. Cat hatte Glück – ihr stiller Drache war nur vorübergehend.

Sobald alle mit vollen Tellern dasaßen, wandte sich ihre Mutter Lachlan zu und fragte: „Wie lange arbeitest du schon beim MDA?"

Obwohl Cat wusste, dass es eine ganz normale Frage nach dem Beruf war, musste sie sich bemühen, sich auf ihr Essen und nicht auf Lachlans Gesicht zu konzentrieren. Wahrscheinlich würde er seinen Job aufgeben müssen, wenn sie den Rausch durchzogen.

Und sie hasste den Gedanken, dass jemand etwas für sie aufgeben musste.

Lachlan antwortete: „Im Januar waren es etwas über zehn Jahre. Ich habe als Verwaltungsassistent angefangen und mich hochgearbeitet bis zum Leiter der Veranstaltungsabteilung."

Emma sprang dazwischen: „Aber wie willst du

das jetzt noch machen? Du kannst dieses riesige Kunst-Event ja schlecht planen, wenn du gerade damit beschäftigt bist, meine Schwester schwängern zu wollen."

Cat verschluckte sich kurz am Essen, bevor sie es hinunterwürgte. Sie sah Emma finster an, aber ihre Schwester ignorierte sie.

Lachlan begegnete ihrem Blick und hob die Brauen — fragte, ob alles okay sei. Sie nickte und trank einen Schluck Wasser.

Emma bohrte weiter: „Also? Cat ist gut im Multitasking, aber nicht *so* gut."

Cat knurrte: „Emma, ich schwöre, wenn du nicht aufhörst, verstecke ich alle deine Elektronik irgendwo, wo du sie nie findest."

Ihre Schwester grinste. „Ich hab' überall Ersatz." Sie sah wieder zu Lachlan. „Und?"

Verdammt, war ihre Schwester schon immer so hartnäckig gewesen?

Aye, war sie. Aber bisher hatte das nie damit zu tun gehabt, über das Sexleben eines ihrer Geschwister zu reden.

Lachlan räusperte sich und sagte: „Ich hab' das heute schon mit Finn besprochen. Jemand von Seahaven kommt und hilft, falls, äh, wir … verhindert sind."

Cat biss sich auf die Lippe, um nicht zu lachen. Offensichtlich wurde er wieder förmlich, wenn er sich unwohl fühlte.

Nicht, dass das Emma auch nur im Geringsten gebremst hätte. Ihre Schwester beugte sich vor.

„Oooh, wer kommt? Keiner der Kerle in meinem Alter hier in Lochguard ist meine Zeit wert. Vielleicht taucht ja mein eigener wahrer Gefährte auf, und wäre das nicht genial, Cat? Unsere Kinder wären fast im selben Alter."

Sie verdrehte die Augen. „Die Wahrscheinlichkeit dafür ist astronomisch gering."

„Trotzdem, es könnte passieren. Und dann kannst du auf mein Kind aufpassen, wenn ich ein großes Sicherheits-Upgrade machen muss. Das würde brillant klappen."

Cat schüttelte den Kopf. „Ich werde nicht deine Babysitterin auf Abruf, Emma."

„Aber ich mache echt wichtige Arbeit. Ian ist gut, aber ich bin besser. Der Clan braucht meine Fähigkeiten."

Da es ihre Schwester nicht aufhalten würde, wenn Cat darauf hinwies, dass auch sie Arbeit hatte, wandte sie sich an Lachlan und erklärte: „Ian und Emma sind so eine Art Computergenies. Frag' mich nicht, wie meine Schwester sich lange genug konzentrieren kann, um so was zu machen, aber es funktioniert."

Emma schnaubte. „Ich kann mich länger konzentrieren als Jamie."

Jamie gab ein protestierendes Grunzen von sich, aber Cat sprach, bevor er loslegen konnte: „Willst du wirklich mit Jamie streiten, oder willst du von Lachlan erfahren, wer kommt, um zu helfen?"

Emma warf ihrem jüngeren Bruder – dem einzigen, der jünger war als sie, da Ian ein paar

Minuten vor ihr geboren worden war – einen Blick zu und winkte das dann ab. „Der ist es nicht wert. Wer kommt von Seahaven, Lachlan?"

Cat sah, wie Ian Jamie noch mehr Essen zuschob, was ihn anscheinend davon abhielt, zu explodieren. Aber sobald Lachlan sprach, konzentrierte sie sich wieder auf ihn. „Ein Drachenmann namens Adam Keith."

Sie kannte ihn. „Aye, das ergibt Sinn. Er und ich haben schon ein paar Sachen zusammen gemacht, hauptsächlich für den Kunstunterricht der Schüler in Seahaven. Adam steht mehr auf Fotografie, macht aber manchmal auch Mixed Media." Da keines ihrer Geschwister künstlerisch begabt war, starrten sie nur verständnislos. Sie erklärte: „Das heißt, er benutzt manchmal seine Fotos und dazu Farbe oder Tinte für ein Werk. Ist aber nicht wichtig. Er ist ruhiger als wir alle, aber scheint nett zu sein."

Emma hob die Gabel in die Luft. „Ruhiger, aye? Das mag ich. Das heißt, er ist gut im Zuhören, und er kennt bestimmt den besten Klatsch, den er mir dann erzählen kann. Die Leute neigen dazu, bei den Stillen zu reden." Sie beugte sich vor. „Und die Stillen können einen auch im Bett überraschen, aye? Sagt man zumindest."

Cat brauchte ihre ganze Selbstbeherrschung, um nicht mit dem Kopf auf den Tisch zu knallen. Wenn Lachlan jeden Moment zur Tür rausrennen würde, würde es sie kein bisschen wundern.

Ihre Mutter schaltete sich endlich ein und sagte ruhig: „Emma, das reicht."

Da ihre Mutter sie nicht mehr oft ermahnte – sie glaubte, dass ihre erwachsenen Kinder das untereinander klären sollten –, wussten alle, dass man gehorchen musste, wenn sie es doch tat. Also seufzte Emma und spießte ein paar Kartoffeln auf. „Na gut. Dabei wurde es gerade interessant."

Ian, der Diplomatischste von ihnen, räusperte sich und fragte Lachlan: „Wann kommt Adam also?"

Lachlan zuckte mit den Schultern. „Wahrscheinlich morgen."

Einen Moment herrschte Stille, dann fragte Jamie: „Hast du schon mal die Legende von Loch Naver gehört, Lachlan?"

Alle stöhnten auf, aber Lachlan achtete kaum darauf und schüttelte den Kopf. „Nein."

„Dann lass mich dir davon erzählen …"

Und während Jamie die verdammte Legende zum gefühlt zehntausendsten Mal erzählte, ignorierte Cat ihren Bruder und beobachtete Lachlan. Sein Gesichtsausdruck war ein bisschen weniger offen als bei ihrer Begrüßung an der Tür. Aber er wirkte nicht übermäßig angespannt oder nervös.

Dass ihr Bruder ihn ablenkte, gab Cat die Gelegenheit, sein Profil besser zu studieren – die festen Lippen, das starke Kinn, die Art, wie seine Haare um die Ohren ein bisschen zu lang waren.

Sie hatte ihn ein paar Tage nicht gezeichnet, und es juckte ihr in den Fingern, es wieder zu tun.

Vielleicht konnte sie ihn sogar dazu bringen, ihr Modell zu sitzen.

Nicht, dass sie in nächster Zeit Gelegenheit dazu hätte. Die Abwesenheit ihres Drachen, der sonst kommentiert hätte, dass sie ihn ausziehen und reiten sollten, war eine deutliche Erinnerung daran, dass der Abend zwar fast normal wirkte, es aber nicht bleiben würde.

In ein paar Tagen müsste sie eine Entscheidung treffen. Sie und Lachlan würden beide eine treffen müssen.

Was bedeutete, dass ihre Zeit kostbar war. Und deshalb würde sie ihn nach dem Essen zwingen, mit ihr spazieren zu gehen.

Aye, na ja, zwingen war vielleicht zu stark ausgedrückt, aber obwohl sie froh war, dass er ihre Familie kennengelernt und gesehen hatte, worauf er sich einließ, wollte sie ein bisschen Zeit allein mit ihm.

Als das Essen vorbei war, das Geschirr gespült und ihre Mutter ihre Geschwister für ein paar Augenblicke ablenkte, murmelte sie Lachlan zu, er solle ihr folgen, nahm seine Hand und führte ihn aus dem Haus.

Kapitel Acht

Lachlan hatte noch nie mit einer Familie wie der von Cat zu Abend gegessen.

Das Gespräch sprang schnell hin und her, die Familie zog sich liebevoll auf, und kein einziges Mal hatte jemand gebrüllt oder einen Befehl gebellt, der Angst oder Scham in jemandes Augen aufblitzen ließ.

Mit anderen Worten: Es war das genaue Gegenteil jeder Familienmahlzeit, die Lachlan als Kind erlebt hatte.

Aber obwohl all das faszinierend für ihn war, mochte er es besonders, Cat die Augen verdrehen zu sehen oder wie sie drohte, einen von ihren Geschwistern mit der Gabel aufzuspießen.

Und ganz besonders gefiel ihm, wenn ihre Wangen rot wurden wegen etwas, das ihre Schwester gesagt hatte.

Sie war so verdammt offen mit ihren Gefühlen.

Und das war das Einzige gewesen, was ihn

während des Essens ein bisschen erschreckt hatte. Er hatte versucht – und plante immer noch zu versuchen –, jede Frage zu beantworten, die sie hatte, aber er würde niemals so offen und frei sein wie sie oder irgendjemand in ihrer Familie.

Was ihm ein wenig Angst machte. Er gab sich wirklich alle Mühe, der Mann zu sein, der er seiner Meinung nach war, aber es war nicht einfach. Irgendwann würde er garantiert versagen und Cat wütend machen.

Und zum millionsten Mal fragte er sich, ob er wirklich der Richtige für sie war – ganz zu schweigen davon, was sie vom Vater ihres Kindes brauchte.

Aber als sie seine Hand packte und ihn halb aus der Tür und einen kaum sichtbaren Pfad hinunterzog, vergaß er all seine Sorgen und Bedenken. Ihre warme Haut an seiner war wie ein beruhigender Balsam. Und er beschloss, dass er *zumindest* diesen Abend für sie sein Bestes geben würde – und nicht ständig in seinen Zweifeln ertrinken wollte.

Sobald sie ein gutes Stück von ihrem Zuhause entfernt waren, wurde sie langsamer und lächelte zu ihm hoch. „Bereit abzuhauen?"

Er runzelte die Stirn. „Wovor abhauen?"

„Das kann nicht dein Ernst sein." Sie wedelte hinter sich in Richtung Cottage. „Vor denen. Emma war noch nie so direkt. Ich schätze, du bist einfach was Besonderes."

Er zuckte mit einer Schulter. „Der mögliche

Rausch war der Grund, warum ich da war. Ihr Verhalten war also nicht so unerwartet."

„Klar, weil jeder ganz beiläufig erwähnt, dass man keinen Sex haben kann, während man gerade eine Kunstausstellung plant."

Er lächelte. „Aye, na ja, vielleicht nicht genau dieses Szenario." Er hielt einen Herzschlag lang inne und fügte dann hinzu: „Ich bin mir sicher, mit ihnen zusammenzuleben kann manchmal ein bisschen nervig sein, aber sie sind wunderbar, Cat. Du hast Glück, so eine Familie zu haben."

Sie wurde ernst und sagte leise: „Ich weiß."

Verdammt! Er hatte nicht vorgehabt, seine Vergangenheit da mit hineinzuziehen. „Was ich sagen will, ist: Danke, dass du mich eingeladen hast. Was man beim MDA liest und hört im Vergleich zu dem, was wirklich innerhalb einer Drachenfamilie passiert, sind zwei verschiedene Dinge. Ich schätze, eine ganze Menge Menschen würden ihren linken Arm dafür geben, Teil dieser Familie zu sein."

Cats Mundwinkel zuckten. „Wer meiner Familie beitritt, braucht beide Arme, um zu überleben. Glaub mir."

Er lachte, der Klang selbst für ihn ungewohnt.

Aber er hatte das Gefühl, dass Cat ihn weiter zum Lachen bringen würde, wenn er bliebe.

Um die Situation locker zu halten, sagte er: „Okay, dann vielleicht einen Zeh anbieten? Oder einen Finger? Irgendwas, um zu zeigen, wie sehr sie dabei sein wollen."

Sie schnaubte. „Wie ich Emma kenne, würde sie

die Sammlung in Gläsern aufbewahren oder so, als Gesprächseinstieg."

Er blinzelte, und sie lachte. „War ein Scherz, Lachlan. Emma erträgt schon den Anblick von Blut nicht. Sie wäre wahrscheinlich zu beschäftigt damit, alle Männer zu jagen, um zu sehen, ob einer ihr wahrer Gefährte ist. Sie ist da sehr entschlossen, obwohl ich nicht genau weiß, warum – sie ist noch ziemlich jung und denkt, das Muttersein besteht darin, ihr Kind immer dann bei mir abzuschieben, wenn ihr danach ist."

Bei ihren Worten fragte Lachlan sich, ob Cat vielleicht noch ein bisschen länger hatte warten wollen, bevor sie nach ihrem eigenen wahren Gefährten gesucht hätte.

Bevor er sie fragen konnte, erreichten sie jedoch eine Baumreihe, die sich zu einer umschlossenen Lichtung öffnete. Mitten darin blieb sie stehen und drehte sich zu ihm um.

Das Mondlicht betonte ihr Gesicht, ihren Hals und sogar die Kurven ihrer Schlüsselbeine, die unter ihrem Oberteil hervorlugten.

Sie sah ätherisch aus, fast zu schön, um wahr zu sein. Und er musste sie berühren, wenn auch nur für einen Moment.

Er hob eine Hand und legte sie an ihre Wange. Sie schmiegte sich in seine Berührung, und er hätte fast gestöhnt über die Weichheit ihrer Haut. Er flüsterte: „Ich wünschte, ich könnte dich jetzt küssen."

Sie legte eine Hand an seine Brust, ihre

Berührung brannte durch den Stoff hindurch, und sie sagte: „Solange du mich nicht auf den Mund küsst, sollte es okay sein."

Er beugte sich näher. „Ich bin mir nicht sicher, ob mir das ‚sollten' in diesem Satz gefällt."

„Ich würde sagen, ich bin zu fünfundneunzig Prozent sicher. Das Drachensedierungsmittel wirkt bei weiblichen Drachen besser als bei männlichen."

Die fünf Prozent ließen ihn zögern, aber dann bewegte sie sich, bis ihr Körper nur noch einen Zentimeter von seinem entfernt war, ihre Wärme ließ sein Herz rasen und das Blut gen Süden schießen.

Und plötzlich konzentrierte er sich mehr auf die fünfundneunzig Prozent Wirksamkeit.

Lachlan strich mit dem Daumen über ihre Haut und konnte nicht anders, als zu sagen: „Du bist so schön, Cat. So verdammt schön."

Ihr Lächeln wurde breiter. „Du bist auch nicht übel."

Er musste einfach mehr von ihr berühren, bewegte seinen Mund zu ihrem Kiefer und sagte: „Ich will deine Haut küssen. Sag mir, dass ich darf."

„Aye, natürlich."

Kein Zögern oder Mahnen, vorsichtig zu sein. Einfach nur „Aye, natürlich", als würde sie ihm vertrauen.

Für jemand anderen wäre das vielleicht keine große Sache gewesen. Aber er hatte während der dunkelsten Phase seines Lebens das Vertrauen so vieler Menschen gebrochen. Und obwohl seine

Schwester ihm verziehen hatte, vertraute sie ihm immer noch nicht ganz.

Aber Cat tat es, zumindest in diesem Moment.

Er brauchte sie mehr denn je, bewegte seine Lippen über ihren Kiefer, ihren Hals und hinunter zu der Stelle, wo ihr Hals in die Schulter überging. Während er dort leckte, knabberte und ihre Haut verehrte, packte sie seine Schultern und stöhnte.

Der Laut ließ seinen Schwanz sofort hart werden, und plötzlich musste er mehr von ihr schmecken, viel mehr.

Er bewegte sich zu ihrem Schlüsselbein und dann zum Ausschnitt ihres Oberteils. Während er ihre Haut entlang des verdammten Stoffes nachfuhr und sich wünschte, sie wäre nackt, ließ er eine Hand zu ihrer Taille und unter den Stoff wandern.

Als seine Hand ihre weiche Seite berührte, schoss eine Mischung aus Verlangen und etwas fast Animalischem durch ihn hindurch.

Er wollte sie mehr als alles in seinem Leben.

Es war ihm egal, ob es irgendeine Drachenwandler-Magie war, die er nicht verstand, wenn es um wahre Gefährten ging. Er wollte, dass diese Frau seine war.

Nicht nur, um ihr beim Rausch zu helfen oder ihr ein Kind zu schenken.

Nein, er wollte ihr Lachen, ihr Stirnrunzeln und so viel mehr.

Für sie dachte er, konnte er besser sein.

Er hob den Kopf, weil er ihre Augen sehen musste, während er weiter mit der Hand über ihren

Rippenbogen fuhr und direkt unter ihrem BH innehielt. Während er mit dem Daumen über ihre Haut strich, holte sie scharf Luft.

„Weißt du, was ich als Nächstes tun will?"

Sie wich seinem Blick nicht aus. „Was?", hauchte sie.

Er bewegte die Finger zum unteren Rand ihres BHs, fuhr die Linie entlang und antwortete: „Ich will dir den hier ausziehen."

Ihr Blick wurde noch hitziger. „Und dann?"

„Dich einen Herzschlag lang betrachten, während ich entscheide, wie ich deine Brüste am besten quälen kann."

Sie schluckte, ihre Wangen wurden noch roter. „Aye?"

Er beugte sich vor und rieb seine Wange an ihrer. „Aye. Soll ich genauer werden?"

Sie krallte ihre Finger fester in seine Schultern. „Ja."

Er lächelte an ihrer Wange und sagte: „Ich würde deine Nippel rollen und zwicken, bis sie harte Spitzen wären, die darum betteln, gelutscht zu werden. Und dann würde ich dich mit meiner Zunge quälen, dann mit meinen Zähnen, und dann herausfinden, was dir am besten gefällt, bis du meinen Namen stöhnst."

Sie holte scharf Luft, ein laut, der seinen Schwanz noch härter werden ließ.

Wer hätte gedacht, dass Worte so mächtig sein konnten?

Cat bewegte den Kopf, bis sie ihm in die Augen

sehen konnte. „Dann tu's."

Er wollte es, oh, wie sehr er es wollte, aber er musste fragen: „Bist du sicher? Weckt das nicht deinen Drachen zu früh?"

„Ich glaube nicht." Sie schüttelte den Kopf. „Nein, es sollte okay sein. Morgen wäre es riskant. Aber heute sollte es gehen, weil ich die Spritze erst heute Morgen bekommen habe."

War wirklich erst ein Tag vergangen?

Sie fuhr mit der Hand zu seinem Nacken, ihre Nägel kratzten über seine Haut. „Wenn du warten willst, verstehe ich das. Ich weiß, wie gern du vorsichtig bist."

Aye, das war er. Es war der einzige Weg gewesen, sein Leben nach der Entziehung wieder zusammenzusetzen.

Aber genau hier, mit Cat, die zu ihm hochblickte, während das Mondlicht ihre Haut zum Leuchten brachte, wollte er ein bisschen von dieser Vorsicht in den Wind schießen. Er sagte: „Versprich mir, dass du mir sagst, wenn ich aufhören muss, aye? Ich will dir keine weiteren Schmerzen bereiten."

Sie sah ihm in die Augen, ihre Finger verharrten an seinem Nacken. „Vielleicht ist das der falsche Moment, dich zu fragen, aber warum sprichst du ständig davon, jemanden zu verletzen oder mir wehzutun? Das ist nicht das erste Mal."

Und einfach so war seine Beherrschung wieder da. Obwohl er seine Hand auf ihrer Haut unter ihrem Oberteil ließ. Teils, weil er die Wärme brauchte, aber auch, weil ihre Berührung ihn zu erden schien. „Vielleicht ist es genau der richtige Moment, weil du mich ein bisschen besser kennen solltest, bevor es irgendwie intim wird."

Er wusste, dass er wieder förmlich wurde, aber das half ihm, sich zusammenzureißen. Vor allem, wenn er über Dinge reden musste, die er am liebsten vergessen würde.

Natürlich, wenn er je vergaß, was er getan hatte, könnte Lachlan wieder an seinem Tiefpunkt landen – aufwachen in irgendeiner verdammten Gasse, ohne zu wissen, wie er dort hingekommen war. Sein Gesicht zerschlagen und blutig, seine Erinnerung verschwommen.

Sie sagte: „Erzähl's mir, Lachlan. Im Gegensatz zu meiner Schwester kann ich zuhören."

Ihre Worte brachten seine Mundwinkel zum Zucken. Und einfach so ließ seine Nervosität ein Stück nach.

Er schaute über ihre Schulter auf irgendeinen undefinierbaren Punkt zwischen den Bäumen und sagte: „Ich hab' vielen Leuten wehgetan, als ich nur noch an den nächsten Drink denken konnte. Aber das Schlimmste war, als ich endlich an dem Punkt ankam, an dem es hieß: Entweder ich suche mir Hilfe, oder ich verliere endgültig die letzten Menschen, die ich liebe."

Ein Wind kam auf, und er beobachtete, wie ein Blatt über die Lichtung wehte. Er wusste, dass Cat den Rest hören musste, aber es war nicht leicht für ihn.

Dann massierten ihre Finger seinen Nacken,

und er sah ihr erneut in die Augen. Sogar ohne etwas zu sagen, drängte ihr Blick ihn weiterzuerzählen. Also tat er es. „Nach fast zwei Jahren, in denen ich regelmäßig bis zum Exzess getrunken habe, hatte ich so ziemlich jeden meiner Freunde und Bekannten weggestoßen. Sucht zu erklären ist nicht leicht, aber nichts schien so wichtig wie der nächste Schluck. Es ging weniger darum, dass ich Alkohol mochte, als vielmehr, dass ich ihn *brauchte*. Mit zunehmender Toleranz stieg auch die Menge, die ich allabendlich getrunken habe.

Meine Schwester, Sarah, hat am längsten versucht, mich in ihrem Leben zu behalten. Schließlich hatten wir keinen Vater, auch wenn er zu der Zeit noch gelebt hat. Und unsere Mutter weigerte sich, ihn zu verlassen, um bei einem von uns zu leben, auch wenn er sie weiter schlug. Auf irgendeine seltsame Weise waren Sarah und ich unser eigenes kleines Team. Als Kinder hatten wir immer aufeinander aufgepasst und immer gewusst, wenn der andere aufgemuntert werden musste.

Doch je mehr ich mich dem Trinken hingab, desto weniger erwiderte ich ihre Anrufe. Ich habe sogar ihre Verlobungsfeier verpasst und meine Teilnahme an ihrer Hochzeit zuzusagen.

Am Tag vor ihrer Hochzeit fand sie mich in einem Pub und hat mich nach Hause gezerrt, um mit mir zu reden. Sie sagte, mein Verhalten gehe so nicht weiter, dass ich Hilfe brauche und wenn ich das nicht begreife, sie es vielleicht nicht länger versuchen sollte.“

Er hielt inne, und das verschwommene Bild seiner Schwester, wie sie ihn anflehte, zuzuhören, flackerte durch seinen Kopf.

Er hatte es in den letzten zehn Jahren wieder geradegebogen – größtenteils –, aber es tat immer noch weh, sich an das zu erinnern, was danach gekommen war.

Er schloss die Augen, ließ Scham und Bedauern durch sich hindurchströmen. Von dieser Erinnerung hatte er noch nie jemandem außerhalb seiner Selbsthilfegruppen erzählt. Dort hatte er sich sicher gefühlt, mit anderen zu reden, die ihre eigenen Schmerzen und Reue hatten.

Doch Cat war so viel reiner und freundlicher und das Gegenteil von ihm in fast jeder Hinsicht.

Und er sehnte sich danach, diese Art von Frieden und Glück in seinem Leben zu haben.

Allerdings konnte die Wahrheit sie vertreiben.

Trotzdem musste er ihr das zu Ende erzählen. Er schuldete es ihr, und noch wichtiger: Er musste stark genug sein, das alles nochmal durchzustehen. Sonst war er in keinem guten Zustand, um Vater zu werden oder eine Beziehung zu versuchen.

Er flüsterte schließlich: „Ich erinnere mich nicht genau, was ich an dem Abend zu meiner Schwester gesagt habe, aber ich erinnere mich an den Moment, in dem Angst in ihre Augen schoss, als ihr Blick von meinem Gesicht zu etwas an der Seite huschte. Und in diesem Moment wurde mir klar, dass ich die Hand gehoben hatte, als wollte ich sie schlagen."

Sein Hals schnürte sich zu, aber er zwang sich weiterzumachen. „In jener Nacht wurde ich zu meinem Vater. Ich war kurz davor, jemanden zu verletzen, den ich liebe, weil er etwas gesagt hatte, das ich hatte hören müssen – aber vielleicht nicht hören wollte."

„Oh, Lachlan."

Weil er nicht zusammenbrechen wollte, hielt er die Augen geschlossen, damit er ihr Gesicht nicht sehen musste, und sagte: „Ich weiß immer noch nicht, wie ich es geschafft habe, aber ich drehte mich weg und stützte mich an der Wand ab, während ich ihr sagte, dass es mir leidtat. Und als sie ein letztes Mal fragte, ob ich mir Hilfe holen würde, sagte ich endlich Ja."

Lachlan öffnete wieder die Augen, aber er blickte auf einen Punkt in der Ferne statt in Cats Augen. Er war noch nicht bereit für Mitleid, Wut oder Abscheu. Er wollte erst fertig erzählen.

„Und ich habe Hilfe bekommen und bin seit etwas über zehn Jahren trocken. Aber bis heute lässt meine Schwester mich meine Neffen nicht länger als ein paar Stunden allein beaufsichtigen. Sie hat mir verziehen, aber ich habe unsere Beziehung zerstört, unser kleines Team, an dem Tag, an dem ich sie fast geschlagen habe. Und ich lebe jeden einzelnen Tag in der Angst, wieder dieses Monster zu werden."

Er begegnete endlich ihrem Blick und fragte sich, warum darin weder Abscheu noch Mitleid lag. Cat war normalerweise ein offenes Buch, aber in diesem Moment konnte er ihren Gesichtsausdruck nicht deuten.

Egal, er wollte ihr einen Ausweg geben. „Das bin ich, Cat, und deshalb sage ich ständig, dass ich dir nicht wehtun will. Denn nach meiner bisherigen Erfahrungsgeschichte könnte ich genau das tun. Und auch wenn es mich innerlich umbringen würde, wenn ich es täte, musst du wissen, warum ich immer so vorsichtig bin."

Während sie sein Gesicht musterte, schlug Lachlans Herz doppelt so schnell.

Es war einer dieser seltenen Momente im Leben, die alles verändern würden.

Also wartete er ab, wie es ausgehen würde.

Es HATTE CAT VIEL ABVERLANGT, nicht in Tränen auszubrechen, während Lachlan seine Geschichte erzählte. Der Abscheu, der Schmerz und die Selbstverachtung, als er die Erinnerung schilderte, waren deutlich in seiner Stimme zu hören gewesen.

Als er fertig war und sie wieder ansah, hätte er fast gesagt, sie solle sich nicht mit ihm abgeben. Na ja, vielleicht nicht in genau diesen Worten, aber er erwartete offensichtlich nicht, dass sie für ihn kämpfen würde.

Und obwohl sie erst in den letzten Tagen angefangen hatten, einander näherzukommen, wollte sie dabei sein, wenn er freier lachte, wenn er sich gehen ließ, um sie aufzuziehen, oder vielleicht sogar ihren Kindern beibrachte, Fahrrad zu fahren.

Er war ein Mann, der in einem kaputten Zuhause aufgewachsen war, versucht hatte, damit fertigzuwerden, und gescheitert war, bis er seiner größten Angst ins Auge gesehen hatte – zu werden wie sein Vater.

Der Abstieg war leicht, aber der Weg zurück, mit Zähnen und Klauen um Besserung zu kämpfen, war so viel schwerer. Er hatte große Stärke in sich, und irgendwie glaubte sie nicht, dass Lachlan das erkannte.

Sie fuhr mit der Hand von seinem Nacken zu seinem Kiefer und strich sanft darüber. Sie sagte: „Ich glaube, du bist vorsichtig, weil du nüchtern bleiben willst, aye. Aber ich glaube, es liegt auch daran, dass du dich isoliert und so viel Zeit hast, über das nachzudenken, was du wieder werden könntest." Er öffnete den Mund, aber sie kam ihm zuvor. „Ich sage nicht, dass du eines Tages aufwachst und sofort vergisst, was du getan hast, oder nie wieder gegen den Drang zu trinken ankämpfen musst. Aber wenn du jemanden – oder mehrere Personen – in deinem Leben hättest, die ständig da sind und neue Erinnerungen schaffen, um die alten zu ersetzen, würdest du vielleicht weniger über deine Angst grübeln und dich mehr auf das konzentrieren, was du im Hier und Jetzt hast."

Sie sah der Verwirrung in seinem Gesicht an, dass er nicht mit dieser Antwort gerechnet hatte.

Trotzdem war Cat noch nicht fertig und sprach weiter. „In den letzten Tagen habe ich eine Seite von dir gesehen, die du, glaube ich, nicht vielen zeigst – eine Seite, die auch zu dir gehört. Und die kann manchmal witzig sein, mutig und sogar sanft. Das ist der Mann, den ich genug mag, um der Vater meines Kindes zu sein. Und wenn er ein paar Makel hat? Aye, na ja, die haben wir alle. Ich werde sicher auch mal die Beherrschung verlieren oder mich für eine Weile zurückziehen, um einen Streit zu vermeiden, aber wirst du deswegen sofort aufgeben wollen, weil ich nicht perfekt bin?"

„Natürlich nicht, aber –"

„Kein Aber. Ich kenne vielleicht nicht jede schreckliche Erinnerung aus deiner Kindheit oder was du getan hast, während du dich all die Jahre im Alkohol verloren hast, aber ich habe alles gehört, was du mir erzählt hast, und ich bin immer noch hier, Lachlan. Also, willst du weglaufen und aufgeben? Oder lässt du mich an deiner Seite kämpfen und versuchst, für unser Kind die beste Zukunft zu schaffen, die du schaffen kannst?"

Oder für uns. Aber das sagte sie nicht. Es war viel zu früh, das zu erwähnen. Obwohl sie, je mehr er ihr erzählte, ihn immer besser kennenlernen wollte. Vielleicht sogar besser als jede andere lebende Person, so verrückt das auch war.

Sie wollte nicht, dass er so herzzerreißend einsam blieb.

Einen Moment lang starrte er nur auf sie hinab, als versuchte er, eine Entscheidung zu treffen. Dann nahm er ihr Gesicht in seine Hände und legte seine Stirn an ihre. „Wie kannst du nur so verdammt wunderbar sein?"

Weil sie ihn zum Lächeln bringen wollte, flüsterte sie: „Das liegt in der Familie. Warte nur, bis mein Drache zurück ist, dann bin ich doppelt so wunderbar."

Sein Lächeln erreichte seine Augen, und das stellte etwas mit Cats Herz an.

Sie wusste nicht wann, aber sein Glück begann, ihr verdammt viel zu bedeuten.

Er antwortete: „Ich würde ja sagen, ich verdiene dich nicht, aber ich bin ein kleines bisschen egoistisch und will dich zu sehr, Cat. Also aye, ich bleibe. Nicht einmal, wenn deine Schwester Emma anfängt, mich nach der genauen Länge meines Schwanzes zu fragen, werde ich die Flucht ergreifen."

Sie lachte. „Ich hoffe verdammt nochmal, dass sie das nicht tut. Wenn doch, hat mein Drache mal ein Wörtchen mit ihr zu reden. Man legt sich nicht mit jemandes wahrem Gefährten an und hofft, ungeschoren davonzukommen."

Er lehnte sich zurück und strich ihr ein paar Haare hinters Ohr. „Ist das der Grund, warum du das tust? Mir eine Chance gibst, weil ich dein wahrer Gefährte bin?"

Sie schüttelte den Kopf. „Nein. Auch wenn es schmerzhaft werden kann, einem Rausch zu widerstehen, habe ich immer noch meinen freien Willen. Ich tue das, weil ich dich mag, Lachlan.

Und weil ich dich noch besser kennenlernen möchte."

Er nahm ihre Hand, und sie verschränkte ihre Finger mit seinen — in diesem Moment die natürlichste Sache der Welt.

Und während sie ihm willkürliche Fragen zu seinen Vorlieben und Abneigungen stellte — alles Schwere mied, denn für einen Abend hatten sie genug davon gehabt —, lachte und lächelte sie fast ununterbrochen.

Mit der Zeit könnte Lachlan ihr Herz ganz leicht erobern. Aber Cat verdrängte den Gedanken, denn sie wollte die Magie eines der wenigen Dates mit ihm nicht zerstören, bevor ihr Drache zurückkam und er einen Gefährtenrausch überstehen musste.

Kapitel Neun

Am nächsten Morgen wachte Lachlan mit einem Lächeln im Gesicht auf – das erste Mal seit Jahren, an das er sich erinnern konnte.

Normalerweise ging er im Kopf alles durch, was er an diesem Tag erledigen musste, und erstellte einen detaillierten Zeitplan, bevor er endlich aus dem Bett rollte.

Aber als er sich heute Morgen von der Matratze erhob, verschwendete er kaum einen Gedanken an seinen Tagesplan. Aye, er würde den Drachenmann von Seahaven treffen und versuchen, alles so weit zu regeln, dass es während des Gefährtenrauschs weiterlief.

Doch der Rest seiner Gedanken war voller Cat. Ihr Lachen, ihre warme Haut und jede Erinnerung daran, wie ihre Finger über ihn gestreift waren.

Vielleicht hatte sie recht gehabt – dass er, weil er sich so isoliert hatte, jede Sekunde eines jeden Tages Angst gehabt hatte, wieder abzurutschen.

Wie ein Idiot grinsend frühstückte er und machte sich fertig. Er war gerade fertig, als es an der Tür klopfte. Er öffnete sie und stand zwei von Cats Brüdern gegenüber — Ian und Connor.

Er gab sich größte Mühe, ihre blitzenden Drachenaugen zu ignorieren, und fragte: „Ja?"

Connor sprach als Erster. „Komm mit."

Er hob eine Augenbraue. „Warum genau?"

Connor zuckte mit den Schultern. „Bevor du daran denkst, hier zu leben, musst du beweisen, dass du dich verteidigen kannst."

Er hob auch die andere Braue. „Gegen was, oder sollte ich fragen gegen wen? Euch beide?"

Ian antwortete: „Wir schlagen dich schon nicht zu einem blutigen Brei — Cat zuliebe —, also aye, du solltest mit uns kämpfen."

Vor seiner Zeit in Lochguard hatte Lachlan intensiv trainiert. Drachenwandler waren immer stärker als Menschen, egal ob männlich oder weiblich. Aber es gab trotzdem bestimmte Griffe und Taktiken, die ihm eine Chance zum Sieg geben konnten.

Und er wollte mindestens einen von Cats Brüdern besiegen. Die beiden Kerle mochten jünger sein, aber sie waren Cats Familie und offensichtlich sehr beschützend gegenüber ihrer Schwester. Wenigstens einen von ihnen zu schlagen, würde viel dazu beitragen, dass sie ihn akzeptierten.

Außerdem könnte es Spaß machen. Ihr überraschtes Gesicht, wenn er auch nur einmal gewann, wäre es wert.

Er zuckte mit den Schultern. „Aye, na dann los. Ich hab' in ein paar Stunden ein Meeting, also muss es jetzt sein."

Ian musterte ihn einen Moment, aber es war Connor, der den Pfad hinunter winkte. „Dann komm. Wir haben den perfekten Ort zum Üben."

Der böse Glanz in Connors Auge sagte Lachlan, dass es definitiv nicht irgendwo privat sein würde.

Was ihm ganz recht war. Je mehr Leute sahen, dass er sich behaupten konnte, desto leichter würde es sein, zumindest ihre Drachenhälfte zu überzeugen.

Während er den beiden folgte, fragte er: „Cat weiß nichts davon, oder?"

Connor zuckte wieder mit den Schultern. „Nein, aber das geht nur uns was an. Du willst unsere Schwester, dann musst du sie dir verdienen."

„Ich bin mir nicht sicher, ob sie es mögen würde, ‚verdient' und gehandelt zu werden wie irgendein Stück Vieh", sagte Lachlan trocken.

Ian brummte: „Toll, Connor. Jetzt schreit Cat uns an, selbst wenn wir ihn gar nicht verprügeln."

Connor antwortete: „Wir haben keinen Dad, also liegt es an uns. Sie weiß, dass unsere inneren Drachen sie beschützen wollen."

„Ich glaube nicht, dass das einen Unterschied machen wird", sagte Ian.

Connor grunzte. „Halt einfach die Klappe, Ian. Wir haben einen Job zu erledigen."

Lachlan beobachtete die jüngeren Männer amüsiert und fragte sich, ob ihr Machogehabe mit ihrer Jugend zusammenhing oder etwas war, das alle Drachenmänner machten.

Er fügte es seiner Liste von Dingen hinzu, die er Cat später fragen wollte, und folgte ihnen in einen großen offenen Bereich, den er für den Lande- und Startplatz hielt.

Eine provisorische Bühne war aufgebaut worden, und ein kleiner Menschenauflauf säumte die Ränder. Hauptsächlich Männer, ein paar Frauen. Er entdeckte sogar die rothaarigen MacKenzie-Zwillinge.

Aye, na ja, das hier würde ein Test für ihn werden. Und Lachlan hatte nicht vor, zu versagen.

Also zog er Schuhe, Socken und Oberteil aus – genau wie die beiden anderen –, und wartete auf die Regeln.

ALS CAT VON JAMIE ERFUHR, was ihre anderen beiden Brüder für den Morgen geplant hatten, fluchte sie und rannte aus dem Haus.

Dämlicher Ian und Connor, die Lachlan vor wer weiß wie vielen Clanmitgliedern verprügeln wollten.

Es war nicht so, dass sie Lachlan für schwach hielt, aber er war ein Mensch und ihre Brüder Drachenwandler. Vielleicht hätte sie es abgetan, wenn es privat gewesen wäre – irgendeine männliche Bindungserfahrung. Aber Jamie hatte gesagt, es sollte auf einer verdammten Bühne im Landegebiet stattfinden.

Sie würde Ian und Connor definitiv umbringen, sobald sie die Gelegenheit hatte.

Als das Hauptlandegebiet in Sicht kam, fluchte sie noch ein paarmal. Mindestens vierzig Leute standen um etwas herum, das wohl die Bühne war.

Nachdem sie ihre Brüder erledigt hatte, würde sie ein Wörtchen mit Finn reden. Sie konnte sich irgendwie nicht vorstellen, dass er dieses improvisierte Event genehmigt hatte. Immerhin mussten Menschenfrauen keine solche öffentliche Vorstellung abliefern, nur um bleiben zu dürfen.

Sie hörte Grunzen, konnte aber über die Köpfe der größeren Drachenmänner hinweg nichts sehen. Irgendwie schob und stieß sie sich durch und versuchte, sich einen Weg zu bahnen. Sobald die Leute merkten, dass sie es war, und die Nachricht durch die Menge ging, machten sie endlich Platz. Sie erreichte die vordere Reihe genau in dem Moment, als Lachlan Connor auf den Rücken warf und einen Fuß an seine Kehle setzte. Lachlan sagte: „Gib auf."

Aber dann fuhr Connor eine Kralle aus einem Finger und drückte sie gegen Lachlans Fuß. Selbst aus mehreren Metern Entfernung roch sie das Blut.

Sie wünschte, sie könnte auch eine Kralle ausfahren und sehen, wie Connor das gefiel. Dämliches stilles Drachentier – sie konnte es nicht.

Und ihre Brüder hatten wahrscheinlich darauf gezählt.

Sie wären definitiv tot, wenn sie mit ihnen fertig war.

Da trat Lachlan mit dem Fuß zu, stieß gegen Connors Kralle und bog sie in die falsche Richtung.

Ihr Bruder jaulte auf, und Lachlan nutzte die Sekunde der Ablenkung, um den unteren Teil von Connors Kralle zu packen, ihn umzudrehen und beide Hände ihres Bruders auf den Rücken zu ziehen. Lachlan knurrte: „Gib auf."

Aye, ihr Bruder konnte einfach in einen Drachen wandeln, und dann hätte Lachlan keine Chance. Aber nicht einmal ihr idiotischer Bruder würde das riskieren und eine Standpauke von Finn kassieren. Also brummte Connor: „Ich gebe auf."

Lachlan ließ ihn los und half ihrem Bruder hoch, während alle um sie herum klatschten.

Sie war ein kleines bisschen stolz, aber viel wütender. Also sprang Cat auf die Bühne und schrie: „Was zum Teufel hast du dir dabei gedacht, Connor? Wenn du ihn getötet hättest, weißt du, was das mit mir gemacht hätte."

Connor verdrehte die Augen. „Ich würde ihn nicht umbringen. Ihn ein bisschen verprügeln, aye, aber nicht umbringen."

Der Blutgeruch war auf der Bühne stärker, und Cat spürte ein leichtes Kribbeln im Hinterkopf.

Verdammt! Es war ihr Drache.

Die Nummer ihres Bruders hatte ihr inneres Tier wütend genug gemacht, um das Mittel in ihrem System zu schwächen.

Sie riskierte einen Blick zu Lachlan, und das Kribbeln wurde stärker. „Connor, du Bastard, jetzt hast du's geschafft."

Weil sie nicht riskieren wollte, dass ihr Tier vor der ganzen Menge aufwachte – mit Lachlan nur ein paar Meter entfernt –, machte sie auf dem Absatz kehrt und floh, und das Grollen in ihrem Kopf wurde mit jedem Schritt lauter.

Dank ihres idiotischen Bruders, der ihrem wahren Gefährten gedroht und Blut vergossen hatte, kämpfte ihr Drache darum, aufzuwachen. Der Beschützerinstinkt war kein reines Männerding – nein, Frauen waren genauso wild.

Und jetzt durfte sie Lachlan nicht nahekommen, solange er nicht bereit für den Rausch war.

Auf dem Weg zum Restaurant ihrer Mutter würde sie ihrer Mum und Finn alles erzählen müssen. Dann müsste sie sich im Cottage verstecken, das sie für den Rausch benutzen würden, bis Lachlan bereit war.

Ein Hauch von Nervosität durchzog sie. Nicht, weil Sex mit Lachlan etwas Schlechtes wäre. Aber sie hätte gern noch einen Tag mit ihm gehabt, ihn näher kennengelernt, ihn besser auf den Moment vorbereitet, wenn ihr Drache herauskam.

Und ihre Brüder hatten ihr das gestohlen.

Aye, sobald sie konnte, würde sie beide umbringen.

LACHLAN SAH Cat in der Ferne verschwinden und fragte sich, ob er sich getäuscht hatte.

Denn er hätte schwören können, dass ihre

Pupillen einmal geblitzt hatten, bevor sie gegangen war.

Eine weibliche Stimme schnitt durch seine Gedanken – eine, die er als Faye MacKenzies erkannte. „Du hast es vermasselt, Connor. Du hast ihren Drachen genug provoziert, dass er ihn beschützen wollte."

Lachlan drehte sich um, blinzelte beim Anblick des schlafenden Babys, das an Fayes Brust festgeschnallt war – nahm sie das Kind wirklich überallhin mit? –, und fragte: „Wovon redest du?"

Faye seufzte und richtete den Blick auf ihn. „Ich hab' allen gesagt, dass das eine schlechte Idee ist, aber die Männer meinten, es wäre nur ein netter Spaß. Und dass ein weiblicher Drache nicht so beschützend wäre, wenn ihr Gefährte einen Kampf verliert. Bullshit, ganz sicher. Aber natürlich hat niemand auf mich gehört."

Fayes Pupillen blitzten schnell, bevor sie weitersprach: „Komm mit, Lachlan. Connor, räum hier auf und stell sicher, dass es Cat gut geht."

Lachlan platzte heraus: „Aber Cat sagte, das Mittel wirkt besser bei weiblichen Drachen."

Faye nickte. „Aye, tut es auch. Aber wenn der Gefährte kurz davor steht, von einer Kralle erstochen zu werden – ganz zu schweigen davon, dass Connor dein Blut vergossen hat –, weckt das selbst den friedlichsten Drachen." Sie sah Connor finster an. „Die Regeln lauteten: Kein Wandeln – in *keinem* Körperteil."

Connor zuckte mit den Schultern. „Ich wusste, dass er damit klarkommt."

Unter normalen Umständen hätte Lachlan anerkannt, dass Connors Worte fast schon eine Bestätigung seiner Fähigkeiten waren. Aber er wollte mehr über Cats Situation erfahren. „Hat Cat jetzt Schmerzen?"

Faye nahm seine Hand und führte ihn von der Bühne – sie warf ihren älteren Brüdern unterwegs noch einen bösen Blick zu – und antwortete endlich: „Ich bin mir nicht sicher. Wenn es jetzt nicht so weit ist, dann sehr bald. Also stell dich darauf ein." Sie warf ihm einen Seitenblick zu. „Mein Bauchgefühl sagt mir, dass du den Rausch durchziehen wirst."

„Aye", sagte er.

Sie nickte. „Gut. Während ich mich für Cat freue, bedeutet es auch, dass ich dich danach nebenbei trainieren und mit Freude zusehen kann, wie du ein paar Drachenmänner besiegst."

Er blinzelte. Er hatte nicht vor, jede Woche vor Publikum zu ringen.

Aber er ignorierte ihren Kommentar und konzentrierte sich auf das Wichtige.

Natürlich bedeutete das, eine fast Fremde etwas zu fragen, das Cat ihm heute eigentlich im Detail hatte erklären wollen.

Trotzdem würde er lieber Faye fragen als ihren Gefährten oder den Clanführer. Sie schien direkt und auf den Punkt, und genau das konnte er jetzt gebrauchen.

Ganz zu schweigen davon, dass er sie nicht im

selben Maß beeindrucken musste wie den Clanführer.

Also räusperte er sich und fragte: „Cat wollte mir heute mehr darüber sagen, was passiert, wenn ihr Drache übernimmt."

„Und jetzt kann sie es nicht." Sie murmelte einen Fluch. „Aye, na ja, dann muss ich dir wohl die Drachenvariante von Aufklärung geben."

Vielleicht war es doch falsch gewesen, Faye zu fragen.

Sie schmunzelte ihn an. „Oh, keine Sorge. Wir haben keine mit Krallen besetzte Vagina oder so. Es ist eher so, dass der Drache unsere menschliche Gestalt übernimmt und Sex verlangt. Meistens hart und wild." Ihr Blick wurde weich. „Ist eigentlich ziemlich gut."

Weil er nicht wollte, dass sie ihm von ihren eigenen Sexabenteuern erzählte, lenkte er das Gespräch auf etwas Harmloseres. „Aber ist ihr Drache die ganze Zeit draußen? Ich weiß, dass es manchmal Wochen dauern kann, bis der Rausch aufhört."

Faye schüttelte den Kopf. „Nein, normalerweise wechseln sich Mensch und Drache ab, teilen das Erlebnis wie bei fast allem in ihrem Leben. Und ihr Drache spürt, wenn du Schlaf oder Essen brauchst, und gönnt euch Pausen. Aber wenn du versuchst zu gehen, lässt ihr Tier das nicht zu. Also musst du dir doppelt sicher sein." Sie durchbohrte ihn mit einem wilden Blick. „Bist du sicher?"

Er antwortete ohne Zögern: „Aye, ich bin sicher."

„Gut. Cat ist meine Freundin, also gebe ich dir dieselbe Warnung wie ihre Brüder: Verletze sie, und du bekommst es mit mir zu tun."

Er schaute auf das kleine Mädchen, das an Fayes Brust schlief, und flüsterte: „Hoffentlich lässt du das Kind dann zu Hause. Dann ist es einfacher, gegen mich zu kämpfen."

Faye schnaubte. „Na, hör mal, Lachlan MacKintosh, versuchst du etwa witzig zu sein? Wer hätte das gedacht. Ich dachte eigentlich, du wärst steif und zu ernst."

Er wusste nicht, wie er darauf reagieren sollte, aber Faye schien auch keine Antwort zu brauchen. Sie zuckte mit den Schultern und schaute dann liebevoll auf ihr Kind hinunter. „Isla ist etwas Besonderes für mich. Ich habe ihren Zwilling während der Schwangerschaft verloren und hatte eine schwere Entbindung. Deshalb will ich jeden Moment mit ihr genießen." Ihre Stimme wurde leise. „Sie ist vielleicht mein Einziges."

Er hatte keine Ahnung, warum Faye ihm etwas so Persönliches anvertraute, aber er spürte den Drang, etwas zu sagen. „Ich wünschte, meine eigenen Eltern hätten sich auch nur halb so viel um mich gekümmert wie du um sie. Deine Tochter hat Glück, dich als Mum zu haben."

Fayes Augen wurden feucht, und er fragte sich, was zur Hölle jetzt los war. Cat war so leicht zu verstehen, aber andere Frauen? Er hatte keine verdammte Ahnung.

Faye wischte sich mit der freien Hand über die Augen und sagte: „Du wirst es schaffen, Lachlan MacKintosh. Du wirst es schaffen." Sie zog an seiner Hand. „Und jetzt komm. Es gibt viel vorzubereiten, bevor Cats Drache komplett aufwacht. Wir haben keine Zeit zu verlieren."

Und so vergingen die nächsten Stunden – alle stellten ihm Fragen und klärten ihn darüber auf, was kommen würde. Ganz zu schweigen davon, dass er ein paar Notizen für den Drachenmann aus Seahaven tippen musste, was während seines Rauschs erledigt werden musste.

Das Einzige, was er nicht tat, war, dem MDA die Wahrheit zu sagen – stattdessen hatte er behauptet, er bräuchte kurzfristig Urlaub wegen eines familiären Notfalls. Er hatte noch keine Gelegenheit gehabt, mit ihnen über seine Zukunft zu sprechen. Das musste er tun, sobald er wieder frei war.

Aye, na ja, nicht wirklich frei. Bis dahin wäre bereits ein Kind unterwegs.

Was ihn gleichzeitig ängstigte und begeisterte.

Sobald alles fertig war, suchte er Finn auf. Er war so bereit, wie er es nur sein konnte, und Lachlan konnte es kaum erwarten, endlich loszulegen.

Kapitel Zehn

Lachlan stand vor der Tür des Cottages, in dem er die kommenden Tage verbringen würde, holte tief Luft und trat ein. Finn hatte ihm gesagt, dass Cat oben in einem Schlafzimmer warten sollte – und dass er sich ganz sicher sein musste, dass er bereit war. Denn sobald er das Haus betrat, würde Cats Drache es wissen, und es gäbe kaum noch eine Fluchtmöglichkeit.

Und trotzdem fühlte sich das Handy in seiner Hosentasche wie ein riesiges Gewicht an. Offenbar gab es doch einen Fluchtweg – aber nur, wenn er ihn wirklich brauchte. Finn hatte klargemacht: Sobald er anrief, um rausgeholt zu werden, war es vorbei. Er wäre fertig und müsste Lochguard verlassen.

Nicht, dass er das vorhatte.

Er zog Schuhe und Socken aus und ging langsam die Treppe hoch, lauschte nach Cat. Mit jedem Schritt brannte sein Körper ein bisschen heißer vor Vorfreude.

Aye, er würde den Sex genießen. Aber er wollte sie küssen, sie halten, ihre Haut an seiner spüren.

Und vielleicht, in den kurzen Momenten, in denen ihr Drache ihn etwas essen ließ, könnte er auch mit ihr reden.

Es schien, als hätte er nach so vielen Jahren allein plötzlich Sehnsucht nach Gesellschaft – besonders nach der einer so hellen, lebensfrohen Frau wie Cat MacAllister.

Die Drachenfrau erschien am Ende des Flurs, ihr Körper angespannt, die Finger zu Fäusten geballt. „Lachlan?"

Ihre Stimme war schwach und angestrengt, und das gefiel ihm nicht. Er eilte auf sie zu, aber sie sagte: „Warte." Er erstarrte, und sie fügte hinzu: „Bist du sicher? Ich kann ihn noch lange genug zurückhalten, dass du wegrennen kannst, wenn du willst."

„Ich renne verdammt nochmal nicht weg, Frau." Er stürmte auf sie zu, hob sie in seine Arme und ging durch die offene Tür. „Ich will dich. Jetzt."

Ihre Pupillen blitzten einmal, und sie schloss die Augen einen Moment, bevor sie sie wieder öffnete – kein Zeichen, dass ihr Drache das Kommando hatte. Sie sagte: „Solange es schnell geht, wird mein Drache mich das erste Mal haben lassen." Sie legte eine Hand an seinen Nacken und schmiegte sich enger an ihn. „Also beeil dich und küss mich, Lachlan. Solange wir noch die Chance haben."

Das Vernünftige wäre gewesen, sie erst aufs Bett zu legen, es ihr bequem zu machen und sie dann zu küssen.

Aber er presste seine Lippen auf ihre, seine Zunge glitt in ihren Mund – er musste diese Frau schmecken, mehr als alles, was er je gewollt hatte.

Sie vertiefte den Kuss, ihre Zunge strich über seine, und Hitze schoss durch seinen Körper bis hinunter zu seinem Schwanz.

So sehr er ihren Mund liebte, er brauchte mehr von ihr an sich, viel mehr.

Lachlan verlagerte sie in seinen Armen, bis sie die Beine um seine Hüfte schlingen konnte, und drückte sie an sich. Ihre harten Nippel pressten sich durch den Stoff gegen seine Brust, und er stöhnte auf.

Eine Hand fuhr in ihr Haar und zog ihren Kopf zur Seite, damit er besseren Zugang zu ihr hatte. Die andere glitt zu ihrem Po und drückte sie gegen seinen Schwanz. Er zischte bei dem Druck, und das spornte Cat an. Ihre Zunge wurde fordernder, während ihre Nägel sich in seinen Hinterkopf gruben, und sie rieb ihre Hüften an ihn – ihre Bewegungen machten ihn härter, als er je zuvor in seinem Leben gewesen war.

Und als ein Tropfen aus seinem Schwanz austrat, wusste Lachlan, dass er, wenn er nicht aufpasste, kommen würde, noch bevor er seine Hose ausgezogen hatte.

Auf keinen verdammten Fall würde er das zulassen.

Irgendwie schaffte er es, seine Lippen von ihren zu lösen und zu sagen: „Verdammt, Frau. Wenn du das machst, halte ich nicht durch. Und dein Drache soll es nicht als das erste Mal zählen, wenn ich in meiner Hose komme."

Er liebte die Belustigung in ihren Augen. „So logisch, sogar jetzt." Sie drückte ihre Brüste wieder gegen seine Brust, und selbst durch beide Kleidungsschichten ließen die harten Spitzen ihn stöhnen. „Ich glaube, es ist Zeit, ein bisschen Drachenwandler-Gewürz dazuzugeben."

Im nächsten Moment streckte sie eine Kralle aus, schnitt damit durch den Rücken seines Shirts, und der Stoff klaffte auseinander. Er bemerkte kaum die kühle Luft, weil ihre Finger eine Linie seinen Rücken hinunterzogen und Feuer durch seinen Körper jagten.

„Stell mich ab, damit ich dir das Shirt ganz ausziehen kann", verlangte sie.

Langsam ließ er sie zu Boden gleiten und genoss ihre Weichheit an seiner Vorderseite. Kaum berührten ihre Füße den Boden, riss sie ihm das Shirt herunter und legte eine Hand an seine Brust. „So warm und hart, und trotzdem auch weich."

Als sie mit dem Nagel über seine flache Brustwarze fuhr, knurrte Lachlan. „Jetzt bin ich dran."

Er mochte keine Krallen haben, aber Cat trug nur einen Bademantel. Er zog am Gürtel, und der Stoff öffnete sich sofort. Er holte scharf Luft bei ihrer blassen, leicht geröteten Haut. „Du bist so verdammt schön."

Ihre Wangen färbten sich tiefer rosa, ebenso der obere Teil ihrer Brust. Langsam schob er den Stoff über ihre Schultern, hielt einen Moment inne, um Cat in die Augen zu sehen, und ließ ihn dann fallen.

Einen Herzschlag lang konnte er den Blick nicht von der Hitze in ihren Augen abwenden. Dann blitzten sie, und sie sagte: „Bitte, Lachlan. Mach schneller, sonst kommt mein Drache."

Er legte eine Hand an ihre Wange und nickte. „Aber sobald dieser ganze Rausch vorbei ist, zeige ich dir, wie gründlich ich sein kann."

Sie erschauderte, und die Bewegung brach seine Beherrschung. Er küsste sie, während seine andere Hand über ihren Körper glitt − sie hielt an ihrer Brust an, zwirbelte den Nippel, machte dasselbe mit dem anderen und wanderte dann zu ihrem Bauch. Er fuhr knapp über ihrem Schamhaar entlang und genoss es, wie sie sich seiner Berührung entgegenbog, bevor er endlich zwischen ihre Schenkel griff. Er teilte ihre heißen, geschwollenen Schamlippen und stöhnte. „Schon so verdammt feucht für mich."

Ihre Stimme war heiser. „Tu nicht so überrascht. Ich will dich, Lachlan, und das schon eine ganze Weile. Jetzt beeil dich und fick mich, bevor mein Drache übernimmt."

Ihre Worte schossen direkt in seinen Schwanz. Eine schöne, schmutzig redende Frau wollte ihn − es fühlte sich an, als hätte er im Lotto gewonnen.

Als er einen Finger in ihre Pussy stieß, umklammerte sie ihn so fest, dass er fast den Verstand verlor. Alles, was er wollte, war, in ihren feuchten, warmen Kern zu stoßen, bis sie seinen Namen schrie.

Aber irgendwie schaffte er es, sich zurückzuhalten, lächelte über ihre Worte und sagte: „Geduld ist nicht unbedingt eine schlechte Sache, Cat."

Sie knurrte, und er lachte, bevor er ihre Lippen wieder nahm und weiter mit sanften Stößen ihren Eingang neckte – er wollte, dass sie genauso verzweifelt war wie er, sein Schwanz schon hart wie Granit.

Während sie sich auf seinem Finger bewegte, ging er mit ihr rückwärts zum Bett. Als sie es erreichten, löste er den Kuss, zog die Hand aus ihrer Pussy und trat zurück.

Sie schrie auf, aber er lachte nur, während er schnell Hose und Boxershorts auszog. „Ich weiß nicht, ob Drachen speerartige Schwänze haben, die durch Stoff schneiden können, aber ich habe keinen."

Sie öffnete den Mund, um etwas zu sagen, aber er wartete nicht, nahm ihre Lippen wieder und führte sie schnell rückwärts aufs Bett.

Sobald er auf ihr lag, jede Stelle ihrer Vorderseite an seiner, knurrte er und vertiefte den Kuss, leckte, strich, musste mehr von ihr schmecken.

Er würde nie genug bekommen.

Weil er nicht daran denken wollte, dass sie seine

nächste Sucht werden könnte, schob er ihre Schenkel auseinander, rieb seinen Schwanz an ihr und stöhnte, als ihre Hitze und Feuchtigkeit über seine Haut glitt. Sie schrie in seinen Mund, als er seinen Schwanz schneller über ihre Klitoris rieb, aber er hörte nicht auf, sie zu küssen.

Dann spürte er ihre Nägel in seinem Po, die ihn nach vorn drückten. Und so sehr er sich Zeit lassen wollte, ihren Körper hinunterzuküssen und ihre süße Pussy mit dem Mund zu verehren, bis sie seinen Namen schrie, wollte er nicht riskieren, dass ihr Drache herauskam.

Beim ersten Mal wollte er Cat ganz für sich.

Also küsste er sie langsamer, bis er sich lösen konnte. Er positionierte seinen Schwanz an ihrer Öffnung und flüsterte: „Bereit?"

Sie strich ihm ein paar Haare hinter das Ohr. „Falls das bis jetzt nicht offensichtlich war, mache ich mir Sorgen um deine Beobachtungsgabe."

„Kleines Biest", lachte er, während er in sie eindrang. Cat holte scharf Luft, und er hielt inne.

Sie schüttelte den Kopf. „Nein, hör nicht auf. Du bist so groß und hart, und ich will mehr." Sie grub ihre Nägel tiefer in seinen Po. „Viel mehr."

Verdammt, sie war wie eine lebendig gewordene Sexfantasie.

Lachlan wollte in sie stoßen, doch er bewegte sich nur ein Stück vor und zog sich fast ganz zurück.

Sie runzelte die Stirn. „Du bist zu langsam."

Er nahm ihre Lippen in einen Kuss, während er langsam tiefer stieß, wobei er sich größte Mühe gab, nicht abzuspritzen, wie ein unerfahrener Teenager. „Du bist so verdammt eng, Cat. Ich muss jetzt langsam machen, sonst verliere ich den Verstand."

Sie lächelte, Zustimmung blitzte in ihren Augen bei seinen Worten auf. „So oft wie möglich zu kommen ist quasi der Sinn eines Rauschs." Sie bog die Hüften, bis er bis zum Anschlag in ihr war.

Das Gefühl ihrer heißen, nassen Pussy, die ihn ganz umschloss, ihn festhielt, verdammt, ihn in Besitz nahm, war fast zu viel. Um sie abzulenken und sich eine Minute zu nehmen, bewegte er eine Hand zu ihrer Klitoris und schnippte mit dem Fingernagel dagegen. Cat erschauerte. „Nochmal."

Er tat es, küsste sie dabei und genoss es, wie ihre Zunge keinen Moment zögerte, ihm Schlag um Schlag entgegenzukommen.

Sobald er nicht mehr kurz davor war zu explodieren, löste er den Kuss und begegnete ihrem Blick. Angesichts der Lust darin entschied er: zur Hölle mit der Zurückhaltung. Er knurrte: „Dann lass mal sehen, ob auch ein bisschen Drache in mir steckt."

Er hob ihre Hüften an, schob ein Kissen darunter und begann, sich zu bewegen.

Jeder Stoß war härter als der vorige, ließ sie sich winden, um ihm entgegenzukommen, und das Geräusch von Haut auf Haut erfüllte den Raum, machte seinen Schwanz noch härter.

Aber das Gefühl ihrer feuchten Pussy reichte nicht. Er musste mehr von ihr schmecken. Er beugte sich hinunter, nahm einen Nippel in den

Mund und genoss es, wie sie noch feuchter wurde, als er sanft hineinbiss.

Ein Verlangen durchströmte ihn, urtümlich und fordernd. Fast, als würde er sie verlieren, wenn er sie nicht jetzt beanspruchte.

Und er wäre verdammt, wenn das passierte.

Er ließ ihren Nippel los, hielt sie fest, während er seine Hüften vorstieß, und es gefiel ihm, wie sie jedes Mal aufschrie, wenn er tief hineinrammte.

Immer wieder stieß er zu, versuchte tiefer zu kommen, härter, bis er wusste, dass er kurz davor war. Der Druck an seiner Wirbelsäule war kurz vorm Bersten, also bewegte er eine Hand zu ihrer Klitoris und massierte sie in schnellen Kreisen. Cat schrie auf und erstarrte, als ihre Pussy seinen Schwanz in schnellen Zuckungen melkte und ihn mit ihrem Honig überzog.

Mit einem Knurren ließ er los, kam mit ihr in purer Glückseligkeit, während er sein heißes Sperma in sie pumpte, jeder Strahl markierte sie als die seine und niemandes sonst.

Als sie ihm den letzten Tropfen entlockt hatte, brach er auf ihr zusammen, seine Beine hinter sich.

Aber kaum eine Sekunde, nachdem er den Kopf an ihre Schulter gelegt hatte, lag er schon auf dem Rücken, und Cat ragte über ihm auf, mit schlitzförmigen Pupillen.

Ihre Stimme war ein wenig tiefer, als sie sagte: „Jetzt gehörst du mir. Ganz mir."

Und Lachlan wusste, dass Cats Drache jetzt das Kommando hatte.

CAT WUSSTE seit ihrem dreizehnten Lebensjahr, wie der Gefährtenrausch funktionierte, aber sobald ihr Drache nach vorn drängte, wünschte sie, sie hätte die Kraft gehabt, ihrem Tier zu sagen, es solle eine Minute warten, damit sie ein bisschen Nach-Orgasmus-Glück mit Lachlan genießen konnte, der halb auf ihrer Brust lag.

Doch ihr Drache kümmerte sich nicht um romantische Vorstellungen oder „menschliche Momente", wie ihr Tier es oft nannte. Er war ihr wahrer Gefährte, er würde ihnen ein Kind schenken, und es gab keine Zeit zu verlieren.

Deshalb lag Lachlan jetzt auf dem Rücken, ihr Drache saß rittlings auf ihm und hielt seinen Schwanz in der Hand.

Sie versuchte, mit ihrem Tier zu verhandeln. *Er ist ein Mensch, Drache. Er braucht mehr Zeit, um sich zu erholen.*

Ich streichle ihn einfach, bis er wieder hart ist. *Dann will ich ihn. Ich bin dran. Er gehört uns. Ich brauche ihn.*

Ihr Drache tat genau das, griff nach Lachlans Schwanz und streichelte ihn immer wieder, während er sagte: „Beeil dich. Meiner. Ich will dich, muss dich ficken. Viele Male. Ich will ein Kind."

Sie rechnete halb damit, dass Lachlan verwirrt blinzeln, die Stirn runzeln oder sogar Angst zeigen würde.

Aber er stöhnte nur und seufzte dann: „Du kannst mich haben, aber ich will auch Cat."

Lachlan stellte sich ihrem Drachen. Cat wusste nicht, ob sie stolz oder genervt sein sollte.

Ein herausgeforderter Drache wurde nur noch sturköpfiger.

Ihr Drache knurrte: „Du bist zu langsam mit ihr. Ich sollte dich für mich behalten und deinen Schwanz reiten, bis du mir gibst, was ich will."

Cat bemerkte, wie Lachlan ein Stöhnen unterdrückte, als ihr Tier die Wurzel seines Schwanzes quetschte, aber irgendwie fand der Mann die Kraft zu antworten: „Nein, das wird nicht passieren. Du teilst mit ihr. Verstanden?"

Ihr Tier hielt bei der Dominanz in Lachlans Stimme inne. Wenn Cat das Sagen gehabt hätte, hätte sie geblinzelt.

Es schien, als verhielte ihr Mensch sich ein kleines bisschen wie ein Drachenwandler, wenn er wollte.

Ihr Drache hörte nicht auf, Lachlans Schwanz zu streicheln, und begann dann, seine Hoden zu liebkosen.

Sie sah, wie er versuchte, nicht zu stöhnen, was sie zum Schmunzeln brachte.

Ihr Drache knurrte: „Du versprichst, uns schnell zu ficken, dann werde ich teilen."

Wie romantisch, antwortete sie gedehnt.

Natürlich ignorierte ihr Drache sie.

Lachlans Schwanz wurde allmählich wieder

hart, und es würde nur Sekunden dauern, bis ihr Drache ihn reiten würde.

Doch er legte eine Hand an ihr Handgelenk. „Du willst meinen Samen? Dann teilst du mit ihr. Ende der Ansage."

Ihr Drache zischte. „Für einen Menschen bist du entweder sehr mutig oder sehr dumm."

Cat lachte innerlich. Ihr Drache hatte erwartet, dass Lachlan jeden ihrer Wünsche erfüllte.

Er hob eine Augenbraue, und ihr Drache grunzte. „Gut. Aber wenn du zu lange mit ihr brauchst, schläfst du weniger."

Er ließ ihr Handgelenk los. „Abgemacht."

Dann brachte ihr Drache seinen Schwanz in Position und sank auf ihn nieder.

Lachlan wich ihrem Drachenblick nicht aus, während er ihre Hüften packte und ihr half, sich zu bewegen.

So sehr Cat sich hinunterbeugen und ihn küssen wollte, ließ sie ihr Tier ihn einfach reiten und grub ihre Nägel in Lachlans Brust.

Er führte, streichelte und verehrte jeden Teil von ihr, den er erreichen konnte. Cat mochte nicht das Sagen in ihrem Kopf haben, aber sie spürte jede Berührung seiner Finger und hätte ihn auch gern berührt.

Aber ihr Tier bewegte die Hüften nur schneller, kümmerte sich nicht um Berührungen, Küsse oder geflüsterte Atemzüge an ihrer Haut.

Und obwohl ihr Drache in diesem Moment nur

an seinen Orgasmus dachte, streckte er trotzdem die Hand aus und spielte mit ihrer Klitoris.

Ihr Mensch akzeptierte wirklich beide Seiten von ihr, wollte sie beide verwöhnen.

Etwas veränderte sich in Cat, aber sie hatte kaum Zeit, darüber nachzudenken, bevor Lachlan knurrte und innehielt. Als er kam, zwickte er ihre Klitoris, bis Lust durch ihren Körper schoss.

Sobald ihre inneren Muskeln sich beruhigten, sagte ihr Drache: *Ich mag ihn.*

Ich auch, Drache. Ich auch. Kann ich ihn ein bisschen haben?

Kurz. Aber nur, damit ich ein Nickerchen machen kann.

Anscheinend machte ein Orgasmus mit ihrem Drachen an der Spitze das Tier schläfrig. Das musste Cat sich merken.

Während ihr Drache sich in den Hintergrund zurückzog und sich zusammenrollte, übernahm Cat wieder und legte sich neben Lachlan. Sie strich ihm ein paar Haare aus dem Gesicht, bemerkte den Schweiß auf seiner Stirn und lächelte. „Ich glaube, wir nehmen dich zu hart ran."

Er drehte den Kopf, doch sie sah, wie viel Kraft es ihn kostete. „Cat?"

Sie hielt die Hand an seinem Kiefer still und nickte. „Für den Moment. Mein Drache braucht ein Nickerchen."

Er atmete noch schwer, als er sagte: „Wenn er dieses Tempo beibehält, bringt er mich bestimmt um."

Cat lachte. „Wird er nicht. Aber er ist ziemlich

entschlossen. Mit ihm kann man nicht vernünftig reden, nur so nebenbei."

Er nahm ihre Hand von seinem Gesicht, drehte sie um und küsste ihre Handfläche.

Die Geste ließ ihr Herz einen Schlag aussetzen. Unter der kühlen, logischen Fassade war Lachlan ein kleines bisschen romantisch.

Er sagte: „Solange sie mir nicht den Schwanz abfickt, ist mir alles egal. Das hier ist eine Art, wie ich dir helfen kann, und ich werde es tun."

Sie küsste ihn sanft und zog sich ein paar Zentimeter von seinem Mund zurück. „Du hast schon geholfen." Sie strich mit der Hand seinen Körper hinunter, zu seinem Schwanz. Er war halbhart, und Cat strich träge mit dem Finger über die Spitze.

Lachlan holte scharf Luft. „Du machst was mit mir, Frau. Ich war noch nie in meinem Leben so schnell wieder hart."

Sie neckte weiter seinen Schwanz. „Drachenwandler-Magie, aye?"

Er rollte sich, bis sie auf dem Rücken lag, er halb auf ihr, ihre Handgelenke über ihrem Kopf. „Aye, muss wohl." Er küsste sie, erkundete gründlich ihren Mund und ließ sie atemlos zurück, bevor er sich wieder löste. „Aber mir egal. Ich hab' auch ein bisschen Magie."

Und während er sie erneut nahm – diesmal langsamer –, vergaß Cat alles außer dem Mann über sich, in sich, der sie mit der Entschlossenheit eines Drachenwandlers beanspruchte.

Kapitel Elf

Lachlan hatte während des Rauschs versucht, die Tage mitzuzählen, aber da er keine Kerben in die Wand geritzt hatte, hatte er keine verdammte Ahnung, welches Datum heute war.

Aber als Cat schlafend an ihn geschmiegt dalag – den Kopf an seiner Brust, sein Arm um ihre Taille –, fand er das nicht wichtig.

Die kurzen Momente, in denen er sich hatte ausruhen und mit Cat reden können, waren einige der besten seines Lebens gewesen. Sie war witzig, klug und verspielt.

Das genaue Gegenteil von allem, was er sein Leben lang gekannt hatte.

Als sie murmelte und sich wieder beruhigte, lächelte er. Es würde leicht sein, diese Frau zu lieben. Selbst ohne Kind wollte er eine Zukunft mit Cat.

Allerdings wusste Lachlan immer noch nicht, ob

Stresssituationen seine Gelassenheit auslöschen und durch das brennende Verlangen ersetzen könnten, wegzulaufen und sich wieder im Alkohol zu verlieren.

Ein notgeiler Drache, der dauernd Sex wollte, war eine Sache. Eine echte Beziehung aufzubauen und irgendwann ein Kind großzuziehen, eine ganz andere.

Sie murmelte erneut etwas, aber diesmal bewegte sie die Hand über seine Brust und ließ ihre Finger durch seine Brusthaare gleiten.

Obwohl er wund war, regte sich Lachlans Schwanz wieder. Er hatte das Gefühl, dass nach dem Rausch eine kleine Berührung dieser Drachenfrau ihn immer sofort hart machen würde.

Cat sprach mit schläfriger Stimme. „Morgen, glaube ich."

Er warf einen Blick aus dem Fenster und dann wieder auf ihr Gesicht. „Aye, denke ich auch." Ihre Augen öffneten sich – das vertraute tiefe Blau, aber mit runden statt schlitzförmigen Pupillen. Er strich ihr die Haare aus dem Gesicht und fügte hinzu: „Normalerweise ist dein Drache wach, sobald du es bist, und stellt irgendeine Forderung. Ist er ausnahmsweise mal müde?"

Ihre Pupillen blitzten kurz, wurden dann aber wieder rund. Cat lächelte langsam, sah zu ihm auf und berührte seine Wange. „Er sagt, er hat sich ein wenig Ruhe verdient, und wir dürfen wieder ein paar langweilige Menschensachen machen."

Er runzelte die Stirn. „Ich dachte nicht, dass

man einen inneren Drachen während eines Rauschs erschöpfen kann."

Sie schwang ihr Bein über seine Hüfte und sagte: „Kann man nicht. Der Rausch ist vorbei." Sie nahm seine Hand und legte sie auf ihren Unterbauch. „Du wirst Vater, Lachlan."

Er starrte eine ganze Minute lang auf seine Hand auf ihrem Bauch.

Er. Ein Vater.

Als der anfängliche Schock nachließ, durchströmten ihn eine Mischung aus Glück und Sorge. In ungefähr neun Monaten würde er Vater sein.

Und er hatte eine Scheißangst, es zu vermasseln.

Sie küsste seine Wange, und er begegnete endlich wieder ihrem Blick. Und sobald er es tat, sagte sie: „Sag was. Trotz all meiner Drachenwandler-Fähigkeiten kann ich keine Gedanken lesen."

„Ich —" Er wollte sagen, dass er glücklich war, platzte aber heraus: „Ich hab' ein bisschen Angst."

Sie runzelte weder die Stirn noch verdrehte sie die Augen oder sagte, er sei albern. Sie nickte nur. „Ich auch. Ich glaube, das gehört dazu."

„Aye, aber —"

Sie legte einen Finger auf seine Lippen. „Du bist nicht dein Vater, Lachlan. Du bist vielleicht ein bisschen beschützend, und ich wage zu sagen, vorsichtig, aber das sind viele andere Eltern in Lochguard auch." Sie bewegte die Hand in sein Haar und spielte mit den Strähnen in seinem

Nacken – die Berührung beruhigte ihn. „Ich glaube, du hast viel mehr Liebe zu geben, als dir bewusst ist. Damit und mit meiner Familie wird unser Kind extrem verwöhnt sein, da bin ich mir sicher."

Noch nie hatte jemand so vollkommen an ihn geglaubt. Ihr Vertrauen in ihn stellte etwas mit seinem Herzen an.

Auch wenn er sich später noch genug Sorgen machen würde, verdrängte er für den Moment seine Zweifel und küsste sie langsam – nahm sich Zeit, ihren Mund einfach nur zu verehren, weil er es wollte.

Als er sich endlich löste, fuhr er ihren Hals hinunter, zu ihrer Schulter und kreiste dann um ihren Nippel. „Und jetzt?"

Sie grinste. „Jetzt haben wir Spaß." Sie sprang aus dem Bett und rannte zur Badezimmertür. „Ich wollte schon immer, dass mich jemand unter der Dusche kommen lässt. Hast du Lust?"

Sein Schwanz mochte schmerzen, aber Lachlan rollte sich aus dem Bett und ging langsam auf sie zu. „Aye, Zeit, dass du auf meiner Zunge kommst."

Ihre Pupillen blitzten, bevor sie hineinrannte und über die Schulter rief: „Ich stelle das Wasser an. Ich will erst sauber sein."

Während er in der Tür stand und zusah, wie Cat an der Dusche herumfummelte, konnte er kaum glauben, dass das jetzt sein Leben war – eine wunderschöne Frau, ein Kind unterwegs und mehr Lachen in den letzten paar Wochen als in den vergangenen zehn Jahren.

Lachlan war normalerweise nicht der optimistische Typ, aber ausnahmsweise dachte er, dass er es vielleicht sein könnte.

Sobald Cat unter der Dusche war und sich wusch, folgte er ihr und tat genau das, was er versprochen hatte.

Zweimal.

EIN PAAR STUNDEN später war Cat sauber, befriedigt und ging so langsam wie möglich zum Haus ihrer Mutter.

Ihr Drache schnaubte. *Du weißt, dass sie ein riesiges Theater daraus machen werden. Ein paar Minuten Aufschub ändern daran nichts.*

Das kannst du leicht sagen – du lachst nur aus dem Hintergrund. Ich bin diejenige, die versuchen muss, ihre Kommentare ein bisschen im Zaum zu halten und gleichzeitig Lachlan zu beschützen.

Nach den letzten Wochen denke ich, er kann sich selbst beschützen.

Sie warf dem betreffenden Mann einen Blick zu. Er hielt ihre Hand und bemühte sich, mit der anderen durch die MDA-Mails zu scrollen, die er während des Rauschs verpasst hatte.

Sie wusste, warum er das jetzt tun musste, statt mit ihr zu reden. Immerhin hatte er dem MDA nur gesagt, er sei ein paar Tage weg. Aber sie wünschte sich, er müsste sich nicht um die Zukunft seines Jobs sorgen.

Und auch nicht nur, weil er ihretwegen gefährdet war. Sie hatte seine Fähigkeiten als Eventplaner im letzten Jahr hautnah erlebt – er war verdammt gut darin.

Nicht einmal ein exzentrischer Archäologe, der nachts einfach verschwunden war, hatte ihn aus der Fassung gebracht. Na ja, zumindest nicht sehr.

Ihr Drache seufzte. *Er ist clever. Ich bin mir sicher, er findet einen Weg, dass es funktioniert.*

Bevor sie antworten konnte, kam Fayes Stimme von der Seite. „Cat!"

Sie drehte sich um, und Faye – ausnahmsweise ohne ihre Tochter – kam auf sie zugerannt und blieb schlitternd stehen, um sie zu umarmen. „Finn sagte, ihr seid fertig." Sie lehnte sich zurück, um Cat ins Gesicht zu sehen. „Das ist genial, wie ich Grant schon gesagt habe. Unsere Kinder werden vom Alter her nicht allzu weit auseinander sein. Sie können zusammen Unfug machen."

„Aye, das war auch genau mein erster Gedanke", sagte sie trocken.

Faye ließ sie los und verdrehte die Augen. „Komm schon, das ist definitiv ein Vorteil." Faye warf Lachlan einen Blick zu und zwinkerte. „Ich schätze, ihr Drache hat dich am Ende dann doch nicht kaputt gemacht, aye?"

Lachlan drückte Cats Hand, hielt den Blick jedoch auf Faye gerichtet. „Er hat es versucht, aber ich bin ziemlich stur."

Faye schnaubte. „Du magst ja ein Mensch sein, aber manchmal benimmst du dich wie ein

Drachenmann, das steht fest. Wenn ich nicht so an meinem Gefährten hängen würde, hätte ich gern erst mal einen Menschenmann ausprobiert – nur zum Vergleich."

Cats Wangen wurden heiß. „Faye MacKenzie, was würde Grant dazu sagen?"

Sie zuckte mit den Schultern. „Er würde nur grunzen und es ignorieren, weil er weiß, dass ich glücklich bin." Faye trat einen weiteren Schritt zurück. „Apropos, Grant ist bei meiner Mum und meiner Tochter, und obwohl er geduldig ist, könnte er wohl eine Rettung gebrauchen." Sie winkte. „Herzlichen Glückwunsch, euch beiden!"

Als Faye wegrannte, sah Cat zu Lachlan auf. Seine Mundwinkel zuckten. „Faye wächst dir ans Herz, oder?"

„Ein kleines bisschen." Er zog sanft an ihrer Hand. „Aber wir sollten uns beeilen. Sonst tauchen noch deine Brüder auf, sagen, wir sind zu langsam, und tragen uns zu deiner Mum."

Sie schnaubte. „Ich würde gern sehen, wie sie das versuchen. Ich glaube, das schaffen sie nur, wenn sie sich wandeln."

Lachlan hob eine Augenbraue. „Da sie mal erwähnt haben, sie würden mich in ein Loch fallen lassen, würde ich sie lieber nicht herausfordern."

Cat lachte. „So schlimm ist es nicht, solange du einigermaßen nah über dem Wasser bist, wenn sie loslassen."

Er hob eine Augenbraue. „Warum habe ich das Gefühl, dass du aus Erfahrung sprichst?"

Sie zuckte mit den Schultern. „Tue ich. Sagen wir einfach, jugendliche Drachenwandler haben ihren eigenen Begriff von Spaß."

Lachlan sagte: „Erinnere mich bitte daran, dass ich alles hören will, bevor unser Kind alt genug ist, um es auszuprobieren."

Die Vorstellung wie Lachlan eine detaillierte Liste aller Möglichkeiten erstellte, wie ihr Kind in Schwierigkeiten geraten konnte, brachte sie zum Lächeln.

Bald standen sie auf der Veranda vor dem Haus ihrer Mutter. Cat hörte gedämpfte Geräusche aus dem Cottage.

Viele Geräusche – was bedeutete, es waren mehr Personen da als nur ihre direkte Familie.

Ihr Drache lachte. *Das wird genial. Ich will sehen, ob Lachlan wirklich rot wird.*

Sie ignorierte ihr Tier und sah Lachlan in die Augen. „Bereit?"

Er beugte sich hinunter, küsste sie sanft und sagte: „Jetzt schon."

Sie hätte fast geseufzt. Lachlan war tief im Herzen wirklich ein ganz schöner Romantiker.

Ihr Drache gähnte. *Aye, aye, ist er. Und jetzt beeil dich. Wir müssen das hinter uns bringen, damit wir Zeit haben und ich wandeln kann. Er soll mich hinter den Ohren kraulen.*

Ich bin mir nicht sicher, ob wir heute dazu kommen.

Dann besser bald. Ich will auch etwas Aufmerksamkeit.

Cat biss sich bei dem bockigen Ton ihres Drachen auf die Lippe und öffnete die Tür.

Ein Quietschen beim Eintreten ließ sie zusammenzucken, und bald waren sie im Cottage, umringt von ihrer Familie, ihren Cousins und Cousinen und sogar ihrem Großvater und den anderen beiden Partnern seines Trios.

Cat konnte die Anspielungen und Augenbrauenwackelei ihrer Familie leicht abwehren und ausweichen.

Sie machte sich jedoch Sorgen um Lachlan. Er war offen, lieb und ehrlich zu ihr. Wie würde er damit klarkommen, wenn so viele Leute diesmal auf ihn fokussiert waren?

Und warum fühlte es sich so seltsam an, sich immer noch um ihn zu sorgen?

Ihr Drache knurrte: *Weil er jetzt uns gehört.*

Alle dachten, männliche Drachenwandler seien beschützend und territorial, aber weibliche waren genauso schlimm.

Cat antwortete ihrem Tier: *Aye, aber wir sollten noch nicht übertreiben. Er ist stark, wie du weißt, also lass uns erst mal sehen, wie er klarkommt.*

Ihr Tier schnaubte. *Von mir aus. Aber wenn Connor ihn wieder zu einem Kampf herausfordert, übernehme ich und werfe ihn raus auf seinen Allerwertesten.*

Sie versuchte, nicht zu lächeln. *Das hätte er verdient, aber lass uns das als letzte Option im Kopf behalten, aye?*

Und so tat Cat ihr Bestes, Lachlan zu beobachten, während er mit ihrer Familie interagierte – und nicht zu früh einzugreifen.

NACHDEM LACHLAN gerade noch mit Cat Händchen gehalten hatte, wurde er nun von ihr getrennt und war sofort von einer Horde Männer umringt.

Korrektur: einer Horde Drachenmänner.

Einige erkannte er – ihre Brüder zum Beispiel –, aber es gab auch eine Menge, die er noch nie gesehen hatte. Oder wenn doch, dann hatte er sie nicht beachtet.

Connor schlug ihm auf den Rücken. „Den Rausch überlebt, aye? Weibliche Drachen haben schon den einen oder anderen Schwanz gebrochen, also bist du ein bisschen besser dran als manche Drachenmänner."

Ein älterer Mann, den Lachlan nur von Fotos als Cats Großvater erkannte, stieß ihm den Ellbogen in die Rippen. „Wenn er einen kleinen weiblichen Drachen nicht packen könnte, wäre er Cats Zeit nicht wert."

Eine unbekannte Frau sagte: „Das hab' ich gehört, Archie MacAllister."

Archie grinste die grauhaarige Frau an. „Bei dir ist das etwas anderes, Liebes. Nicht einmal wir zwei reichen, um dein hungriges Tier zu befriedigen."

Lachlan hätte fast geächzt, aber einige andere taten es. Connor sagte: „Hör auf, Grandpa. Das ist peinlich."

„Warum, mein Junge? Es ist die Wahrheit. Ich könnte dir Geschichten erzählen … du wärst im Nu roter als eine Rote Bete."

Ein Mann mittleren Alters, den Lachlan nicht kannte, legte einen Arm um Archies Schulter. „Komm schon, Dad. Spar dir deine Geschichten für ein anderes Mal auf."

Archie grunzte, als der Mann ihn wegführte. „Das sagst du immer."

Sobald Archie weg war, brummte Ian: „Erinnere mich daran, Onkel Seamus später zu danken."

Lachlan sah sich im Raum um. „Wie viel Familie habt ihr eigentlich?"

Ian zuckte mit den Schultern. „Tonnenweise. Ein paar entfernte Verwandte sind vor Jahrzehnten nach Seahaven gezogen. Wenn die hier wären, müssten wir die Party draußen feiern." Er deutete auf einen Tisch, der mit Essen beladen war. „Komm, nimm dir was, und du kannst mir ein bisschen mehr von deiner Familie erzählen. Ich hab' dich noch gar nicht richtig ausgefragt – nachdem Connor versucht hat, dir den Arsch zu versohlen und Cats Drachen dann aufgewacht ist."

Connor zuckte mit den Schultern. „Am Ende hat's doch geklappt, aye? Das ist alles, was zählt."

Ian verdrehte die Augen. „Eines Tages wird dir diese Einstellung noch in den Arsch beißen."

Lachlan hatte keinen Bruder, aber selbst, wenn er einen gehabt hätte, wäre er ihm wahrscheinlich nicht so nah gewesen, wie diese beiden es einander waren. Nicht einmal er und seine Schwester hatten so ungezwungen scherzen können.

Ian reichte ihm einen Teller und fragte: „Wie ist

deine Familie so? Wir müssen sie mal einladen. Vielleicht hast du ja eine Schwester für mich."

Er blinzelte. „Was?"

Ian sah ihn seltsam an. „War ein Scherz, aye? Es gibt kein Drachenwandler-Muster, nach dem Geschwister die Geschwister ihrer Gefährten heiraten. Na ja, selten. Manchmal verlieben sich Zwillinge in Zwillinge. Aber das ist alles, was ich gehört habe."

Lachlan war sich nicht ganz sicher, wie er auf Ian reagieren sollte. Der Drachenmann sprang ohne erkennbaren Weg von einem Thema zum anderen.

Doch als er Cats Blick durch den Raum begegnete, hob sie die Brauen – eine stumme Frage: *Alles okay?*

Und Lachlan merkte: Aye, alles war okay. Das hier war ihre Familie, und er musste sie kennenlernen.

Auch wenn sie die halbe Zeit über verrückt waren.

Er entschied sich, das Gespräch zurück auf etwas Vernünftigeres zu lenken, und konzentrierte sich wieder auf Ian und Connor. „Ich habe nur eine Schwester, und die ist verheiratet."

Nicht, dass Lachlan viel über Sarahs Ehemann wusste. Seine Schwester sprach nie über ihre Ehe und blieb immer beim Thema ihrer Söhne, wenn er seine Neffen besuchte.

Aber umgeben von Cats Familie, die alle so neugierig aufeinander waren, beschloss er, das zu ändern und seine Schwester wieder besser kennenzulernen.

Na ja, sobald er alles mit dem MDA geklärt hatte – sowohl was seinen Job anging als auch die Erlaubnis für Sarah und die Jungs, zu Besuch zu kommen.

Ian schluckte herunter, was immer in seinem Mund war, und antwortete: „Schade, dass sie verheiratet ist. Sie wäre wahrscheinlich älter als ich, aber das hat auch seine Vorteile. Ich brauche keine errötende Jungfrau, schönen Dank auch."

Connor schnaubte. „Deshalb wirst du garantiert eine abbekommen."

Ian warf seinem Bruder einen Blick zu. „Was bedeutet, dass du eine schüchterne kriegst, ganz sicher."

Neugierig platzte Lachlan heraus: „Funktioniert das mit wahren Gefährten so? Sind sie immer Gegensätze?"

Connor zuckte mit den Schultern. „Manchmal. Du und Cat scheint so zu sein – sie ist extrovertiert und sonnig, während du sehr zurückhaltend bist. Ohne dich beleidigen zu wollen, aber das ist bisher mein Eindruck."

Er sagte leise: „Ich habe Glück, eure Schwester zu haben. Sie ist das, wovon ich nie gewusst habe, dass ich es brauche."

Die beiden Männer blinzelten ihn einen Moment lang an, unsicher, wie sie auf seine ernste Aussage reagieren sollten, aber dann fingen sie wieder an, sich gegenseitig aufzuziehen.

Lachlan konnte nicht glauben, dass er das gesagt hatte, aber es war die Wahrheit. Und eine seiner obersten Prioritäten von jetzt an war, ehrlich zu denen zu sein, die Cat wichtig waren.

Und besonders zu Cat selbst.

Also gab er sich größte Mühe, die Fragen ihrer Familie zu beantworten. Immer wenn er dachte, es sei zu viel, suchte er wieder Cats Blick und tankte auf.

Aye, er hatte wirklich Glück, sie zu haben. Und er würde alles tun, um seinen Platz in ihrem Leben zu finden.

Kapitel Zwölf

Am nächsten Morgen beobachtete Cat, wie Lachlan schlief, und überlegte, ob sie aus dem Bett schlüpfen und einen Skizzenblock samt Stift holen sollte.

Das frühe Morgenlicht zauberte wundervolle Kontraste, betonte sein Kinn, seine Nase und sogar seine Stirn.

Sie mochte die Falten nicht, die sich in seine Stirn gegraben hatten – zweifellos von Sorgen oder Stress –, aber sie gehörten zu ihm, und sie wollte sie mit einbeziehen.

Diese Linien hätte sie ohne ihr künstlerisches Auge wahrscheinlich nie so deutlich wahrgenommen.

Die verschlafene Stimme ihres Drachen meldete sich: *Zeichne ihn doch einfach. Er würde weder Nein sagen noch sich daran stören.*

Das glaubte sie auch nicht. Aber jetzt, wo der Rausch vorbei war, war die Leichtigkeit ihrer kleinen Blase zerplatzt, und sie versuchte immer noch herauszufinden, wie sie als Paar funktionierten.

Sex und Anziehung waren kein Problem. Aber Paarung und Liebe brauchten viel mehr als das.

Ihr Tier seufzte, doch bevor es etwas sagen konnte, sprach Lachlan mit immer noch geschlossenen Augen: „Ich spüre, dass du mich anstarrst."

Sie lächelte. „Und wer hat jetzt die übersensiblen Sinne?"

Er blinzelte die Augen auf, und sein blauer Blick fand ihren. „Ich müsste schon taub sein, damit mir deine kleinen Seufzer nicht verraten hätten, dass du in der Nähe bist."

Sie runzelte die Stirn. „Ich habe nicht geseufzt."

Seine Mundwinkel verzogen sich leicht nach oben. „Aye, hast du. Mindestens fünfmal, die ich mitbekommen habe. Wer weiß, wie viele davor, als ich noch geschlafen habe."

„Na ja, du schnarchst ein bisschen."

„Und das bringt mich kein bisschen in Verlegenheit." Bevor sie überlegen konnte, was sie darauf erwidern sollte, streckte er die Hand aus und berührte ihre Wange. „Ich liebe deine kleinen Seufzer, dein Knurren und sogar dein Schnauben. Du zeigst deine Gefühle so frei. Ändere das niemals."

Und einfach so verflog ihr Ärger. „Als ich jünger war, hab' ich mir immer gewünscht, ich könnte sie verbergen."

„Aye?"

Sie legte den Kopf auf seine Schulter und kuschelte sich an seine Seite. „Du hast meine Geschwister kennengelernt. Ian war immer am besten darin, Dinge zu verbergen, obwohl Connor das auch kann, wenn er will. Ich liebe sie jetzt alle, aber wir sind vom Alter her alle ziemlich nah beieinander, und als wir kleiner waren, haben wir ständig versucht, Schwachstellen zu finden, um uns gegenseitig zu ärgern. Ich muss wohl nicht sagen, dass Emma und ich die leichtesten Ziele waren."

Er spielte mit ihrem Haar. „Und Jamie?"

„Jamie war der Jüngste, und obwohl wir alle nah beieinander sind, ist er immer noch gut fünf Jahre jünger als ich. Als er alt genug war, sich eine Racheaktion einfallen zu lassen, war ich schon ein Teenager."

„Und nicht lange danach konntest du kein Kind mehr sein."

Es sollte sie vielleicht überraschen, dass Lachlan das so schnell zusammensetzte. Aber ihr Mensch war klug und aufmerksam, und sie bewunderte ihn dafür. „Aye. Sobald mein Dad gestorben war, konnte ich nicht mehr wie eine Schwester denken. Ich war eher eine Art Beschützerin. Zumindest, bis Mum endlich aus ihrer Depression herauskam – danach war es eher eine Partnerschaft, sie großzuziehen."

Er strich ein paar Sekunden weiter über ihr Haar, bevor er fragte: „Was ist an jenem Abend in der großen Halle zwischen dir und deiner Mutter passiert? Du hast mir nie davon erzählt."

Sie kämpfte mit sich, ob sie es ihm sagen oder es geheim halten sollte. Ihr Drache sprach: *Er ist ja nicht irgendwer – er ist unser wahrer Gefährte. Sag's ihm einfach. Ich glaube, er kann ein Geheimnis für sich behalten.*

Als sie in sein Gesicht aufblickte, bemerkte sie, dass er sie musterte. Wenn sie jemals mehr als nur Sex und eine vorsichtige Freundschaft mit Lachlan wollte, musste sie ihm vertrauen. Und so flüsterte sie: „Ich hab' erfahren, dass meine Mum schwanger ist."

Sie rechnete damit, dass er überrascht blinzeln würde, aber er nickte nur. „Das war eine meiner Theorien."

Sie stützte das Kinn auf seine Brust, um ihn besser sehen zu können, und fragte: „Eine deiner Theorien?"

„Oh, aye. Ich denke gern darüber nach, was etwas ausgelöst hat oder was als Nächstes kommt. Deshalb bin ich auch so gut im Eventplanen." Er nahm eine ihrer Hände und verschränkte die Finger mit ihren. „Wird es ihr gut gehen?"

„Ich denke schon, vor allem, weil ihre Schwangerschaft ihre Krankheit anscheinend vertrieben hat – zumindest laut den Testergebnissen, die in bestimmten Werten eine Besserung gezeigt haben –, was bedeutet, dass sie länger leben sollte."

Er drückte ihre Finger. „Aber? Es gibt noch etwas anderes, das dich belastet, aye?"

Sie nickte. „Sie will mir nichts über den Vater verraten. Ich habe keine Ahnung, ob er hier im Clan ist, oder ob er von woanders kommt und sie nicht will, dass er sie wiederfindet. Oder ob sie einfach nur nervös ist, dem Mann zu sagen, dass er Vater wird."

„Gib ihr Zeit, Cat. Manche Geheimnisse sind schwer zu teilen, sogar mit der eigenen Familie."

Sie seufzte und legte den Kopf wieder auf seine Brust. „Du bist manchmal zu vernünftig."

Er lachte leise, der Klang hallte unter ihrem Ohr wider. „Ich glaube, deine Familie könnte ein bisschen Vorsicht und Vernunft gebrauchen. Ich würde sie nie ändern wollen, aber du musst zugeben, dein Großvater könnte ein wenig Zähmung vertragen."

Sie schnaubte. „Wenn er bis jetzt nicht gezähmt wurde, wird er es nie."

Ein paar Minuten lang schwiegen sie, und das Schweigen war angenehm, während Lachlan weiter ihre Haut berührte, ihr Haar streichelte und sie ganz allgemein mit seinen Händen beruhigte.

Ihr Drache brummelte: *Wann bin ich endlich dran mit dem Gestreicheltwerden?*

Heute, versprochen.

Cat setzte sich langsam auf. Das Morgenlicht war jetzt noch besser, und sie beschloss, ihn einfach zu fragen. „Darf ich dich zeichnen? Jetzt sofort, bevor wir irgendwas anderes machen?"

„Aye, wenn du das willst. Nur zu, Mädel."

Es war das zweite Mal, dass er sie Mädel

genannt hatte. Bei den meisten – außer ihrem Großvater – nervte sie das. Aber bei Lachlan … fühlte es sich fast wie eine ganz besondere Koseform an, nur für sie.

Wahrscheinlich, weil es zeigte, wie entspannt er war. Kein Mr. Förmlich mehr bei ihr, wie es schien.

Sie ließ seine Hand los, sprang vom Bett, ging zur Kommode, holte einen Skizzenblock und einen Stift heraus und kam zurück.

Sie bückte sich nach dem großen Shirt, in dem sie normalerweise schlief – obwohl es sinnlos schien, es weiter zu tragen, wenn Lachlan da war –, und ihr Mensch sagte: „Nein, zieh es nicht an. Wenn du mich nackt willst, bleibst du auch so."

„Sei nicht albern. Mir ist kalt."

Sie warf sich das Shirt über den Kopf. Und kaum war ihr Kopf durch die Öffnung, zog Lachlan sich die Decke bis unters Kinn.

Ihr Drache lachte, aber Cat ignorierte ihr Tier und kniff die Augen zusammen. „Ich bin praktisch und du albern."

Er grinste, und Cat gab sich größte Mühe, zu ignorieren, wie ihr Herz einen Schlag aussetzte. Der verdammte Kerl war einfach zu gutaussehend für sein eigenes Wohl.

Lachlan sagte: „Ich schätze, ab und zu dreht sich der Spieß mal um, aye?" Er kuschelte sich tiefer in die Decke. „Ich finde es ziemlich schön, mal der Unlogische zu sein."

Sie hätte beinahe gefragt, wer dieser Mann war.

Aber die Frage war natürlich dumm. Lachlan

wurde immer mehr zu dem Mann, der er hätte sein sollen, wenn seine Familie anders gewesen wäre.

Wenn er geliebt worden wäre.

Sie hatte das Gefühl, dass er sich nur ihr gegenüber so verhalten würde – zumindest eine Weile. Und sie würde ihn auf keinen Fall bei den ersten Anzeichen von Vertrauen zu ihr zurechtweisen.

Da sie aber nicht erfrieren wollte, während sie zeichnete – und irrational ignorierte, dass es fast August war und gar nicht so kalt – beschloss sie, das zu tun, was bei jeder schwierigen Person in Lochguard am besten funktionierte.

Nämlich feilschen. „Lass mich dich nackt zeichnen, während ich angezogen bleibe, und nach dem Frühstück zeige ich dir meinen Drachen."

„Wolltest du das nicht sowieso tun?" Sie seufzte, doch er sprach weiter, bevor sie etwas sagen konnte. „Connor hat was von ein oder zwei Gemälden erwähnt, die du von mir gemacht hast. Zeig mir eins davon, Mädel, dann liege ich gern hier und lasse dich nach Herzenslust zeichnen – selbst wenn mir die Eier vor Kälte in den Bauch wandern."

Sie knurrte: „Die Liste der Gründe, Connor umzubringen, wird täglich länger."

Ihr Drache meldete sich: *Zeig's ihm einfach. Er hat uns so viel von sich offenbart. Wir sollten dasselbe tun.*

Ihr Tier hatte natürlich recht. *Aber ein bestimmtes Bild ist ein kleines bisschen peinlich. Ich bin mir nicht sicher, ob ich das zeigen kann.*

Spielt keine Rolle. Wenn er uns von seinem tiefsten Punkt erzählen kann, sollten wir ein oder zwei Bilder zeigen können.

Wenn ihr Drache es so formulierte, fühlte sich Cat so klein mit Hut.

Sie nickte Lachlan zu. „Aye, ich zeig's dir. Solange du versprichst, nicht zu lachen."

„Ich gebe mein Bestes, aber solange ich es nicht gesehen habe, kann ich nichts versprechen."

Sie schüttelte den Kopf. „Na ja, wenigstens bist du ehrlich."

„Bei dir, Cat, immer."

Die Sicherheit in seinen Worten raubte ihr den Atem.

Es wäre so leicht, sich in Lachlan MacKintosh zu verlieben.

Aber sie wollte nicht, dass er ihre Gedanken erriet. Zumindest noch nicht. Er war ein Mann, der offensichtlich Zeit brauchte, um etwas Glückliches oder Positives zu akzeptieren, angesichts seiner Vergangenheit. Und sie wollte ihn nicht verschrecken.

Also nickte sie zur Bettdecke. „Wenn der feine Herr sich bitte entblößen würde, dann könnte ich anfangen."

Er schnaubte, während er die Decke beiseite warf. „Wenn du denkst, formelle Worte machen das klinischer, erwartet dich eine Überraschung."

Sobald die Decke lag, betrachtete sie seinen Körper. Das Morgenlicht badete jede Partie, auch die schwere, geschwollene Länge seines Schwanzes, der auf seinem Bauch ruhte. So sehr sie ihn mit der

Radiergummi-Spitze necken wollte, konzentrierte sie sich stattdessen darauf, das erotische Bild auf Papier zu bannen.

Nicht nur seinen harten Schwanz, sondern den heißen, sehnsüchtigen Blick. Die lässige Art, wie er einen Arm hinter dem Kopf hatte und ein Knie zur Seite gespreizt.

Es war fast, als läge er einfach da und wartete auf sie.

Sie ignorierte den Impuls, den Skizzenblock wegzuwerfen und sich auf ihn zu schwingen, und konzentrierte sich aufs Zeichnen. Es war definitiv eine der schwersten Sachen, die sie je getan hatte, aber sobald die Skizze zu ihrer Zufriedenheit fertig war, zog sie ihr Shirt aus, krabbelte über ihn und beanspruchte ihn als den Ihren.

LACHLAN HATTE ES IRGENDWIE GESCHAFFT, zu duschen, sich anzuziehen und zu frühstücken, ohne Cat gegen eine Wand zu drücken und sie erneut zu lieben.

Nach dem Rausch sollte er eigentlich eine kleine Pause von so viel Sex wollen.

Und doch würde er bei Cat nie genug bekommen.

Allein die Erinnerung daran, wie ihre Augen ihn gestreichelt hatten, während sie ihn nackt zeichnete, ließ seinen Schwanz zucken.

Doch irgendwie zügelte er die Lust und

konzentrierte sich stattdessen darauf, wie Cat die Lagertür in ihrem kleinen Atelier öffnete. Seit Connor die Gemälde erwähnt hatte, hatte Lachlan auf den richtigen Moment gewartet, Cat zu bitten, sie ihm zu zeigen.

Manch einer würde vielleicht sagen, es sei keine große Sache, dass sie zugestimmt hatte, aber er hatte jahrelang mit Künstlern zusammengearbeitet. Und auch wenn sie selbstbewusst und stolz auf ihre Arbeit waren, hatten sie manchmal trotzdem Zweifel — wie jeder. Manche Werke waren persönlicher als andere und sollten nur gezeigt werden, wenn der Künstler bereit war.

Obwohl er zugeben musste, das Wissen, dass Cat ihn schon vor ihrem schicksalhaften Kuss und dem darauffolgenden Rausch gemalt hatte, ließ ihn sich ein bisschen größer fühlen.

Sie schaltete das Licht ein und enthüllte verschiedene Regale voller gestapelter Gemälde, einige hingen an der Wand, andere standen auf dem Boden an Wände und Möbel gelehnt. Während er den Raum betrachtete, fragte er: „Hast du das alles für die Ausstellung aufgehoben?"

„Einige, aye. Aber in den letzten Monaten habe ich mehr gemalt als früher und war zu vertieft, um die letzten Handgriffe zu machen — wie Firnis auftragen, Fotos anfertigen und sie online zum Verkauf anbieten oder in die Läden bringen, die sie für mich verkaufen würden."

Während er die verschiedenen Gemälde betrachtete — hauptsächlich historische Szenen, ein

paar Mythen und andere, die er keiner Kategorie
zuordnen konnte –, fragte er: „Hast du je daran
gedacht, ein Buch zusammenzustellen? Nicht nur
mit den Gemälden selbst, sondern mit den
Geschichten dahinter? Hier im Raum steckt eine
Menge Drachen-Menschen-Geschichte und Magie,
die viele sicher gern entdecken würden."

Sie blickte von dem Stapel Gemälde auf, den sie
gerade sortierte. „Das wäre genial, aber Schreiben
ist nicht meine Stärke. Ganz zu schweigen davon,
dass ich keine Zeit für die nötige Recherche hätte."

Er lächelte. „In beidem bin ich gut, wobei
Kiyana Boyd besser im Recherchieren und im
Durchforsten staubiger Bücher ist als ich. Ich bin
sicher, wir drei könnten das hinkriegen. Und je
nachdem, ob du diesem Adam Keith aus Seahaven
vertraust, könntest du sogar das Fotografieren an
ihn auslagern."

Lachlan hoffte, sie dachte nicht, er wolle sich in
ihre Kunst einmischen oder sie zu etwas zwingen.
Aber Ideen waren seine Stärke, und er konnte nicht
anders, als über sie zu reden.

Doch sobald Cat auf ihn zukam, seinen Kopf
herunterzog und ihn küsste, verflogen seine Sorgen.
Sie flüsterte: „Es gefällt mir, wie du, ohne dass du
darüber nachdenken müsstest, eine Strategie
entwickelst, um aus einer Idee eine echte
Möglichkeit zu machen. Sobald sich alles beruhigt
hat, lass uns mit Kiyana und Adam reden und
sehen, ob sie interessiert sind."

Er fuhr mit einer Hand ihren Rücken hinunter

und küsste sie erneut. „Gut, das gibt mir Zeit, mehr Details auszuarbeiten."

Sie lachte, küsste ihn und trat zurück, um zum Regal zurückzukehren, an dem sie gewesen war. „Die Details überlasse ich dir. Aber du solltest vielleicht das Ausmaß deiner brillanten Planungsfähigkeiten geheim halten, sonst wollen alle deine Hilfe."

Falls das MDA ihm nicht erlaubte, seinen Job zu behalten, würde er die Arbeit vielleicht wirklich brauchen.

Aber Lachlan wollte jetzt nicht daran denken. Also deutete er auf das Regal. „Sind welche von denen mit mir dabei, oder willst du nur Zeit schinden?"

Sie streckte ihm die Zunge raus, und er grinste. Cat zog eine Leinwand hervor, hielt die bemalte Seite aber zu sich. „Das hier habe ich kurz, nachdem wir uns das erste Mal begegnet waren, gemalt – damals hattest du noch lange Haare."

Er runzelte die Stirn. „Du malst mich schon so lange?"

Sie nickte. „Ich war am Anfang ein bisschen besessen. Aber das hier ist definitiv eines der besseren."

Bevor er sagen konnte, dass sie talentiert war, drehte sie die Leinwand um, und Lachlan trat einen Schritt näher.

Er stand mit nacktem Oberkörper da, nur in Jeans und Stiefeln, sein langes Haar wehte im Wind. Hinter ihm stand ein dunkelvioletter Drache, der einen

Vorderlauf besitzergreifend um seine Mitte geschlungen hatte, die Flügel nach hinten ausgebreitet.

Sie standen auf einem Vorsprung über einem Loch, Lochguard in der Ferne. Bei genauerem Hinsehen erkannte er, dass die Gebäude auf einer Seite noch grob und einfach waren und sich langsam in das modernere Layout des Drachenclans verwandelten.

Er musste es lange betrachtet haben, denn Cat räusperte sich und fragte: „Also? Was denkst du?"

Statt leerem Lob war er ehrlich. „Mir gefällt sehr, wie du den Lauf der Zeit im Hintergrund dargestellt hast – fast, als wolltest du, dass das Lochguard der Vergangenheit mit dem der Gegenwart verschmilzt."

Er riskierte einen Blick, und Cat nickte. „Ich dachte, das passt zum Hauptmotiv – denn früher hätten eine Drachenwandlerin und ein menschlicher Mann niemals zusammen sein dürfen."

Lachlan richtete sich wieder auf, hielt aber ihren Blick. Er hatte das Gefühl, die Antwort auf seine Frage zu kennen, wollte aber ganz sicher sein. „Wer ist der violette Drache, Mädel?"

Sie antwortete: „Das bin ich."

Er hatte recht gehabt, so schwer es auch zu glauben war. Cat hatte ihn die ganze Zeit gewollt – was unmöglich schien. „Damals war ich aber unhöflich und kalt zu dir. Warum hast du uns zusammen gemalt?"

Sie zuckte mit den Schultern. „Es war nur ein Gemälde. Außerdem gibt es massenhaft violette Drachen in Lochguard. Niemand wusste, dass ich es bin – außer, na ja, ich. Und es war nur ein Gemälde, und darin konnten wir sein, wer immer ich wollte."

Er trat einen Schritt näher. „Bin ich das, was du wolltest, Mädel?"

„Besser."

Lachlan nahm das Gemälde vorsichtig, stellte es auf den Boden und zog Cat an seine Brust. „Verkauf das niemals. Wenn du soweit bist, will ich es in unserem Zuhause hängen sehen."

Als er die Hand an ihre Wange legte, schmiegte sie sich in seine Berührung und sagte: „Ich werde es nicht verkaufen. Aber es gibt noch andere, bei denen du mir als Inspiration gedient hast – vielleicht solltest du also warten und das Beste aussuchen. Ich erlaube ein oder zwei, aber nicht alle. Sonst würden meine Geschwister uns ewig damit aufziehen, dass ich unser Cottage in ein Lachlan-Museum verwandle."

Er lächelte. „Fürs Erste ist das jedenfalls das Bild, das ich will."

Sie deutete auf die anderen Werke. „Lass mich erst mal die anderen holen und sie dir zeigen. Sie sind alle hier."

Er grub eine Hand in ihr Haar und zog ihren Kopf näher. „Im Moment interessieren mich die anderen Gemälde nicht."

Sie lächelte, Schalk tanzte in ihren Augen. „Oh, aye? Woran denkst du dann?"

Er drückte sie enger an seine Vorderseite und gab sich größte Mühe, nicht zu zischen, als ihr weicher Bauch seine Erektion berührte. „Ich denke, es ist Zeit, unser eigenes Kunstwerk zu schaffen — hier in deinem Atelier, beide nackt."

Sie hob eine Augenbraue. „Falls du vorschlägst, unsere Körper zu bemalen und auf einer Leinwand Sex zu haben, lass mich das gleich stoppen — das Aufräumen wäre die Hölle. *Überall* wäre Farbe."

Er lachte leise. „Nein, Mädel, nicht das. Ich denke eher an eine Art Kunstwerk in Live-Action-Form." Er bewegte sich zu ihrem Ohr und flüsterte: „Die Erforschung von Cat MacAllister." Er knabberte an ihrem Ohrläppchen und fügte hinzu: „Regie, Produktion und Darstellung von einem gewissen Lachlan MacKintosh."

Sie schnaubte. „Das klingt ein bisschen lächerlich."

„Der Titel oder die Produktion?"

Sie lehnte sich enger an ihn, und ihre Stimme wurde heiser: „Definitiv der Titel. Ich bin ziemlich neugierig auf Produktion und Darstellung."

„Dann lass uns eine Probe machen, und danach kannst du mir sagen, was du denkst, aye?"

Ihre Pupillen blitzten, was das Verlangen in ihrem Blick nur noch betonte.

Es kostete ihn alles, sie nicht sofort hier und jetzt zu küssen. Aber der Abstellraum war klein, und er wollte sie nackt sehen, gebadet im Sonnenlicht ihres Ateliers.

Er nahm ihre Hand und zog sie aus dem Lagerraum ins Atelier.

Da es außer Tisch, Hockern und einem Stuhl keine Möbel gab, bedeutete er ihr, stehenzubleiben. „Beweg dich nicht."

Er nahm die Decke, die er auf dem Stuhl gesehen hatte, legte sie auf den Boden und stellte sich dann wieder vor Cat. Sie griff nach ihm, aber er schüttelte den Kopf. „Meine Produktion, erinnerst du dich?"

Ihre Pupillen blitzten erneut. „Dann fang an mit der Regie, sonst übernehme ich vielleicht."

Einer seiner Mundwinkel zuckte bei ihrem ungeduldigen Gesichtsausdruck. „Dann fangen wir an, Mädel."

Er trat hinter sie, strich ihr Haar aus dem Nacken und küsste die weiche Haut. Cats Körper schwankte instinktiv zu ihm. Aber Lachlan zog Kraft aus seinen Jahren, in denen er sich in Geduld geübt hatte, um ihr zu widerstehen, denn er wusste, dass die Belohnung am Ende umso süßer wäre. Und so sagte er: „Halt still."

„Du kannst doch nicht ernsthaft erwarten, dass ich —"

Er nahm ihr Ohrläppchen zwischen die Zähne und knabberte daran. Sie holte scharf Luft, und er flüsterte: „Aye, kann ich. Du hast mir beigebracht, wie man ein bisschen Spaß hat. Jetzt bin ich dran, dir etwas Geduld beizubringen." Er küsste ihren

Hals hinunter und biss sanft in die Stelle, wo er in die Schulter überging. Nachdem er den Biss geleckt hatte, fügte er hinzu: „Und jetzt die Arme hoch."

Das tat sie, und er fuhr an ihrer Seite entlang, über ihren Bauch und spielte mit dem Saum ihres Oberteils. Als seine Finger endlich ihre weiche Haut berührten, hielt Cat den Atem an.

Er biss sich auf die Lippe, um nicht zu lachen. Lachlan wusste ehrlich nicht, wie lange Cat sein Spiel mitmachen würde, und er wollte nicht riskieren, sie zu verärgern.

Er liebte ihr Feuer, aber er mochte es auch, so mit ihr zu spielen.

Langsam zog er den Stoff ihres Oberteils über ihren Bauch hoch, noch langsamer über ihre Brüste, ließ ihn absichtlich über ihre harten Nippel reiben. Als sie erschauderte, zog er es endlich hoch und über ihren Kopf und warf es irgendwo hinter sich.

Lachlan stellte sich vor sie und begegnete ihrem Blick. Ihre Augen blitzten, ihre Wangen waren gerötet. Er hob die Brauen. „Gefällt es dir bisher?"

„Das Urteil steht noch aus."

Sein kleines Drachenbiest. Lachlan trat näher und kniff durch ihren Spitzen-BH in einen Nippel. „Dann muss ich mich wohl mehr anstrengen, Mädel." Er ließ sie los und nickte. „Zieh ihn aus."

Sie zog einen Träger herunter, dann den anderen. Während sie ihn umdrehte, um den Verschluss zu öffnen, enthüllte sie ihre wunderschönen Brüste – ihre spitzen Nippel ließen seinen Schwanz hart werden und seinen Mund wässrig.

Als sie endlich ihren BH hinter sich warf, richtete Cat sich auf. Mit wissendem Glanz im Auge rollte sie die Schultern und ließ ihre Brüste wippen.

Ein Tropfen quoll aus Lachlans Schwanz, und er fragte sich, ob er selbst die Geduld hätte, das für seine Frau in die Länge zu ziehen oder nicht.

Nein. Er konnte das. Verflixt, er wollte es.

Und nicht nur, weil er verdammt erregt war, sondern weil es auch … Spaß machte.

Etwas, das immer mit Cat einherging.

Er trat näher, sodass er sie umkreisen konnte, und ließ seine Hand über ihre nackte Haut gleiten, bis er wieder vor ihr stand. Er zwickte einen Nippel und beugte sich zu ihrem Ohr. „Zieh den Rest aus."

Sie begann, ihre Jeans aufzuknöpfen, als Lachlan sich hinunterbeugte und ihren Nippel in den Mund nahm.

Er ließ die Zunge um ihre harte Knospe kreisen und wirbeln und brachte sie zum Stöhnen.

Er hatte während des Rauschs bemerkt, wie empfindlich ihre Nippel waren. Er saugte, und sie stützte sich mit einer Hand auf seiner Schulter ab.

Er ließ die straffe Spitze mit einem Plopp los und schaute hinunter – ihre Jeans war aufgeknöpft, aber noch an.

Lachlan leckte ein letztes Mal über ihren Nippel, bevor er ihr aus den Klamotten und dann aus der Unterwäsche half.

Als sie nackt war, fuhr er mit einem Finger durch ihre Pussy und stöhnte. „Du bist so verdammt feucht für mich, Mädel."

Sie öffnete den Mund, um darauf etwas zu erwidern, doch er hob sie an der Taille hoch und setzte sie auf den Tisch. Er spreizte ihre Schenkel, kniete sich vor sie und rieb seine Hände an ihren Innenschenkeln hin und her — liebte es, wie sie ihre Pussy noch näher an ihn heranbrachte.

Irgendwie widerstand er ihrem süchtig machenden Duft und ihrer glänzenden Scham, zwang sich, den Blick zu heben und begegnete Cats glühenden Augen. „Was denkst du? Soll ich weitermachen oder die ganze Produktion verwerfen?"

Obwohl ihre Wangen gerötet waren, hob sie trotzdem die Brauen und sagte: „Hör jetzt auf, und du wirst es bereuen, Lachlan MacKintosh."

Er war versucht zu sehen, was sie tun würde, aber mit ihrer triefenden Pussy nur Zentimeter von seinem Gesicht, ihrem moschusartigen Duft in seiner Nase, schwand Lachlans eigene Beherrschung. Es kostete ihn alles, sie nicht einfach zu lecken und zu kosten, bis sie schrie.

Doch er wollte sie erst noch verrückter nach seiner Zunge machen.

Als er auf ihre Schamlippen blies, schoben sich Cats Hüften seinem Gesicht entgegen, bettelten um mehr.

„Du bist so verdammt schön, Mädel." Er neckte die Lippen ihrer Pussy. „Sogar hier."

Als sie noch feuchter für ihn wurde, brach Lachlans Beherrschung. Er hielt ihre Schenkel weit gespreizt, beugte sich hinunter, leckte langsam ihren Schlitz und neckte ihre Öffnung, bevor er nach oben fuhr, wobei er darauf achtete, um ihre Klitoris zu kreisen, ohne sie zu berühren.

Cats Hüften zuckten, aber er hielt sie fest, während er weiter leckte, sich labte, zustieß und ihre Pussy neckte – er mochte ihren Geschmack und kostete ihn, als könnte er nie genug von ihrem süßen Honig bekommen.

Ihre Finger fuhren in sein Haar und drückten ihn vor – versuchten ihm zu sagen, was sie brauchte.

Als er ihre Klitoris einmal mit dem Finger schnippte, stöhnte sie auf.

Er begegnete ihrem Blick und neckte ihren empfindlichen Knopf – liebte Cats trägen Blick, während sie ihn beobachtete.

Sie war so schön, so perfekt. Und seine. Definitiv seine.

Er musste ihr mit Taten zeigen, was er noch lange nicht mit Worten zugeben würde.

Er neckte ihren Knopf, stieß sanft einen Finger in ihre Öffnung – genoss es, wie sie instinktiv die Hüften bewegte, um seinen Stößen entgegenzukommen, und wie ihre Brüste dabei wackelten.

Er fügte einen zweiten Finger hinzu, hörte auf, ihre harte Knospe zu necken und nahm ihre geschwollene Klitoris zwischen die Lippen. Er saugte, neckte sie mit der Zunge und achtete darauf, die Finger noch mehr zu krümmen. Ihr Stöhnen sagte ihm, dass er den geheimen Punkt in ihr gefunden hatte.

Cat warf den Kopf zurück, aber Lachlan ließ sie lange genug los, um zu sagen: „Schau mich an."

Sie tat es, und er belohnte sie, indem er an ihrer Klitoris knabberte – so, wie er wusste, dass sie es mochte –, und Cat bog den Rücken durch, als sie kam und seinen Namen schrie.

Sobald sie etwas erschlaffte, zog Lachlan die Finger heraus, leckte sie ein letztes, besitzergreifendes Mal und stöhnte beim Geschmack ihres Orgasmus.

Er würde ihren Geschmack nie leid werden. Niemals.

Endlich hob er den Kopf, fuhr mit einem Finger durch ihre feuchte, geschwollene Scham – genoss es, wie sie bei der Berührung stöhnte. „Was denkst du? Ist das ein guter Punkt, um aufzuhören?"

Ihre Pupillen wurden zu Schlitzen, als sie knurrte und versuchte aufzustehen. Aber seine Hand an ihrem Bein hielt sie fest. Sie sagte: „Ich war geduldig, aber wenn du mich nicht bald fickst, Lachlan, dann übernehmen mein Drache und ich."

Er lächelte, während er sich erhob und zwischen ihre Schenkel trat.

Sie sah aus, als wollte sie noch etwas sagen. Aber Lachlan hatte andere Pläne für ihren Mund. Er ging zu ihr und küsste sie – ihre Zungen verschlungen, leckten sie und versuchten einander zu dominieren.

Kein schüchternes Mädchen, seine Cat.

Und das war perfekt für ihn.

Wie sie so an seiner Zunge saugte und mit ihrem noch in seinem Mund, traten ein paar weitere Tropfen aus seinem Schwanz.

Verdammt, er musste in ihr sein. Er würde immer in ihr sein wollen.

Irgendwie löste er den Kuss und riss sich die Klamotten vom Leib. Als er wieder zwischen ihre Beine trat, seinen Schwanz in der Hand, lächelte Cat. „Was ist mit dem Unterricht in Geduld passiert?"

Während er die Spitze seines Schwanzes durch ihre Scham gleiten ließ – er liebte es, wie ihr süßer Honig ihn überzog –, flüsterte er: „Das hier war ja nur die Probe. Nächstes Mal korrigiere ich meinen Fehler."

Sie lachte, und der Klang brach jeden Anschein von Selbstbeherrschung, den er noch hatte.

Lachlan positionierte seinen Schwanz und stieß ihn bis zum Anschlag hinein. Cats Lachen verwandelte sich in ein Stöhnen.

Er zog sie näher an den Tischrand, presste seine Lippen auf ihre und hielt sie fest – er musste ihre Haut an seiner spüren, wenn auch nur für einen Moment.

Dann pulsierte sein Schwanz und sagte ihm, er solle mehr tun, als nur dastehen. Cat hob die Hüfte und sagte damit dasselbe –, und er bewegte endlich wieder sein Becken.

Zuerst langsam, aber mit jedem Stoß schneller,

bis der Tisch sich bewegte und Dinge zu Boden krachten.

Aber Cat schien es egal zu sein − stattdessen grub sie die Nägel in seinen Rücken, zog ihn näher, kam jedem seiner Stöße mit den Hüften entgegen, ihre Zunge strich über seine.

Obwohl Dinge zu Boden fielen, nahm er das klatschende Geräusch von Haut auf Haut wahr und es machte ihn noch härter.

Er war so, so nah.

Aber er würde nicht allein kommen. Er bewegte eine Hand zwischen sie und drückte und massierte Cats Klitoris − so, wie sie es mochte.

Mit einem Knurren grub sie die Nägel in seinen Po, und der leichte Schmerz schickte ihn über die Kante. Er erstarrte, als sein Orgasmus ihn traf, Cats Pussy zuckte um ihn herum, zog jeden Tropfen aus ihm heraus, als wäre es lebensnotwendig.

Während er in ihr kam, senkte sich ein Gefühl von Richtigkeit über ihn, als er Cat erneut als die Seine beanspruchte.

Es war fast, als hätte er sein ganzes Leben auf diese Frau gewartet.

Als ihre Pussy den letzten Tropfen aus ihm herausgemolken hatte, ließ er ihre Lippen los und hielt sie fest, presste seinen Mund an die Stelle, wo ihr Hals in die Schulter überging, und atmete die Mischung aus weiblichem Moschus, Schweiß und dem einzigartigen Duft ein, der seine Cat war.

Er war zufrieden damit, sie einfach nur zu

halten – die Frau, die ihm bereits so viel bedeutete –, ihre Wärme sickerte in seine Haut und ließ ihn eine Zukunft wollen, von der er nie gedacht hatte, dass er sie sich so sehr wünschte.

Cat sprach als Erste und brach das Schweigen. „Wenn das die Probe war, frage ich mich, was wir für die Endversion noch verbessern können."

Er lachte leise, bevor er ihren Hals küsste. „Oh, gib mir ein oder zwei Tage, dann fällt mir etwas noch Besseres ein."

„Vielleicht sollten wir bestimmte Szenen erst zu Hause üben. Du weißt schon, nur um sicherzugehen, dass sie perfekt sind."

Er hob den Kopf, bis er ihr in die Augen sehen konnte. Mit dem Sonnenlicht, das von drei Seiten hereinfiel, glühte sie fast – wie eine Art Leuchtfeuer für ihn. Eines, das er immer finden würde, egal welche Dunkelheit ihn zu verschlingen drohte.

Aber konnte ein Leuchtfeuer ewig den Weg weisen? Das wusste er nicht.

Bevor weitere Zweifel einsickern konnten, antwortete er: „Wir können so viel üben, wie du willst, Mädel."

Obwohl er sich nicht überwinden konnte, *für den Rest unseres Lebens* zu sagen.

Er wollte Cat mehr als alles andere, aber er war mehr als ein Jahrzehnt vorsichtig gewesen, und das konnte er nicht so leicht abschütteln.

Nein, er musste sichergehen, dass sie ihn immer noch wollte, sobald die fast flitterwochenähnliche

Phase vorbei war, bevor er sich erlaubte, auf die Zukunft zu hoffen.

Aber als sie sich an ihn schmiegte, verdrängte er seine Sorgen und hielt einfach die Drachenfrau, die er eines Tages die Seine nennen wollte.

Kapitel Dreizehn

Am nächsten Tag zog Cat am Rand eines der Landeplätze von Lochguard ihre Kleidung aus und versuchte, nicht nervös zu sein.

Nein, es lag nicht daran, dass sie nackt sein würde. Drachenwandler wuchsen damit auf, Nacktheit als vollkommen normalen Zustand zu betrachten. Vielmehr lag es daran, dass sie Lachlan zum ersten Mal seit dem Rausch ihre Drachengestalt zeigen würde.

Ihr Drache schnaubte. *Er hat unsere Drachengestalt schon vor über einem Jahr gesehen, bei der Ausstellung, die er geleitet hat. Nervös zu sein ist albern.*

Ich weiß, aber diesmal ist es anders. Er hat akzeptiert, dass du übernimmst, wenn wir in unserer Menschengestalt sind, aber das hier ist etwas ganz anderes – zu sehen, wie die Mutter seines Kindes sich in einen Drachen verwandelt. Das könnte ihm merkwürdig vorkommen, und ich glaube nicht, dass ich das ertragen könnte.

Für die meisten Menschen ist es seltsam, aber ich denke,

er kommt klar. Außerdem ist es gut, ihm unsere Drachengestalt zu zeigen — das erinnert ihn daran, dass wir stärker sind als er. Nicht, dass ich glaube, er würde uns verletzen, aber er denkt immer noch, dass er es könnte und eines Tages tun wird.

Weil sie keine Zeit darauf verschwenden wollte, mit ihrem Tier zu diskutieren, legte Cat ihre Kleidung in eines der Fächer am Rand des Landeplatzes und ging zur Mitte.

Dort angekommen, begegnete sie Lachlans Blick. Selbst aus dieser Entfernung konnte sie sehen, dass er die Zähne zusammenbiss und seine Augen langsam schmaler wurden. Es gefiel ihm nicht, dass sie nackt in der Öffentlichkeit war.

Er war immer noch eifersüchtig, wenn andere sie sahen — egal, wie oft sie ihm gesagt hatte, dass es in Lochguard so normal war wie Händeschütteln.

Ihr Drache seufzte. *Er wird es schon noch lernen. Jedenfalls ist das umso mehr ein Grund, schnell zu wandeln.*

Cat brauchte keine weitere Aufmunterung, stellte sich vor, wie ihre Flügel aus dem Rücken sprossen, Arme und Beine sich zu Vorder- und Hinterbeinen verlängerten und ihre Nase sich zu einer Schnauze streckte, bis sie schließlich in ihrer großen, violetten Drachengestalt dastand.

Lachlans Blick wanderte von ihrem Kopf hinunter zu ihren Füßen und wieder hoch.

Typisch für ihren Mann, alles gründlich zu studieren.

Ihr Drache schnaubte, aber dann kam Lachlan auf sie zu, und Cats Herz schlug doppelt so schnell, ihre Nerven angespannt, während sie darauf wartete, dass ihr Mensch sie berühren würde.

Trotz all der Geschichten und Legenden von wilden Drachen mit kaum – wenn überhaupt – Schwächen liebten viele ihrer Art es, hinter den Ohren gekrault oder an den Flanken gestreichelt zu werden.

Es wäre eine weitere Möglichkeit für Lachlan, zu zeigen, dass er sie akzeptierte – sie ganz.

Ihr Drache seufzte. *Hör auf, albern zu sein.*

Lachlan stand endlich vor ihr, und Cat senkte den Kopf. Sobald seine Hand ihre Schnauze streichelte, summte ihr Drache. Der Klang brachte Lachlan zum Lächeln.

Er sagte: „Der Drache schnurrt genauso wie du als Mensch – wenn du glücklich bist, aye?"

Sie stupste seine Schulter an, und er lachte leise. Auch wenn er es jetzt öfter tat, schätzte Cat jedes einzelne Mal.

Er hielt die Hand nah an ihrer Nase und murmelte: „Du bist in jeder Gestalt wunderschön, Cat. Ich liebe es, wie deine Schuppen ein bisschen glitzern, sogar wenn es bewölkt ist."

Seine Worte brachten sowohl Frau als auch Tier zum Seufzen.

Ihr Drache sagte in ihrem Kopf: *Er muss uns noch hinter den Ohren kraulen.*

Wird er. Aber vielleicht sollten wir erst ein bisschen Spaß mit ihm haben. Er hat's verdient nach seinem Unterricht in „Geduld" gestern.

Aye, aber wir haben das beide ziemlich genossen.

Weil sie nicht an Lachlan denken wollte, wie er sie in ihrem Atelier verehrt hatte, und sich in der köstlichen Erinnerung verlieren, schob sie sie für den Moment beiseite.

Nein, sie war entschlossen, ihren Spaß mit ihm zu haben. Ihm vielleicht sogar ein Quietschen zu entlocken.

Das war zwar nicht besonders würdevoll oder macho, aber Cat war das egal. Sie hatte das Gefühl, dass sie noch viele Jahre lang „Unterricht" austauschen würden.

So hoffte sie zumindest.

Lachlan tätschelte ihre Wange und hob dann die Hand, um sie hinter ihrem Ohr zu kraulen. Ihr Drache schnurrte lauter, und Cat konzentrierte sich auf das, was als Nächstes kommen sollte. Ihr Drache bekam sein Ohrenkraulen, also war danach sie dran, mit ihrem Menschen Spaß zu haben.

SOBALD CAT endlich in ihrer großen Drachengestalt dastand, vergaß Lachlan all seine Argumente, Cat dazu zu bringen, sich zumindest ein Handtuch oder ein Laken umzulegen, wenn sie wandelte.

Er konnte weder ihren glitzernden Schuppen noch ihren Augen widerstehen, die gleich und doch fremd für ihn waren, und ging sofort zu ihr.

Als sie jedoch bei seiner Berührung zu summen begann, konnte er nicht anders, als zu lächeln und diese Seite seiner Drachenfrau zu genießen.

Er hatte kaum Zeit gehabt, sie zu loben, als sie ihn sanft mit der Schnauze zu ihrem Schwanz dirigierte.

Was ihm nichts ausmachte. Als er seine Hand über ihre Flanke gleiten ließ, genoss er es, wie hart und glatt ihre Schuppen waren und ein wenig wärmer, als er erwartet hätte.

Mit den Zähnen, die sie gezeigt hatte, und der Härte ihrer Schuppen wurde nur noch deutlicher, dass sie wirklich eine Frau war, die auf sich selbst aufpassen konnte.

Und das noch bevor sein Blick auf den Krallen ihrer Hinterpfoten hängen blieb.

Aye, sein Mädel war auf viele Weisen stark.

Er erreichte ihren Schwanz und wollte gerade fragen, was jetzt, als der sich um seine Mitte schlang und er plötzlich in der Luft hing, gut einen Meter von Cats Schnauze entfernt.

Er wusste nicht, ob Drachen lächeln konnten, aber ihr offenes Maul voller Zähne sah definitiv aus, als würde es das tun. Er fragte: „Was machst du da?"

Sie zeigte noch mehr Zähne, stellte sicher, dass sie auf allen Vieren stand, und setzte ihn dann zwischen den Flügeln auf ihrem Rücken ab.

Lachlan war jetzt mindestens drei Meter über dem Boden.

Nicht, dass ihn das sonderlich gestört hätte. Nein, er machte sich eher Sorgen, was Cat vorhaben könnte. „Denk nicht einmal daran, in die Luft zu springen, Mädel. Wenn jemand meldet, dass du einen Menschen in die Luft trägst, kriegst du Ärger."

Sie schlug einen Flügel zur Seite und wieder zurück – fast wie ein Achselzucken.

Lachlan versuchte zu überlegen, was er sagen könnte, um sie umzustimmen – Cat war stur, aber normalerweise nicht ganz so leichtsinnig –, doch ihr Schwanz klopfte an ihre Flanke und lenkte seine Aufmerksamkeit darauf.

Er bewegte sich an ihr hinunter, zurück zu der Stelle, wo er saß, und wieder hinunter.

Er hob die Brauen. „Du willst, dass ich deine Flanke runterrutsche?" Sie nickte, und er schätzte die Entfernung ab. „Das ist fast senkrecht."

Als hätte sie das Argument kommen sehen, streckte sie ein Bein zur Seite, sodass der Winkel weniger steil wurde. Dann wiederholte ihr Schwanz die Bewegung.

Da Lachlan in seinen Dreißigern war, konnte er sich nicht einmal erinnern, wann er das letzte Mal eine Rutsche hinuntergerutscht war.

Ein Teil von ihm wollte es, aber der vernünftigere wusste, dass es nicht nur gefährlich war, sondern auch den Respekt mindern könnte, den andere im Clan vor ihm hatten. Denn Erwachsene rutschten sicher nicht einfach zum Spaß an der Flanke eines anderen hinunter.

Da bemerkte er eine rothaarige Frau neben einem Zwillingskinderwagen, eine weitere Frau neben ihr mit einem Kleinkind auf der Hüfte.

Verdammt fantastisch! Jetzt hatten sie Publikum.

Lachlan erkannte die Rothaarige vom Essen in der großen Halle, als er gerade angekommen war. Sie war ein Mensch und hieß Gina MacDonald-MacKenzie; sie war mit dem Drachenwandler Fergus gepaart. Sie rief, ihr amerikanischer Akzent deutlich vernehmbar: „Mach's einfach! Glaub mir, mein Gefährte hat am Anfang dasselbe gemacht. Ich hatte erst Angst, aber eigentlich macht's ziemlich Spaß."

Die andere Frau grinste. Sie hatte auch einen amerikanischen Akzent, als sie sagte: „Wirklich. Ich hab' Fergus auch überredet, mich seine Flanke hinunterrutschen zu lassen. Ich glaube, das ist so eine Art Initiationsritus für jeden Menschen, der in Lochguard lebt."

Obwohl er sie nie getroffen hatte, verriet ihm der Akzent, dass die andere Frau Kaylee MacDonald war, Ginas Schwester.

Er grunzte und rief zurück: „Mir kommt das verdammt gefährlich vor!"

Gina sagte: „Cat lässt dich nicht fallen."

Auch ohne, dass Gina das sagte, wusste er es.

Er warf Cat einen verstohlenen Blick zu, und sie neigte den Kopf – fast wie eine Herausforderung. Wenn die beiden Frauen eine Drachenflanke runterrutschen konnten, konnte er das doch sicher auch.

Natürlich arbeitete keine von ihnen beim MDA und hoffte, dort weiter beschäftigt zu bleiben.

Aber dann traf es ihn: Wenn er sich weigerte,

könnte Cat denken, dass er ihre Drachengestalt nicht so sehr schätzte wie ihre menschliche.

Das reichte, damit er tief Luft holte, sich besser positionierte und sich vorwärtsstieß.

Er rutschte hinunter, ihre glatten Schuppen machten es leicht, und Lachlan schaffte es gerade so, unten auf die Füße zu kommen, ohne zu stolpern.

Kaylee fragte: „Und?"

Er begegnete Cats Blick. „Vielleicht sollte ich es nochmal versuchen."

Cat zeigte noch mehr Zähne – das Drachenäquivalent eines Grinsens – und setzte ihn wieder auf ihren Rücken. Sobald er erneut am Boden war, hatte Kaylee Cat irgendwie überredet, sie ebenfalls rutschen zu lassen.

Schließlich überzeugte Gina ihre Schwester, dass sie die Kinder nach Hause bringen mussten, und er blieb mit Cat allein. Sie bedeutete ihm zurückzutreten, und er sah zu, wie sie langsam wieder in ihre menschliche Gestalt schrumpfte.

Er verlor keine Zeit, knöpfte sein Hemd auf, ging zu ihr und legte es ihr um die Schultern.

Belustigung tanzte in ihren Augen, als sie sagte: „Na, das ist doch gut gelaufen. Ich bin sicher, Kaylee wird deine Abenteuer bis zum Tagesende im ganzen Clan verbreiten."

Er seufzte. „Was bedeutet, dass andere mich aufziehen werden, oder?"

Sie legte eine Hand an seine Wange. „Mach dir keine Sorgen, aye? Jeder rutscht irgendwann mal einen Drachen runter." Ihre Mundwinkel zuckten. „Obwohl, ehrlich gesagt, normalerweise als älteres Kind."

Er versetzte ihr einen Klaps auf den Po. „Kleines Biest!"

Sie lachte, und der Klang ließ ihn alles andere vergessen, außer der Tatsache, dass er eine wunderschöne Frau in den Armen hatte.

Cat gehörte ihm, und das war alles, was zählte.

Er senkte den Kopf näher an ihre Lippen. „Ich glaube, jetzt bin ich dran, ein bisschen mit dir zu spielen."

„Ach so? Und wie genau?"

Er hob sie in seine Arme, und sie quietschte. „Das erfordert einen viel privateren Ort."

Sie legte die Arme um seinen Nacken, schmiegte sich an ihn und antwortete: „Es gibt einen leeren Schuppen nicht weit von hier. Schon, da drin ist nur ein Tisch, aber wir wissen beide, wie sehr du die magst."

Erinnerungen an den Tag zuvor – wie er Cat in ihrem Atelier genommen hatte – schossen ihm durch den Kopf und ließen seinen Schwanz steinhart werden.

Mit einem Knurren forderte er: „Sag mir, wie ich da hinkomme."

Das tat sie. Und in weniger als fünf Minuten hatte er seine Frau auf dem Tisch ausgebreitet und zeigte ihr, was er sich unter Vergnügen vorstellte.

Kapitel Vierzehn

I n den nächsten Tagen fanden Cat und Lachlan eine Routine. Die frühen Morgenstunden und Abende waren voller Neckereien, Gesprächen und reichlich Sex.

Tagsüber jedoch mussten sie beide der Realität ins Auge sehen. Nicht nur, dass die verschiedenen Künstler in etwa sechs Wochen anreisen sollten, sondern Lachlan versuchte auch immer noch, einen Weg zu finden, das MDA davon zu überzeugen, ihn seinen Job behalten zu lassen.

Vorerst wusste das MDA nichts von dem Rausch – was natürlich bedeutete, dass es noch keine Paarungszeremonie geben konnte.

Obwohl Cat sich nicht ganz sicher war, ob Lachlan überhaupt schon bereit dafür war. Er machte sich immer noch Sorgen, sie zu enttäuschen – oder vielleicht sogar zu verletzen –, und es würde Zeit brauchen, ihn vom Gegenteil zu überzeugen.

Und auch wenn sie nicht immer geduldig war,

konnte sie es hier sein. Lachlans Narben saßen tief, und sie musste ihm Zeit zum Heilen geben.

Na ja, zumindest bis nach dem Ende des Kunstkollektiv-Projekts würde sie Geduld haben. Denn wenn sie bis dahin nicht gepaart waren, durfte Lachlan nicht in Lochguard bleiben.

Und allein der Gedanke, dass er gehen könnte, schnürte ihr die Kehle zu – und ihr Drache konnte sie nicht trösten, weil sie gerade bei Aimee King saßen.

Es gab einfach zu viel verdammte Unsicherheit in ihrer Zukunft – abgesehen davon, dass sie in knapp neun Monaten ihr eigenes Kind bekommen würde. Fast alle anderen mit menschlichen Gefährten in Lochguard schienen alles so schnell geregelt zu haben. Sie offenbar nicht.

Und doch, während Cat zusah, wie Aimee ihr neuestes Projekt ausmalte, beschloss sie, dankbar für alles zu sein, was sie hatte. Aye, es gefiel ihr nicht, dass Lachlan seinen Beruf verlieren könnte, nur weil er sich für sie entschieden hatte, aber sie hatte kein Recht, sich zu beschweren, wenn sie es mit Aimee verglich.

Das braunhaarige Mädchen war als Teenager eingesperrt und unter Drogen gesetzt worden. Cat argwöhnte, dass da noch mehr war – vielleicht sogar Folter –, aber sie würde nicht fragen. Die Frau würde es erzählen, wenn sie bereit war.

Trotzdem half Aimees Situation, Dinge ins rechte Licht zu rücken.

Normalerweise hätte ihr Drache etwas dazu

gesagt, aber er versuchte, still zu bleiben, solange Aimee da war.

Stattdessen dachte Cat darüber nach, dass Lachlan vielleicht mehr über den ganzen Aufruhr bei Clan Skyhunter wusste — wie Aimee, ihr Bruder und so viele andere überhaupt zu Gefangenen geworden waren —, als plötzlich etwas gegen das Fenster schlug.

Ihre Kunsttherapie-Sitzung fand heute in Aimees Zimmer statt, zu einer anderen Zeit als sonst, weil ihr normaler Platz vorübergehend als Lagerraum belegt war.

Das leise Klopfen war erneut zu hören. Doch bevor sie aufstehen konnte, um nachzusehen, fragte Aimee: „Wie spät ist es?"

Sie sah auf ihr Handy. „Halb zehn."

Das Mädchen sprang auf und rannte zum Fenster. Einen Augenblick später winkte sie.

Die verschlafene Stimme ihres Drachen meldete sich: *Geh nachschauen, wer das ist.*

Ich weiß nicht, ob wir das tun sollten.

Wenn sie jemandem zuwinkt, würden Finn und Ara das gern wissen, oder? Das Mädel könnte einen Freund gebrauchen.

Ihr Drache hatte recht. Also stand Cat langsam auf und ging so leise wie möglich zum Fenster.

Aimee war so vertieft in das, was draußen passierte, dass sie Cat gar nicht bemerkte.

Interessant. Normalerweise reagierte die Frau auf alles.

Cat kam schließlich am Fenster an und lugte

hinaus — gerade rechtzeitig, um ihren Bruder Connor einen Salto schlagen zu sehen.

Sie warf einen Blick zu Aimee und konnte gerade noch ein Keuchen unterdrücken — das Mädchen lächelte. Es war klein und fast zögerlich, aber sie lächelte.

Wegen Cats Bruder.

Ihr Drache sagte: *Also*, das *ist interessant.*

Weil sie Aimee diesen kleinen Moment der Freude nicht nehmen wollte, ging Cat langsam zurück zu ihrem Stuhl und setzte sich. *Aimee hat uns nach der Uhrzeit gefragt. Macht er das jeden Tag?*

Wenn nicht jeden Tag, dann ziemlich regelmäßig.

Sie beobachtete, wie die Frau noch ein paar Minuten am Fenster blieb, erneut winkte und dann zurück zum Tisch kam — sorgfältig darauf bedacht, Cats Blick auszuweichen.

Vielleicht sollte sie es auf sich beruhen lassen. Immerhin hatte die Frau seit ihrer Ankunft in Lochguard riesige Fortschritte gemacht, und Cat wollte das nicht kaputtmachen.

Aber sie konnte es nicht auf sich beruhen lassen. Sie hatte Aimee noch nie lächeln sehen. Nie. Jedenfalls nicht bis heute.

Aimee hatte gerade den Pinsel wieder angesetzt, als Cat leise fragte: „Bist du mit meinem Bruder befreundet?"

Die Hand der Frau hielt kurz inne, bevor sie den Pinsel in weiße Farbe tauchte. „Ich habe ihn immer nur durchs Fenster gesehen und den einen Moment, als er in eine unserer Sitzungen geplatzt ist. Ich weiß nicht einmal seinen Namen."

„Er heißt Connor. Connor MacAllister, mein jüngerer Bruder."

Aimee nickte und machte sich wieder daran, eine Wolke in den Himmel zu malen.

Cat hatte das Gefühl, dass das alles war, was die Frau zu diesem Thema sagen würde.

Es verlangte viel von ihr ab, nicht mit den Fingern auf den Tisch zu trommeln, bis die Sitzung vorüber war. Sie wollte sofort mehr erfahren, Connor in die Ecke drängen und Antworten bekommen. Doch sie hatte noch Unterricht und ein Treffen mit Lachlan, bevor sie das tun konnte.

Sobald sie jedoch ihre Termine erledigt hatte, war es ihr egal, ob Connor am Ende seiner Schicht im Restaurant vollkommen erschöpft war – sie würde ihn beiseitenehmen und der Sache auf den Grund gehen.

Als Connor MacAllister die eine Bestellung serviert hatte, ging er zur nächsten über.

Seine Geschwister hassten es alle, im Restaurant ihrer Mutter zu arbeiten, aber er liebte es.

Er liebte das Gedränge, das Chaos und wie eine gute Mahlzeit jemanden zum Lächeln bringen oder seinen Tag verbessern konnte.

Er hatte versucht, es seinen Brüdern zu erklären, aber die hatten gesagt, es sei zu eintönig, zu

langweilig, zu „hier irgendeine Ausrede einfügen".
Sein Bruder Ian hatte versucht darzulegen, wie viel
interessanter es sei, einen neuen Weg in ein
Computersicherheitssystem zu finden oder ein
neues Programm zu entwerfen.

Aber er hatte kein Verlangen danach, den
ganzen Tag vor einem Computer zu sitzen. Er
würde durchdrehen.

Nein, Connor blieb lieber in Bewegung,
beschäftigt, tat etwas.

Und als einer der Chefköche – Menschen
benutzten dafür irgendeinen schicken Begriff, den er
sich nicht merken konnte, aber Drachen mochten es
einfach – war er meist zu beschäftigt, um an viel
anderes zu denken, als daran, das nächste Essen
schnell fertig zu bekommen.

Doch während er auf Autopilot Zwiebeln
würfelte, nahm er sich einen Moment, um sich eine
neue Möglichkeit auszudenken, Aimee King zum
Lächeln zu bringen.

Die Sache mit der Frau hatte natürlich zufällig
angefangen. Auf dem Weg zur Arbeit, als er sie aus
ihrem Fenster hatte starren sehen, hatte er frech
gewunken, und sie war weggerannt.

Er war die nächsten Tage denselben Weg
gegangen, bis er sie wieder sah, und aus Gründen,
die er nicht verstand, hatte Connor plötzlich einen
Rückwärtssalto gemacht.

Sie war geblieben und hatte zugesehen, wie er
ein paar weitere machte.

Was ihn beim nächsten Mal noch mehr

angespornt hatte. Vielleicht, weil er den Gedanken hasste, dass jemand ständig so traurig war. Oder vielleicht einfach, weil alle Lochguard-Frauen an seine Faxen gewöhnt waren und es lange her war, dass er jemanden zum Lächeln gebracht hatte, statt nur ein Augenverdrehen zu ernten.

Aber egal — Connor hatte diesen Drang, sich immer neue Nummern auszudenken, um sie eines Tages zum Lachen zu bringen.

Sein Drache gähnte in seinem Kopf. *Bist du endlich fertig mit deiner Schicht?*

Sein Tier interessierte sich nicht für Essen, außer es zu verschlingen. *Nein, ich bereite noch ein paar Zutaten vor.*

Und trotzdem hast du wieder an sie gedacht. Du solltest einfach hingehen und Hallo sagen. Es ist ungewöhnlich für dich, schüchtern zu sein.

Schüchtern war wahrscheinlich das letzte Wort, mit dem Connor sich selbst beschrieben hätte. Seine Familie würde dasselbe sagen.

Er antwortete: *Vielleicht, wenn sie bereit ist.*

Und wann wird das sein? Wenn sie endlich das Fenster öffnet, eine Strickleiter runterwirft und ruft, du sollst hochkommen?

Sei nicht albern, Drache. Aber sie verlässt fast nie das Haus. Also warte ich, bis sie das zumindest schafft.

Sein Drache schnaubte. *Von mir aus. Du weißt, dass ich nicht sagen kann, ob sie die Unsere ist oder nicht, bevor wir sie persönlich treffen und mit ihr reden. Die paar Sekunden, als wir in ihre Sitzung mit Cat geplatzt sind, haben nicht gereicht.*

Was bedeutete, es bestand eine kleine Chance, dass Aimee King seine wahre Gefährtin war.

Was auf so vielen Ebenen falsch wäre. Unter anderem, weil ihr Drache stumm war und es grausam wäre, sie einem Gefährtenrausch auszusetzen. Falls sie je stark genug dafür wäre. *Wir sind noch jung, also kein Grund, überstürzt unsere wahre Gefährtin finden zu müssen.*

Es sei denn, ein anderer schnappt sie sich zuerst.

Ihm gefiel der Gedanke nicht, dass ein anderer Mann Aimee King zum Lächeln brachte, doch er verdrängte den Gedanken schnell, während er Gemüse in das heiße Öl auf dem Herd gab. *Wir reden später darüber. Ich muss mich auf meine Arbeit konzentrieren.*

Sein Tier rollte sich zusammen und schlief wieder ein.

Irgendwie schaffte Connor es, den Rest seiner Schicht zu überstehen, ohne noch einmal an Aimee zu denken. Doch sobald er sich gewaschen und umgezogen hatte und zum Hinterausgang gegangen war, um sich ein paar neue Tricks auszudenken, stand er plötzlich seiner Schwester Cat gegenüber.

Und sie hatte diesen Blick – zusammengezogene Brauen und ein finsteres Starren.

Was bedeutete, dass sie Antworten wollte.

Er seufzte. „Was hab' ich jetzt schon wieder getan?"

Sie nahm seinen Arm und zog ihn, bis sie ein gutes Stück vom Restaurant entfernt waren. „Was läuft da zwischen dir und Aimee?"

Er blinzelte. „Wovon sprichst du?"

„Stell dich nicht dumm, Connor Archibald. Ich war heute bei Aimee, als du vor ihrem Fenster aufgetaucht bist und ein paar Kunststücke gemacht hast."

Beinahe wäre ihm herausgerutscht, dass heute nicht der richtige Tag für Aimees Kunsttherapie war, hielt aber seine Zunge im Zaum. Am besten so vage wie möglich bei seiner Schwester bleiben. Er liebte sie, aber sie konnte wie ein Hund mit einem Knochen sein, wenn sie in dieser Stimmung war.

Und er wollte gern glauben, dass das, was zwischen ihm und Aimee lief, nur ihnen allein gehörte.

Er zuckte mit den Schultern. „Das ist mein Weg zur Arbeit. Ich habe bemerkt, wie sie aus dem Fenster starrt, und beschlossen, es interessant zu machen. Das ist doch wohl kein Verbrechen."

Sie sah ihm in die Augen, aber er zuckte kein bisschen mit der Wimper.

Schließlich seufzte Cat. „Sei einfach vorsichtig, aye? Sie ist zerbrechlich."

Er antwortete: „Ich weiß."

Sie nickte. „Aye, na ja, du kannst mich nach Hause begleiten und mir erzählen, wie's Mum geht. Sie sagt ständig, es gehe ihr gut, aber ich spüre, dass es nicht stimmt."

Bei der Erwähnung ihrer Mutter ließ sein Ärger nach. „Sie hat mehr Energie als früher, aber sie ist viel zu still − sogar für ihre Verhältnisse."

Cat nickte und sah zur Seite. Das tat sie

normalerweise nur, wenn sie etwas verbarg. „Das ist mir auch aufgefallen."

Da es nur seine Schwester war, platzte er heraus: „Weißt du was über Mum, das ich nicht weiß?"

Sie drehte sich zu ihm und funkelte ihn an. Er kannte auch diesen Blick: Darauf werde ich nicht antworten. Sie sagte: „Pass einfach auf sie auf, aye? Wenn sie wieder in eine Depression abrutscht, wie nach Dads Tod oder als die Ärzte sagten, sie werde sterben, ruf mich sofort an, und ich rede mit ihr."

Aye, seine Schwester verbarg definitiv etwas. „Sonst noch was?"

„Sorg dafür, dass sie genug isst und nicht zu hart arbeitet. Das würde ihr sehr helfen."

Sowohl Mensch als auch Tier fragten sich, ob ihre Mutter kranker war als zuvor oder nicht. Doch Connor war nie gut in gefühlsbeladenen Gesprächen gewesen.

Er würde wohl einen Moment finden müssen, sie zu fragen.

Sein Drache grunzte. *Ich habe meine eigenen Vermutungen, aber ich warte ab, ob sie es dir zuerst sagt.*

Warte mal, was? Jetzt hast du auch noch Geheimnisse vor mir?

Mum ist viel verschlossener als alle anderen in der Familie. Solange ihr Leben nicht in Gefahr ist, lasse ich sie entscheiden, wann sie es erzählt.

Jetzt versuchte sein verdammter Drache auch noch, ihn zu beschützen. *Ich bin fast fünfundzwanzig Jahre alt. Ich verkrafte, was immer es ist.*

Sei einfach geduldig. Wir und unsere Geschwister

preschen immer vor, um Informationen zu bekommen. Das
funktioniert nicht bei jedem. Das solltest du wissen – gerade,
wenn du an Aimees Zustand denkst.

Er wusste es, aber es gefiel ihm trotzdem nicht,
wenn es um seine eigene Mutter ging.

Doch sein Drache verstummte, und er
antwortete endlich Cat: „Ich passe auf sie auf. Aber
wenn irgendwas Schlimmes bevorsteht, sag's mir,
aye?"

Cat nickte. „Natürlich."

Statt darüber nachzudenken, wie seltsam es war,
dass Cat nicht mehr zu Hause war und bei Bedarf
das Kommando übernahm, entschied er sich, das
Thema zu wechseln, und konzentrierte sich auf
seine Schwester und ihren Menschen, um die
Stimmung aufzuhellen. Er stieß sie mit dem
Ellbogen in die Seite. „Noch mehr Betten kaputt
gemacht in letzter Zeit?"

Ihre Wangen wurden rot. „Woher weißt du
das?"

Er grinste. „Ich bin mit dem Kerl befreundet,
der das alte weggekarrt und das neue gebracht hat."

Sie seufzte und schaute zum Himmel. „Ich
schwöre,   Lochguard   ist   eine   einzige
Klatschzentrale."

Er zuckte mit den Schultern. „Versuch einfach,
es nicht zur Gewohnheit werden zu lassen, sonst
werden dich nicht nur alle damit aufziehen, dass
dein Drache versucht, deinen Menschen
kaputtzumachen – ihr werdet auch ziemlich schnell

pleite sein, weil ihr ständig neue Betten kaufen müsst."

Sie sah ihn finster an, und er lachte – die Spannung war eindeutig gebrochen.

Genau das liebte Connor – die Stimmung aufhellen und Leute zum Lachen bringen.

Und er war fest entschlossen, auch Aimee wenigstens einmal zum Lachen zu bringen, und wenn es ihn umbrachte.

Kapitel Fünfzehn

E s war die Woche vor der Ankunft der menschlichen und Drachenwandler-Künstler, als Cat zum ersten Mal morgens aus dem Bett sprang und ins Badezimmer rannte.

Zuerst hatte Lachlan sich gefragt, was los war. Aber als Würgegeräusche an seine Ohren drangen, verzog er das Gesicht.

Da sie am Abend zuvor dasselbe gegessen hatten – ganz zu schweigen davon, dass er sich Cats Mitternachtssnack mit ihr geteilt hatte –, hatte er das Gefühl, dass es Morgenübelkeit war.

Was natürlich seine Schuld war.

Er stand auf und klopfte an die Tür.

Cat rief: „Geh!"

Er klopfte erneut. „Nicht, bevor du mir sagst, ob ich irgendwas tun kann."

„Du hast schon genug getan", brachte sie hervor, bevor weitere Würgegeräusche von der anderen Seite der Tür kamen.

Er rechnete voll und ganz damit, dass Scham und Schuld ihn durchfluten würden. Aber anders als bei dem Schaden, den er vor mehr als zehn Jahren bei Freunden und Familie angerichtet hatte, war das hier anders.

Aye, ohne ihn wäre sie nicht schwanger, aber er konnte es nicht bereuen, dass sie sein Kind trug.

In den letzten Wochen hatte Lachlan sich an den Gedanken gewöhnt. Und während er die anderen Eltern mit kleinen Kindern in Lochguard beobachtet hatte, hatte er angefangen, sich zu fragen, ob er alberne Geräusche machen und Grimassen ziehen oder Kuckuck spielen konnte – mit derselben Freude wie die anderen.

Und obwohl es ihm immer noch schwer fiel zu hoffen, ein guter Vater zu sein, verwarf er den Gedanken nicht mehr sofort.

Er wartete, bis Cat schließlich herauskam. Bevor sie mehr als nur finster blicken konnte, nahm er ihre Hand und küsste ihre Finger. „Es tut mir leid, aber gleichzeitig auch nicht."

Ihr finsterer Blick verschwand, und sie lehnte sich an seine Brust. Lachlans Arme schlangen sich sofort um sie.

So standen sie ein paar Herzschläge lang da, bevor Cat endlich sagte: „Ich weiß. Mir auch nicht. Aber ich darf dir trotzdem alles Schwangerschaftsbezogene in die Schuhe schieben. Das ist nur fair."

Er legte die Wange auf ihren Kopf. „Mach das

ruhig. Ich schulde dir sowieso schon so viel, und ich tue alles, um es wieder gutzumachen."

Sie lehnte sich zurück und runzelte die Stirn. „Wovon redest du?"

Er strich ihr ein paar Haare hinters Ohr. „Wenn du nicht wärst, wäre ich in einem Cottage allein, würde Abstand halten und wie besessen über die Vergangenheit grübeln. Stattdessen bin ich hier mit einer wunderschönen Frau in den Armen, die mein Kind trägt und mich glauben lässt, dass ich mehr haben kann, als ich je für möglich gehalten hätte."

Sie legte eine Hand an seine Wange. „Lachlan."

„Es ist wahr. Ein anderer hätte die vergangenen Wochen vielleicht für langweilig gehalten — wie wir alles für das Kollektiv vorbereitet, deiner Familie geholfen und uns um alle anderen Aufgaben im Clan gekümmert haben. Aber für mich war es der Himmel, Cat. Du hast einen einsamen Mann nicht mehr so einsam gemacht."

Sie schüttelte den Kopf. „Das bin nicht nur ich. Wir sind ein Team, wir helfen uns gegenseitig. Dich zu haben, auf den ich mich stützen kann, wann immer ich frustriert oder genervt bin oder eines der vielen Adjektive, die ich für meine Familie benutze, war eine echte Rettung."

Während er in ihre Augen starrte, wusste er, dass er diese Frau von ganzem Herzen liebte.

Aber Lachlan wäre nicht Lachlan, wenn er nicht viel zu vorsichtig gewesen wäre, es auszusprechen, solange er sich nicht ganz sicher war, dass alles gut gehen würde. Vielleicht war es egoistisch oder unfair gegenüber Cat, aber so viel konnte noch schiefgehen, und er wollte ihr kein kleines bisschen wehtun, falls es dazu käme.

Anstatt also etwas zu sagen, beugte er sich hinunter und küsste ihre Wange. Doch dann murmelte er etwas, das er vor dem Treffen mit Cat nie zu sagen gewagt hätte. „Ich würde dich ja küssen, aber ich bin mir nicht sicher, ob du dir die Zähne geputzt hast."

Sie versetzte ihm einen Klaps auf die Brust. „Natürlich hab' ich das, aber vielleicht lasse ich es das nächste Mal, nur damit du raten musst."

Er lächelte an ihrer Wange. „Das bedeutet nur, dass du selbst den ekelhaften Geschmack ertragen musst, und das würdest du hassen."

Sie seufzte. „Du hast recht. Da muss ich mir wohl was anderes einfallen lassen."

„Und ich freue mich schon drauf."

Er küsste sie und nahm sich Zeit, ihre Lippen und Mundwinkel zu necken, bevor er seine Zunge in ihren Mund gleiten ließ.

Sie stöhnte in seinen Mund und drückte ihre Brüste an seine nackte Brust.

Und obwohl er sie inzwischen öfter gehabt hatte, als er zählen konnte, wurde sein Schwanz hart, und er musste sie erneut nehmen.

Lachlan unterbrach den Kuss, um sie in seine Arme zu heben. Aber er hatte kaum einen Schritt gemacht, als Cat sagte: „Lass mich runter."

Ihr Gesicht war blass, und er tat, worum sie ihn bat.

Cat brauchte einen Moment und stützte sich bei ihm ab, bevor sie sagte: „Ich glaube, Sex muss heute Morgen warten."

Er nahm ihre Hand und legte sie über sein Herz. „Willst du dich hinlegen? Oder was Einfaches essen oder trinken, um deinen Magen zu beruhigen?"

Sie lächelte ihn an, und es war, als würde die Sonne durch die Wolken brechen.

Cat deutete zur Tür. „Ein bisschen Toast könnte helfen. Geh einfach langsam, aye? Jetzt keine plötzlichen Bewegungen. Auch wenn mein Magen leer ist, würde ich lieber nicht würgen müssen, wenn ich es vermeiden kann."

Sie gingen in die Küche, und während Lachlan heiße Schokolade und Toast für Cat machte, summte er die ganze Zeit. Als Kind hatte er es gehasst, sich um seine Mutter und Schwester kümmern zu müssen. Denn jedes Mal erinnerte es ihn nur an die Macht, die sein Vater über sie alle hatte.

Bei Cat war es anders. Sich um sie zu kümmern war keine Last. Nein, es machte ihn glücklich.

Und vielleicht konnte er trotz allem die liebevolle, stabile Familie haben, von der er immer geträumt hatte.

Ein paar Stunden später, als man Lachlan sagte, seine Schwester warte im Hauptgebäude der

Beschützer auf ihn, begann er erneut alles anzuzweifeln.

Oh, aye, er hatte Sarah ein paarmal angerufen, seit er in Lochguard war. Einmal einfach, um zu hören, wie es ihr ging, aber die anderen beiden Male, weil Cat ihn gefragt hatte, wie es seiner Schwester ging.

Nicht, dass die Gespräche jeweils lang oder besonders tief gewesen wären. Er und Sarah standen sich bei Weitem nicht mehr so nah wie als Kinder.

Und obwohl er die Erlaubnis für Sarah und ihre Jungs bekommen hatte, zu Besuch zu kommen, sollte das erst in ein paar Wochen sein.

Was bedeutete, dass etwas nicht stimmte.

Sobald er das Beschützergebäude betrat, ging er zum Empfang und sagte: „Wo ist meine Schwester?"

Der junge Drachenmann antwortete: „Im Besucherraum."

Er kannte das Beschützergebäude nicht gut, aber er war schon mal im Besucherraum gewesen. Dort erledigten Nicht-Clanmitglieder Geschäfte mit Lochguard, und Lachlan hatte einige seiner Event-Meetings dort abgehalten.

Als er die richtige Tür erreichte, blieb er stehen, holte tief Luft und klopfte, bevor er eintrat.

Sarah stand mit dem Rücken zu ihm und starrte in den langen Spiegel an einer Seite. „Sarah?"

Auf seine Stimme hin drehte sie sich um, und ihm wurde ganz flau im Magen, als er die Angst in ihren Augen sah – im selben Blau wie seine.

Er ging zu ihr. „Was ist los?"

Sie warf einen Blick auf den Spiegel. „Sind wir allein?"

„Ich weiß nicht. Aber falls jemand da ist, kannst du ihnen vertrauen. Versprochen."

Seine Schwester fasste nicht so schnell Vertrauen – genau wie Lachlan, bis er Cat gefunden hatte. Also reichten seine Worte vielleicht nicht.

Er wollte fast eine Hand auf ihre Schulter legen, um sie zu trösten, hielt sich aber zurück. Sie sah aus, als würde sie jeden Moment aus der Haut fahren. Er ließ seine Stimme weicher klingen. „Ich kann dir nicht helfen, wenn ich nicht weiß, was los ist."

Sie musterte ihn einen Moment, bevor sie bemerkte: „Du wirkst anders."

„Ich *bin* anders." Dank einer bestimmten Drachenfrau größtenteils. Er fügte hinzu: „Und jetzt erzähl mir, was los ist."

Sie holte einen Umschlag heraus und reichte ihn ihm. Er sah, dass nur ihr Name vorne draufstand – nichts weiter.

Bevor er fragen konnte, wo sie ihn gefunden hatte, öffnete er ihn und las:

IHRE BEIDEN SÖHNE wären großartige Rekruten für die Drachenjäger. Sagen Sie Ihrem Bruder, er soll das Event absagen, oder wir nehmen Ihre Jungs, wenn Sie es am wenigsten erwarten. Sprechen Sie mit niemandem außer Ihrem Bruder. Wenn Sie versuchen, die Polizei oder das MDA zu kontaktieren, könnte Ihr Mann einen tödlichen Arbeitsunfall haben, den niemand erklären kann.

SOBALD LACHLAN FERTIG WAR, durchfuhr ihn eine Mischung aus Angst und Wut. „Wann hast du den bekommen?"

Sie biss sich auf den Daumennagel, bevor sie antwortete: „Gestern Nacht. Jemand hat ihn durch den Briefschlitz an der Haustür gesteckt."

Eine Million Fragen rasten durch seinen Kopf, aber er konnte nichts tun, bis er wusste, wem sie es erzählt hatte. „Bin ich der Einzige außer dir, der den gesehen hat?"

Sie nickte. „Rob arbeitet auf einer Baustelle in Falkirk und kommt erst in ein paar Tagen nach Hause. Und ich hielt es für riskant, das am Telefon zu besprechen."

Rob Carter war ihr Mann, und zum ersten Mal war Lachlan dankbar, dass der Kerl so viel von zu Hause weg arbeitete. Rob war Lachlan so gut wie immer aus dem Weg gegangen – was am Anfang nicht schwer gewesen war, da Lachlan betrunken und selbstbezogen gewesen war, als seine Schwester den Mann kennengelernt, gedatet und dann geheiratet hatte.

Aber von dem Wenigen, was Lachlan über den Mann wusste, war er impulsiv und handelte oft, ohne nachzudenken. Er neigte außerdem dazu, entweder Sarah oder ihre Söhne für jedes Versagen verantwortlich zu machen.

Auch wenn er sich oft gefragt hatte, ob er damals hätte eingreifen und seine Schwester schützen können, konnte Lachlan die Vergangenheit nicht ändern. Er konnte sich nur auf die Gegenwart konzentrieren. „Und was ist mit deinen Jungs? Wo sind die?"

„Im Moment in der Schule, aber danach bleiben sie bei Robs Eltern." Sie trat einen Schritt auf ihn zu. „Sagst du das Event ab, Lachlan? Sag mir, dass du es tust."

Er wollte Ja sagen, aber er brauchte mehr Informationen. Und musste mit Finn reden. „Ich weiß, im Brief steht, du sollst mit niemandem außer mir reden. Aber ich muss das wirklich mit Lochguards Clanführer besprechen. Er muss wissen, was los ist."

Die Angst kehrte in ihre Augen zurück. „Aber Lachlan, meine Jungs! Du darfst das nicht riskieren."

Er trat näher und nahm endlich ihre Hand. „Erinnerst du dich, wie du mir als Kind vertraut hast? Kannst du das nochmal tun, Sarah? Nur dieses eine Mal? Ich arbeite schon lange für das Ministerium für Drachenangelegenheiten, und ich kann dir sagen, dass die Drachenjäger nicht die Vertrauenswürdigsten sind. Es könnte einen anderen Weg geben, deine Familie zu schützen, aber ich kann nichts annehmen, bevor ich nicht mit Lochguards Anführer rede. Und genau genommen sagt der Brief nichts von den Drachenwandlern."

Sie starrte ihn ein paar Herzschläge lang an,

und es kostete ihn alles, ihr nicht zu befehlen, ihm zu vertrauen.

Er war schließlich einer der Hauptgründe für ihr Zögern; ihr Vater der andere. Aber wenn sie Nein sagte, müsste er etwas tun, um sie zu überzeugen – denn das zu tun, was die Drachenjäger verlangten, würde wahrscheinlich nicht gut enden.

Die Jäger waren in den letzten ein, zwei Jahren vielleicht leiser gewesen, da die Drachenritter die meiste Aufmerksamkeit auf sich gezogen hatten. Aber die Ritter waren endgültig ausgeschaltet und machten keinen Ärger mehr.

Dadurch hatten die Drachenjäger wahrscheinlich das Gefühl, erneut aktiv werden zu müssen, sonst hätten die Drachenwandler die öffentliche Meinung noch mehr auf ihre Seite ziehen können.

Und angesichts der Jahre, in denen die Jäger im Hintergrund ausgeharrt und ihre nächsten Schritte geplant hatten, glaubte er nicht, dass das, was kommen würde, gut wäre.

Seine Schwester sprach endlich wieder. „Du hast gesagt, dass du bald Vater wirst, aye?" Er nickte. „Würdest du sein oder ihr Leben riskieren, indem du mit dem Clanführer redest, wenn die Situation umgekehrt wäre?"

Er zögerte keine Sekunde. „Aye, würde ich."

Er hatte Finn durch ihre wöchentlichen Treffen kennengelernt. Der Drachenmann konnte manchmal nervig sein, aber er liebte seinen Clan abgöttisch. Wenn es einen Weg gab, einer Familie zu helfen, würde Finn ihn finden.

Sie nickte. „Okay. Aber versprich mir, dass du eine Möglichkeit findest, meine Jungs zu schützen, Lachlan. Bitte."

Er drückte vorsichtig die Hand seiner Schwester. „Versprochen. Ich lasse nicht zu, dass ihnen etwas passiert."

Nach ein paar Augenblicken nickte Sarah. „Ich versuche, dir zu vertrauen. Lass mich nur nicht wieder im Stich, Lachlan. Wenn meinen Söhnen irgendwas passiert, überlebe ich das nicht."

Die Unsicherheit seiner Schwester war wie ein Messerstich in sein Herz.

Aber er verstand ihr Zögern.

Egal, was es kostete, Lachlan würde sein Versprechen verdammt nochmal wahr machen, was auch immer dafür nötig war. Er war nicht da gewesen, als seine Schwester ihn gebraucht hatte – damals, als sie das Arschloch Rob gedatet hatte und er zu betrunken gewesen war, um es zu merken, bevor sie ihn geheiratet hatte –, und er weigerte sich, wieder zu versagen.

Also sagte er seiner Schwester, sie solle im Raum bleiben, bestellte Tee und Kekse für sie, während sie wartete, und ging Finn suchen.

Kapitel Sechzehn

Kurze Zeit später wartete Lachlan, bis Finn den Brief an Sarah fertiggelesen hatte, bevor er fragte: „Was soll ich tun?"

Finn lehnte sich in seinem Stuhl zurück. „Aye, na ja, es gibt im Grunde nur zwei echte Möglichkeiten. Die erste ist, das Event abzusagen, aber ich schätze, das willst du vermeiden, wenn es irgendwie geht?"

Lachlan nickte. „Wenn es einen Weg gibt, es durchzuziehen und trotzdem die Familie meiner Schwester zu schützen."

Finn hielt kurz inne, und seine Pupillen blitzten, bevor er fragte: „Warum willst du das Event unbedingt durchziehen? Geht's um deinen eigenen Stolz?"

Lachlan knurrte und beugte sich vor. „Mir sind Ruhm und Ehre scheißegal. Alle haben unglaublich hart daran gearbeitet, und ich glaube wirklich, dass die Zusammenarbeit neue Beziehungen fördern wird. Und, was am wichtigsten ist: Wenn wir wegen einer Drohung absagen, zeigen wir den Jägern, wie leicht sie in Zukunft ihren Willen durchsetzen können."

Finn nickte. „Aye, der letzte Punkt ist genau mein Gedanke. Aber ich musste sicher gehen, dass wir einer Meinung sind."

Er hasste es, dass er sich immer noch beim Anführer von Lochguard bewähren musste, aber auf gewisse Weise verstand er es. Nicht nur war Lachlan ein Mensch, sondern er hatte auch fast ein Jahrzehnt lang für das MDA gearbeitet. Und das MDA war nicht immer besonders verständnisvoll gegenüber den Drachen gewesen – zumindest nicht bis vor ein paar Jahren. Er fragte: „Und die andere Option?"

Finn zuckte mit einer Schulter. „Ich fürchte, die ist leider viel schwerer zu verkaufen. Du müsstest deine Schwester und ihre Familie überzeugen, zumindest vorübergehend hierherzuziehen."

Er runzelte die Stirn. „Ich hab' noch nie gehört, dass irgendeine Menschenfamilie zu einem Drachenclan zieht – zumindest nicht in Großbritannien."

„Aye, du hast recht, ich weiß nicht, ob das je gemacht wurde – oder zumindest nicht seit Langem. Aber wenn du Cat als Gefährtin nehmen würdest, könnte es ein bisschen einfacher sein, das dem MDA zu erklären und es zu überzeugen – vor allem, wenn sie wissen, dass die Jäger wieder aktiv werden."

Vielleicht sollte er für den Vorschlag dankbar sein und seine Fragen für sich behalten. Aber Lachlan mochte es, alle Optionen offen auf den Tisch zu legen, um das bestmögliche Ergebnis zu erzielen. Und wie er und Finn jetzt handelten, konnte sich negativ auf die Zukunft auswirken. Also fragte er: „Aber wenn das MDA erfährt, dass die Jäger Drohungen aussprechen, werden sie dann nicht einfach in Zukunft alle Paarungen zwischen Menschen und Drachen verbieten?"

Finn schüttelte den Kopf. „Es gibt Geheimnisse, von denen du nichts weißt – sowohl innerhalb des MDA als auch bei den Drachenclans –, aber ich kann dir nicht sagen, was sie sind. Du sollst nur wissen, dass das Letzte, was das MDA will, ist, Paarungen zu stoppen und die Drachenclans wieder zu isolieren – das würde ihre Pläne ruinieren."

Finns Worte waren verdammt kryptisch. Und doch war der Gedanke, es könnte irgendein geheimes Projekt innerhalb des MDA geben, nicht völliger Blödsinn. Er – ein einfacher Eventplaner – würde in sowas nicht eingeweiht werden.

Obwohl – da sein Kind halb Drachenwandler sein würde, wollte Lachlan alles wissen, um ihn oder sie zu schützen.

Finns Stimme unterbrach seine Gedanken erneut. „Vertraust du mir, MacKintosh?"

Er musterte den großen, blonden Drachenmann. Das Lächeln und Lachen waren verschwunden, ersetzt durch einen fast harten, entschlossenen Blick.

Den Blick eines Mannes, der es gewohnt war, die Last eines ganzen Drachenclans zu tragen und regelmäßig Entscheidungen zu treffen, die ihr Schicksal und ihre Zukunft beeinflussten.

Na ja, nicht spielten. Eher formte oder bändigte er sie.

Finn Stewart liebte seine Leute. Und das schloss Cat und ihre Familie ein.

Bald seine Familie, wenn er die Paarungszeremonie durchzog.

Er antwortete langsam: „Aye, ich glaube schon."

Finn schnaubte, während seine Pupillen zu Schlitzen wurden und zurück. „Kein überschwängliches Lob, aber ich nehm's." Der Drachenmann beugte sich vor. „Cat zur Gefährtin zu nehmen ist was, das du ohnehin vorhattest, aye?" Er nickte, und Finn fuhr fort: „Was ist dann falsch daran, es ein bisschen früher zu machen als geplant? Ich zwinge dich nicht, aber ohne diesen Schritt kann ich deiner Schwester und ihrer Familie nicht wirklich helfen."

Und trotzdem konnte Lachlan die Details nicht loslassen. „Aber nehmen wir mal an, ich werde Cat zur Gefährtin nehmen. Wie bringst du meine Schwester und ihre Familie her, ohne dass die Jäger es merken?"

Finn zuckte mit einer Schulter. „Rafe Hartley aus Stonefire könnte ihren Mann von seiner Baustelle holen – er ist ein Mensch, gepaart mit einer Drachenwandlerin, arbeitet für das Militär und weiß ein oder zwei Dinge darüber, wie man unter dem Radar bleibt. Was deine Schwester und die Kinder angeht, würde ich einen meiner Beschützer losschicken, der sie holt – eine Kombination aus Fahren und Fliegen."

Er blinzelte. „Sie herfliegen lassen?"

„Wir haben kleine Körbe, die wir halten können, um in Drachengestalt Menschen zu tragen. Wir benutzen sie nicht oft, aber es ist möglich. Es müsste nachts passieren, damit der Drache schwerer zu sehen ist. Erst fahren, dann nur die letzten paar Meilen fliegen. Die Jäger haben vielleicht Waffen, um uns in unserer Drachengestalt anzugreifen, aber ich weiß aus sicherer Quelle, dass der Zwanzig-Meilen-Radius um Lochguard herum vor ihnen sicher ist."

Er kannte nicht alle Sicherheitsvorkehrungen von Lochguard. Und ehrlich gesagt war es ihm egal, solange sie funktionierten.

Er wollte Ja schreien und den Plan in Gang setzen. Aber Lachlan platzte heraus: „So sehr ich all deine Angebote schätze – das tue ich wirklich –, ich bin mir nicht sicher, ob ich meine Schwester überzeugen kann, herzuziehen." Er hielt inne, entschied aber, dass Finn eine Begründung verdiente, und fügte hinzu: „Wir stehen uns nicht mehr so nahe wie früher."

Finns Augen blitzten ein paarmal, bevor er antwortete: „Du überzeugst sie entweder heute, dass es die beste Option ist, oder wir müssen das Event absagen und hoffen, dass es keinen gefährlichen

Präzedenzfall bei den Jägern schafft. So einfach ist das, MacKintosh."

Er konnte nur seufzen. *Verdammt fantastisch!* Das Leben seiner Schwester und ihrer Familie könnte davon abhängen, dass er es schaffte, die Dinge mit Sarah wieder geradezubiegen.

Etwas, das er in einem Jahrzehnt nicht geschafft hatte.

Diesmal würde er sich einfach ein bisschen mehr anstrengen müssen. Lachlan antwortete: „Ich gebe mein Bestes. Aber ich bin mir immer noch nicht sicher, wie du das MDA so schnell überzeugen können willst."

Finn winkte das ab. „Überlass die Politik mir. Aber ich denke, bevor du deine Schwester überzeugen gehst, solltest du vermutlich Cat fragen, ob sie dich überhaupt als Gefährten will. Wenn sie nicht zustimmt, bin ich mir nicht sicher, ob ich für deine Schwester und ihre Familie die Erlaubnis bekomme, hierzubleiben." Finn sah ihm in die Augen. „Ich weiß schon, wie du empfindest. Aber wird es ein Problem, Cat zu fragen?"

Er hatte das Gefühl, dass Finn schon eine Menge über Lachlans Beziehung zu Cat wusste.

Und aye, er wollte Cat als Gefährtin. Aber es schien alles so überstürzt. Cat sollte es ihm nicht übelnahm, dass er sie fragte, damit er seine Schwester und ihre Familie retten konnte.

Obwohl das nicht der Hauptgrund war, warum er sie als seine Gefährtin haben wollte. Er liebte sie, hatte ihr aber nur Zeit geben wollen, um sicherzugehen, dass sie ihr Leben mit ihm verbringen wollte – einem Mann, der immer ein bisschen kaputt und beschädigt sein würde. Aye, er machte sich jetzt gut. Aber die Drachen-Version einer Heirat bedeutete, dass Cat für immer bei ihm bleiben müsste.

Und niemand wusste genau, was die Zukunft brachte.

Finn sagte leise: „Du bist ein sehr vorsichtiger Mann, und das ist nicht immer schlecht. Aber was sagt dein Bauchgefühl? Bei Sachen, die mit Familie und Liebe zu tun haben, gehe ich meist danach."

Sein Bauch sagte ihm, dass er Cat liebte und sein Leben mit ihr verbringen wollte. Aye, er hatte eine Menge Scheiße aufzuarbeiten und würde immer vorsichtig sein müssen, nicht in seinen Alkoholismus zurückzufallen.

Aber alles war einfach besser mit Cat. Mit ihr konnte er sich endlich eine Familie, eine Zukunft und sogar ein Happy End vorstellen.

Alles Dinge, die ihm jahrelang fremd gewesen waren.

Finn sprach wieder. „Ich denke, du hast deine Antwort. Geh zu Cat und frag' das Mädchen, ob es Ja sagt. Und wenn ja, dann kümmere dich um deine Schwester. Lass mich so schnell wie möglich wissen, wie sie geantwortet haben."

Er nickte und konnte immer noch nicht glauben, dass Finn so viel für seine Familie tun würde, obwohl er kaum zwei Monate in Lochguard war. „Aye, ich gehe jetzt zu Cat. Ich lasse es dich wissen."

Finn lächelte nur, als Lachlan ging. Ausnahmsweise würde er einmal spontan sein müssen und konnte nicht jedes letzte Detail seines Antrags planen.

Er hoffte nur, dass sie Ja sagte. Nicht nur um seiner Schwester willen.

Kapitel Siebzehn

Der Geruch von Farbe beruhigte Cat normalerweise. Aber nach einem Beinaheunfall in ihrem Atelier vorhin – als sie versucht hatte, Farben zu mischen und stattdessen zum Klo hatte rennen müssen –, hatte sie beschlossen, ihren Tag mit Papierkram und Vorbereitungen für die anderen Künstler zu füllen, die in etwa einer Woche anreisen würden.

Deshalb stapelte sie gerade Materialien auf eine Reihe von Regalen in dem großen Kunstraum, und ihr Drache schlief vor Langeweile, als Lachlan in den Raum stürmte.

Sie drehte sich bei dem Geräusch um, hielt aber inne dabei, Papiertücher auf ein Regal zu legen, als sie sein Gesicht sah.

Etwas stimmte nicht.

Ihr Drache rührte sich. *Dann finde heraus, was es ist.*

Cat warf die Papiertücher weg, überwand die

Distanz zwischen ihnen und legte eine Hand an seine Brust. „Rede mit mir."

Lachlan nahm ihr Gesicht in beide Hände, beugte sich vor und küsste sie schnell. Die Geste fühlte sich fast wie eine Entschuldigung an, was in ihrem Kopf die Alarmglocken schrillen ließ. Sie sah ihm erneut in die Augen und sagte: „Lachlan, sag mir einfach, was los ist, aye? Du beunruhigst mich."

Seine Stimme war leise, als er antwortete: „Tut mir leid, ich dachte nur nicht, dass dieser Moment so ablaufen würde." Sie knurrte ungeduldig, und er fuhr fort: „Meine Schwester ist nach Lochguard gekommen, weil ihre Familie bedroht wird, und der einzige Weg, sie zu retten, bedeutet, dass ich dich bitten muss, mich als Gefährten zu nehmen."

Ihr Drache seufzte. *Er hat recht. Das ist nicht besonders romantisch.*

Seit wann kümmert dich so was?

Cat gab ihrem Drachen keine Gelegenheit zu antworten und sagte zu ihrem Menschen, er solle ihr alle Details nennen.

Als er ihr von dem Brief, den Jägern und Finns Idee erzählt hatte, sagte sie endlich: „Natürlich nehme ich dich als Gefährten, Lachlan. Du hättest mich schon vor Wochen fragen können, und ich hätte Ja gesagt." Sie hielt einen Augenblick inne und fügte hinzu: „Ich wusste, dass du Zeit brauchst, also wollte ich dich nicht drängen."

Er beugte sich näher. „Es war nicht so sehr Unsicherheit bei mir, sondern dass ich sicher sein wollte, dass du mit mir und all dem Gepäck, das ich mit mir herumschleppe, klarkommst."

Sie neigte den Kopf. „Du bist viel mehr wert, als du denkst, Lachlan MacKintosh. Und wenn du mein Gefährte sein willst, musst du das begreifen."

„Ich weiß das", sagte er leise. „Aber es ist nicht leicht, eine Lebensgeschichte so schnell auszulöschen, wie ich das gern würde."

Sie berührte seine Wange. „Aye, ich weiß. Und ich erwarte das auch nicht. Aber ich liebe dich, Lachlan. Also natürlich nehme ich dich als Gefährten."

Er blinzelte. „Du liebst mich?"

„Natürlich tu ich das, du verdammter Mensch. Und auch nicht nur, weil du der Vater meines Kindes sein wirst. Ich hab' dir das schon mal gesagt – du machst alles leichter – es zu ertragen, zu genießen, ganz zu schweigen davon, wie du mir hilfst, mit meiner Familie klarzukommen, sodass ich sie nicht mehr umbringen will." Sie lächelte breiter, während sie mit dem Daumen über seine Wange strich. „Du hast auch einen versteckten Sinn für Humor, und es gefällt mir, dass du ihn mir zeigst und fast niemandem sonst. Vielleicht teilst du ihn eines Tages auch mit anderen, aber vorerst gehört er ganz mir."

Ihr Drache fügte hinzu: *Und der Sex. Der ist auch gut.*

Sie schnaubte, und Lachlan hob fragend die Brauen. „Mein Drache mag deinen Schwanz und deine Zunge."

Lachlans Mundwinkel hoben sich etwas. „Na ja, gut zu wissen, dass das ganze Paket dabei ist."

Sie lachte und hob den Kopf. „Also, glaubst du mir jetzt, wenn ich sage, dass ich dich als Gefährten will?"

Er strich mit den Daumen über ihre Wangen, beugte sich hinunter, küsste sie sanft und flüsterte: „Aye, tu ich. Und ich liebe dich auch, Cat. Ich hoffe, du weißt das."

Sie wusste es, aber es war trotzdem schön, es zu hören. „Weiß ich."

Ihr Drache meldete sich. *Er kann mich später noch ein bisschen mehr überzeugen.*

Sie ignorierte ihr Tier, küsste ihren Menschen ein paar Herzschläge lang und zog sich dann zurück. „Und jetzt? Sag mir, was du brauchst, und ich tu's."

Er runzelte die Stirn und schaute auf ihren Bauch hinunter. „Geht's dir gut genug? Ich will nicht, dass dir wieder schlecht wird."

„Solange ich kein Drei-Gänge-Menü kochen oder einen Garten düngen muss, glaube ich, bin ich okay." Er sah skeptisch aus, also fügte sie hinzu: „Ich schwöre, es dir zu sagen, wenn's mir nicht gut geht. Und du weißt, wie ernst Drachenwandler ihre Schwüre nehmen."

Er nickte ohne Zögern. „Aye, das weiß ich." Er ließ ihr Gesicht los und nahm eine ihrer Hände in seine. „Jetzt muss ich nur noch meine Schwester überzeugen, herzuziehen. Dabei könnte ich deine Hilfe brauchen."

Sie hob die Brauen. „Meine Hilfe? Wie? Ich hab' sie doch noch nie getroffen."

Er zuckte mit den Schultern. „Sarah fühlt sich bei Frauen wohler als bei Männern, und das gilt bei Drachenwandlern wahrscheinlich doppelt so sehr. Sie wird Fragen haben und gegen unsere Lösung protestieren, aber wir müssen alles tun, um sie zu überzeugen, dass das langfristig die beste Wahl ist. Denn wenn die Jäger denken, sie können Familienmitglieder von allen bedrohen, die mit Drachenwandlern zu tun haben, wird's ziemlich schnell gefährlich. Ganz zu schweigen davon, dass das MDA irgendwann alle Paarungen zwischen Menschen und Drachen stoppen könnte, wenn die Sache zu sehr aus dem Ruder läuft. Wir müssen das jetzt im Keim ersticken."

Er hatte recht. Erst in den letzten Jahren hatten in Großbritannien immer mehr Menschen begonnen, Drachenwandler als Gefährten zu nehmen. Wenn bekannt würde, dass jeder Mensch, der mit einem Drachenwandler zu tun hatte, über seine erweiterte Familie zum Ziel der Jäger werden konnte − vor allem, wenn dabei Leute verletzt oder sogar getötet würden −, würde das MDA wahrscheinlich weiteren Menschen verbieten, bei den Drachenclans zu leben. Ende der Geschichte.

Sie nickte und sagte: „Dann geh voraus, und ich tue, was ich kann. Nur vielleicht nicht rennen, aye? Ich bin mir nicht sicher, ob mein Magen das mitmachen würde."

Er hob ihre Hand an seine Lippen und küsste

ihren Handrücken. „Natürlich, Liebes. Lass uns gehen.“

Er führte sie aus dem Lagerhaus zum Hauptgebäude der Beschützer. Ob wegen der Dringlichkeit oder einfach, weil er nachdachte, Lachlan schwieg.

Aber Cat machte das nichts aus. Seine Familie könnte in Gefahr sein, also musste er sich natürlich darauf konzentrieren.

Ihr Drache sagte: *Wir sind auch seine Familie.*

Aye, aber abgesehen von einem flauen Magen geht's uns gut. Wenn du Lachlan so magst wie ich, dann sei still, wenn ich mit seiner Schwester rede, aye? Ich bin mir nicht sicher, was blitzende Drachenaugen bei ihr anrichten würden.

Ihr Tier seufzte. *Von mir aus.*

Auch wenn ihr innerer Drache genervt klang, wusste Cat, dass es gespielt war. Drachen schätzten Familie meist – besonders in Lochguard. Und ihr Tier wollte Lachlans Schwester nicht verletzen, wenn es das vermeiden konnte. *Keine Angst, ich sorge dafür, dass du extra Aufmerksamkeit kriegst, wenn es sicher ist. Als Wiedergutmachung dafür, dass du jetzt still sein musst.*

Vielleicht kraulen Sarahs Söhne mir die Ohren. Ich könnte ein paar mehr Leute gebrauchen, die das machen.

Wir werden sehen, Drache. Wir werden sehen.

Es dauerte nicht lange, bis sie den Raum erreichten, von dem Cat annahm, dass Sarah darin wartete. Lachlan klopfte einmal, und sie traten beide ein.

Obwohl sie Fotos gesehen hatte, sah seine

Schwester ihm in echt noch ähnlicher — dieselben dunklen Haare, vorsichtigen blauen Augen und die ein wenig zu lange Nase. Ihre Haut war ein bisschen weniger blass, aber Cat wusste von Lachlan, dass die Menschenfrau gern im Garten arbeitete und wahrscheinlich mehr Zeit in der Sonne verbrachte. Sie war auch deutlich kleiner als ihr Bruder.

Sobald sie im Raum waren und die Tür wieder zu, deutete Lachlan auf sie. „Sarah, das ist meine Verlobte, Cat MacAllister. Cat, das ist meine Schwester Sarah."

Sarah runzelte die Stirn, bevor ihr Blick zu dem Tattoo an Cats Oberarm huschte und dann zurück zu ihrem Bruder. „Eine Drachenwandlerin ist deine Verlobte? Wann habt ihr euch verlobt?"

Offenbar hatte Lachlan, als er seine Schwester angerufen hatte, nicht viel erzählt. Cat fragte sich, ob Sarah überhaupt wusste, dass sie schwanger war. Darüber würde sie später definitiv mit Lachlan reden.

Er antwortete nur: „Vor Kurzem."

Seine Schwester musterte Cat ein paar Augenblicke lang, und sie überlegte, was sie tun sollte. Schweigen war nicht ihre Art, und doch wollte sie die Menschenfrau nicht erschrecken. Oder, schlimmer noch, einen schlechten Eindruck hinterlassen. Wenn sie Sarah überzeugen wollten, in Lochguard zu bleiben, mussten sie dafür sorgen, dass sie ruhig und offen blieb.

Ihr innerer Drache rührte sich, blieb aber still.

JESSIE DONOVAN

Normalerweise trafen sie Entscheidungen zusammen oder besprachen sie zumindest.

Diesmal musste sie einfach ihrem Instinkt folgen. Sie entschied, dass Reden helfen würde. „Ich liebe deinen Bruder, Sarah."

Die Menschenfrau runzelte die Stirn. „Warum ist das jetzt wichtig?"

Sie beschloss, es locker zu halten. „Aye, na ja, nur damit du weißt, dass ich ihn nicht entführt und gefangen gehalten habe, um ihn zur Heirat zu zwingen."

Lachlan begegnete ihrem Blick und schüttelte den Kopf, obwohl sie den Funken Belustigung in seinen Augen sehen konnte. Er sagte: „Ich würde gern eines Tages sehen, wie du versuchst, mich zu entführen, Liebes. Du bist stark, aber *so* stark?"

Sie schmunzelte ihn an, aber Sarahs Stimme lenkte ihre Aufmerksamkeit auf sich. „Du bist wirklich anders, Lachlan."

Er sah ihr in die Augen und nickte. „Wegen Cat."

Sie wollte sagen, dass es nicht nur ihretwegen war, dass Lachlan sich endlich erlaubt hatte, auf die Zukunft zu hoffen, aber Sarahs Stimme hinderte sie daran. „Und obwohl ich mich für dich freue, wirklich, bin ich mir nicht sicher, wie sie mir helfen soll. Es sei denn, sie arbeitet mit dem Clanführer zusammen?"

Lachlan antwortete: „Nein, tut sie nicht. Aber ich habe mit Finn geredet, und um alles zu regeln, brauche ich Cats Hilfe."

Sarahs Blick wurde misstrauisch, und Cat hatte das Gefühl, dass Lachlan vielleicht ein bisschen zurückweichen wollte, um seine Schwester zu schützen. So sehr sie ihn dafür liebte, dass er an Sarahs Gefühle dachte, schien Sarah aus härterem Holz geschnitzt zu sein, als Lachlan wahrscheinlich ahnte. Immerhin war sie bereit gewesen, ihrem Bruder in seiner dunkelsten Stunde gegenüberzutreten und ihm zu helfen, auch wenn es bedeutete, verletzt zu werden.

Also sprang Cat ein. „Ich glaube, es hilft uns allen, wenn ich direkt bin und alles auf den Tisch lege. Lachlan hat einen Weg gefunden, deine Familie zu schützen. Wir ziehen unsere Paarungszeremonie vor – das Äquivalent zu einer menschlichen Hochzeit – und holen deine Familie nach Lochguard. Ihr bleibt eine Weile hier, was gestattet wird wegen der familiären Verbindung zu Lachlan, bis alles geklärt ist. So können die Jäger euch nichts tun, und sie lernen auch, dass Einschüchterung bei uns nicht funktioniert. Zumindest nicht immer."

Sarah begegnete dem Blick ihres Bruders. „Wovon redet sie?"

Ihr Drache wollte etwas sagen, als er die Abweisung hörte, aber Cat schickte ihrem Tier besänftigende Gedanken.

Während ihr Drache sich beruhigte, antwortete Lachlan: „Es ist der beste Weg, Sarah. Langfristig gesehen, wenn wir den Forderungen der Jäger nachgeben, bedeutet das, dass sie die Taktik immer wieder anwenden, bis jeder, der mit einem Drachenwandler zu tun hat, zum Ziel wird. Und wenn das passiert, wird all der Fortschritt der letzten Jahre zunichte gemacht."

Sarahs größtenteils gefasste Fassade bröckelte ein Stück, und sie griff nach Lachlans Hand. „Kannst du es nicht einfach dieses eine Mal absagen? Rob wird niemals bei Drachenwandlern leben, und … und …"

Lachlans Stimme war sanft, als er fragte: „Was? Da ist etwas, das du mir nicht sagst."

Sarah schluckte, und jeder Instinkt in Cat wollte die Frau umarmen.

Und doch wusste sie nicht, ob sie es sollte.

Es war verdammt schwer für sie, sich vorzustellen, wie Trost jemanden erschrecken oder sich unwohl fühlen lassen könnte, aber sie hatte das Gefühl, dass es bei den MacKintosh-Geschwistern so war. Na ja, zumindest bei Fremden, und Cat war definitiv eine Fremde für Sarah.

Sie widerstand kaum dem Drang, eine Hand auf ihren Bauch zu legen und ihrem Kind zuzuflüstern, dass sie es liebte – schon jetzt.

Sarah sagte endlich: „Rob hat Schulden, eine Menge, bei ein paar gefährlichen Leuten." Ihre Stimme wurde noch leiser. „Er hat ein Glücksspielproblem. Er versucht, sich zu bessern, stolpert aber immer wieder. Ich habe das Gefühl, dass diese zwielichtigen Typen seiner Familie nachstellen, bis er zahlt, wenn er einfach verschwindet und zu einem Drachenclan zieht."

Verdammt! Zum ersten Mal erkannte Cat, wie einfach ihr Leben in Lochguard war.

Und alle Probleme mit ihrer Mutter kamen ihr im Vergleich extrem banal vor.

Lachlan drückte Sarahs Hand. „Warum hast du mir das nicht früher gesagt?"

Sie schaute zur Seite und wich seinem Blick aus. „Ich habe deine Sucht so leicht erkannt und gekämpft, bis du Vernunft annimmst. Bei Rob habe ich es komplett übersehen, bis er so tief drin war, und selbst dann konnte ich ihn nicht dazu überreden, sich regelmäßig Hilfe zu holen." Ihre Stimme wurde noch leiser. „Ich habe mich geschämt, vor allem, weil ich von seinem Problem erfahren habe, kurz nachdem ich über eine Scheidung nachgedacht habe."

LACHLAN HATTE SEIN BESTES GEGEBEN, ruhig und gefasst zu bleiben. Aber bei der Enthüllung seiner Schwester und dem Bruch in ihrer Stimme zog er sie in eine Umarmung und hielt sie ein paar Augenblicke lang fest.

Im Nachhinein sah er, wie seine Isolation und der erzwungene Abstand – und wie er gedacht hatte, beides würde denen helfen, die er liebte – das Gegenteil bewirkt hatten.

Bis zu dem Punkt, dass seine Schwester in Schwierigkeiten geraten war und nicht einmal auf die Idee gekommen war, ihn um Hilfe zu bitten.

Er war sich nicht sicher, was zur Hölle er jetzt tun konnte, aber er musste etwas tun. Doch zuerst brauchte er alle Fakten.

Nach ein paar Herzschlägen lehnte er sich endlich zurück, bis er Sarahs Gesicht sehen konnte. „Du musst dich nicht schämen, Sarah." Er ließ sie los und fuhr fort: „Wir kennen uns schon unser ganzes Leben, aye? Ich stelle mir vor, es ist leichter, etwas zu bemerken, wenn man jemanden länger kennt. Selbst nach all der Zeit kennst du Rob gerade mal ungefähr zehn Jahre. Und ausgehend von den wenigen Malen, die ich mit dem Kerl zu tun hatte, ist er nicht gerade direkt."

Es sei denn, er musste seine Frau oder Kinder für etwas verantwortlich machen. Aber Lachlan hielt es für besser, das jetzt nicht zu erwähnen.

„Vielleicht", murmelte Sarah.

Er hasste es, wie niedergeschlagen seine Schwester klang.

Er musste sie definitiv nach Lochguard holen – nicht nur wegen der Jäger, sondern damit er sicherstellen konnte, dass ihr Bastard von Mann ihr nicht weiter schadete.

Konzentrier dich erst einmal auf die aktuellen Probleme. Er drückte sanft ihre Schulter und sagte: „Was ich jetzt brauche, sind alle Fakten über Rob und seine Schulden. Was du weißt – Namen, Beträge, Orte, wo er hingeht, alles, was helfen könnte."

Sie schaute wieder zu ihm hoch, ihre Augen wirkten viel müder, als sie für eine Frau unter dreißig sein sollten. „Warum? Was kannst du tun?

Es sei denn, du hast plötzlich ein Vermögen, von dem ich nichts weiß – nur Geld löst dieses Problem."

Er wollte gerade sagen, er würde sich etwas einfallen lassen, als Cat sich einschaltete. „Du lebst doch in Glasgow, aye?" Sarah nickte, und Cat fuhr fort: „Lochguard hat Kontakte in den größeren Städten Schottlands. Ich kenne nicht alle Details, aber ich weiß, dass sie existieren. Wenn du mit ein paar unserer Clanmitglieder redest, können die wahrscheinlich helfen." Sie zögerte, aber bevor Lachlan fragen konnte, was sie meinte, fügte Cat hinzu: „Wir sammeln Gefallen. Ich glaube, die meisten Drachenwandler tun das, aber besonders Lochguard in den letzten Jahren. Wenn du zustimmst, herzuziehen – zumindest für eine Weile –, bin ich sicher, mein Clanführer findet einen Weg, deine Familienmitglieder vor den Glücksspielschulden deines Mannes zu schützen."

Er musterte Cat einen Moment lang. Trotz allem, was Lachlan über Drachenwandler zu wissen geglaubt hatte, schien er jeden Tag noch hinzuzulernen.

Ein anderer wäre vielleicht wütend über die Geheimnisse gewesen, aber er wusste besser als jeder, dass Vertrauen schrittweise kam. Und allein die Tatsache, dass Cat jetzt davon erzählte – auch wenn sie es vielleicht nicht sollte –, sagte ihm, wie sehr sie helfen wollte.

Er konzentrierte sich wieder auf seine Schwester. „Du kannst Nein sagen und gehen, aber dann kann ich dir nicht helfen, Sarah. Bitte überleg's dir, aye? Du hast so hart gekämpft, um mir zu helfen, als ich es gebraucht habe. Vertrau mir jetzt, dasselbe zu tun."

Seine Schwester sah ihm in die Augen, und er wünschte sich, sie würde sehen, dass das der einzige Weg war. Selbst wenn er das Event absagte, hätte sie immer noch das Problem mit der Spielsucht ihres Mannes. Wenn ihr Mann in Lochguard wäre, könnte Lachlan ihn im Gespräch vielleicht dazu bringen, zu erkennen, dass er ein Problem hatte, und ihn sanft überzeugen, sich Hilfe zu suchen. Vielleicht sogar irgendwann ein Treffen mit ihm besuchen, da es nicht in allen nur um Alkohol ging, sondern um die Genesung von einer Sucht im Allgemeinen.

Sarah antwortete endlich mit leiser Stimme: „Ich würde gern Ja sagen, aber Rob wird niemals hier leben. Auf keinen Fall." Sie blickte nervös zu Cat und dann zurück zu ihm. „Er hasst Drachenwandler. Als er einmal betrunken war und eingeschlafen ist, hat er was davon gemurmelt, einen zu fangen, um seine Schulden zu tilgen. Ich – ich würde ihm hier nicht trauen."

Lachlan widerstand dem Drang, die Finger zu Fäusten zu ballen. Sein Schwager war mehr als nur ein Arschloch. Er war ein verdammter egoistischer Bastard, der seiner Schwester auf seine eigene Weise geschadet hatte.

Und wieder verfluchte er sich, die Welt zu lange ignoriert zu haben.

Aber das war Vergangenheit. Er konnte nur versuchen, jetzt für seine Schwester da zu sein.

Was tatsächlich nur eine Option ließ. Er holte tief Luft und fragte leise: „Wenn du nicht von seinem Problem erfahren und dich schuldig gefühlt hättest, hättest du ihn verlassen?"

Sarah schaute zu Boden und zupfte am Stoff ihrer Jeans. „Ich weiß nicht. Vielleicht." Sie sah wieder auf. „Aber ich kann ihn jetzt nicht einfach verlassen. Du hast den Brief gesehen – sie bringen ihn um. Und egal, was ich denke, er ist immer noch der Vater meiner Jungs."

Eine Idee traf ihn. Eine, die vielleicht hart war, aber verdammt viel besser als sterben. Er drehte sich zu Cat. „Ihr habt hier Gefängniszellen, oder?"

„Aye, aber –"

„Dann bringen wir Rob her und sperren ihn ein, während wir den verdammten Schlamassel aufräumen, den er verursacht hat. Er kann niemanden umbringen oder weglaufen, und der Mistkerl bleibt am Leben." Er drehte sich zu seiner Schwester. „Du bleibst hier, Sarah. Ich lasse Finn jemanden schicken, der deine Jungs holt, und jemand anderen für Rob. Es ist ja nur vorübergehend. Und bevor du sagst, die Schuldeneintreiber fangen an, Leute umzubringen, finden wir raus, was zu tun ist, bevor das passiert." Schweigen breitete sich aus, und er schaute zwischen den beiden Frauen hin und her. „Es sei denn, ihr habt andere Ideen?"

Beide schüttelten den Kopf. Er grunzte und

sagte: „Aye, dann lasst uns loslegen. Je schneller alle in Sicherheit sind, desto schneller können wir überlegen, wie wir alles hinbekommen." Er ging zur Tür. „Cat, bleib hier bei Sarah. Ich bin gleich wieder da."

Bevor eine der Frauen protestieren konnte, ging Lachlan hinaus und machte sich auf den Weg zurück zu Finn. Es schien, als müsste er um Gefallen betteln, aber es gab keinen anderen Weg, seiner Familie zu helfen.

Und zum ersten Mal würde Lachlan der Fels sein, den seine Schwester brauchte. Es würde nicht die Hölle wiedergutmachen, die er ihr jahrelang zugemutet hatte, aber es war zumindest ein Anfang.

Als Lachlan den Raum verließ, runzelte Cat die Stirn. Sie bewunderte ihn dafür, dass er seiner Schwester helfen wollte, aber seinen Schwager in Lochguard gefangen halten? Wirklich?

Ihr Drache murmelte: *Ich stimme ihm zu. Es ist der einzige Weg.*

Sarah keuchte, und Cat trat sich innerlich in den Po. Ihre Pupillen hatten geblitzt, als ihr Drache gesprochen hatte – was die meisten Menschen am Anfang erschreckte.

Sie rechnete mit Angst im Gesicht der Frau, aber da war nur Überraschung.

Weil sie Sarah von dem – wenn auch vorübergehenden – Umbruch in ihrem Leben ablenken wollte, fragte Cat: „Hast du schon mal einen Drachenwandler getroffen?"

Sarah zögerte, bevor sie antwortete: „Nur einmal, und das war Zufall."

Na ja, zumindest war ein zufälliges Treffen besser als nie. Trotzdem fügte Cat hinzu: „Wir sind nicht alle schlecht, trotz dem, was bestimmte Leute sagen. Aber wenn du eine Weile hierbleibst, solltest du vielleicht ein paar deiner Fragen jetzt stellen. Über Drachen, meine ich. Wir müssen warten, bis Lachlan zurückkommt, bevor wir auch nur anfangen können, das große Ganze zu klären."

Sarah zögerte wieder, und Cat widerstand dem Drang, die Frau zum hundertsten Mal zu beruhigen. Sie würde definitiv versuchen, sich so gut es ging mit Lachlans Schwester anzufreunden, während sie in Lochguard blieb. Vielleicht brauchte das Mädchen einfach eine Freundin.

Sarah fragte endlich: „Das mit deinen Augen – ist das normal?"

Sie lächelte. „Aye, es bedeutet, dass ich gerade mit meinem inneren Drachen rede. Ich habe zwei Persönlichkeiten in meinem Kopf, und wir unterhalten uns gern miteinander."

„Ich kann mir das nicht vorstellen, die ganze Zeit eine andere Stimme im Kopf zu haben."

Sie zuckte mit den Schultern. „Wenn man so geboren wird, gewöhnt man sich dran."

Einen Moment lang sagte Sarah nichts, doch dann fragte sie: „Kann ich es nochmal sehen?"

Ihr Drache schnaubte. *Ich bin doch kein dressierter Zirkusaffe.*

Pst. Das Leben dieser Frau bricht gerade zusammen. Muntere sie ein bisschen auf, aye? Außerdem hast du sowieso schon geredet und es ihr gezeigt.

Ihr Drache grunzte und schwieg.

Sarah kam einen Schritt näher. „Ich wünschte, wir hätten uns unter besseren Umständen kennengelernt. Zugegeben, ich habe meinen Bruder eine Weile nicht gesehen, aber er wirkt besser. Glücklicher. Weniger wütend. Ich vermute, das hat viel mit dir zu tun."

Cat lächelte die Menschenfrau an. „Ein bisschen ist es wahrscheinlich meinetwegen, da ich nicht gerade schüchtern bin, wenn es um Fragen geht. Und ich glaube, Lachlan hat das gebraucht – jemanden, der extrovertierter ist, der ihn aus seinem Schneckenhaus holt. Aber noch ausschlaggebender war die Akzeptanz, denke ich. Meine Brüder haben ihn schon auf ihre Weise in die Familie aufgenommen. Und meine Schwester hält ihn über den Clan-Klatsch auf dem Laufenden. Ehrlich gesagt sind wir ein bisschen wie ein Wirbelsturm – nur dass wir keine Zerstörung verursachen, sondern versuchen, Leute zum Lachen zu bringen oder dazu, über uns die Augen zu verdrehen, mit vielleicht einer Prise Irritation." Sie riskierte es, Sarahs Hand zu nehmen, und seufzte innerlich erleichtert auf, als die Frau sie nicht wegzog. „Du wirst auch willkommen sein. Ob es dir gefällt oder nicht, also warne ich dich nur vor."

Die Menschenfrau lächelte sanft, und Cat betrachtete das als Erfolg.

Und während sie Sarahs Fragen beantwortete, entspannte sich die Frau Stück für Stück. Aye, da war immer ein Hauch von Sorge in ihrem Blick, und die Frau zeigte ihre Nervosität, wenn sie an ihrer Kleidung zupfte, aber es war immer noch etwas.

Es würde eine Zeit dauern, Lachlans Schwester für sich zu gewinnen, aber es war ein Anfang. Sie hoffte nur, dass Sarah genauso angenehm bleiben würde, sobald sie gezwungen war, eine Weile in Lochguard zu leben. Selbst wenn es bedeutete, dass ihre Familie geschützt war, wäre Sarah eine Art Gefangene.

Cat gefiel die Idee immer noch nicht, dass Lachlan diesen Rob einsperren wollte. Aber sobald der Mensch in Lochguard war, würde Cat versuchen, mehr über den Mann herauszufinden. Ihr Drache wäre ohnehin ein besserer Menschenkenner.

Aber sie konnte nichts davon tun, bis alle sicher und wohlbehalten in ihrem Clan waren. Also konzentrierte sich Cat auf Sarahs Fragen und darauf, ihren Magen im Zaum zu halten und tat so das Wenige, das sie konnte, um Lachlan mit seiner Schwester zu unterstützen.

Kapitel Achtzehn

Sylvia MacAllister löschte die Küchenlichter ihres Restaurants und ging in den Gastraum, um abzuschließen – wie fast jeden Abend. Doch kaum betrat sie den Raum, sah sie Cat am Tisch beim Fenster sitzen und in den dunklen Garten hinausstarren.

Der Anblick ihrer Ältesten brachte immer eine Mischung aus Freude und Schuldgefühl. Sylvia wusste, dass sie Cat in den Jahren seit dem Tod ihres Gefährten viel Verantwortung aufgebürdet hatte, und doch war sie auch unendlich stolz darauf, wie gut ihre Tochter das gestemmt hatte.

Ihr Drache meldete sich. *Wir haben unser Bestes getan. Früher sind manche Drachen ihrem wahren Gefährten in den Tod gefolgt. Das wäre schlimmer gewesen.*

Sylvias Trauer war allesverzehrend gewesen, als ihr Gefährte ermordet worden war. Sie hatte sich jung gepaart, jung Kinder bekommen, und seit sie Arthur im Alter von sechzehn Jahren kennengelernt hatte, war er das stabile, verlässliche Zentrum ihres Lebens gewesen – derjenige, der sie zum Lachen bringen konnte, wenn sie es am meisten brauchte.

Ihn zu verlieren war, als hätte sie die Hälfte ihrer Seele verloren.

Endlich antwortete sie ihrem Tier: *Trotzdem, auch wenn wir der alten Tradition nicht gefolgt sind, war es unfair Cat gegenüber. Sie war gezwungen, schneller erwachsen zu werden, als gut für sie gewesen wäre.* Sie hielt inne und fügte hinzu: *Ich muss für unser ungeborenes Kind mehr leisten und Cat zeigen, dass ich das schaffe.*

Es schmerzte Sylvia, auch nur daran zu denken, ihre Tochter davon überzeugen zu müssen, aber es stimmte. Zwar hatte sie irgendwann die Trauer um den Mord an ihrem Gefährten überwunden, doch eine mysteriöse Krankheit und der darauffolgende Verfall hatten sie in den letzten Jahren wieder in eine Depression gestürzt.

Aber die eine Nacht, die sie vor all den Monaten in Glasgow mit einem Menschenmann verbracht hatte, hatte alles verändert.

Und als sie eine Hand auf ihren immer größer werdenden Bauch legte, war sie fast dankbar für den One-Night-Stand – und mehr als nur wegen ihres Kindes. Er hatte sie zum Lachen gebracht, sie sich schön fühlen lassen und gezeigt, dass sie mit einem anderen Mann zusammen sein konnte, ohne sich schuldig zu fühlen.

Aye, sie wusste nicht genau, wo er wohnte – die Gegend um San Francisco war groß – oder wie sie ihn erreichen konnte. Aber zumindest hatte sie diese

Nacht gehabt, und vielleicht konnte sie in der Zukunft jemanden finden. Nicht, um Arthur zu ersetzen, sondern um Platz in ihrem Herzen zu schaffen, um noch jemanden zu lieben, wenn sie Glück hatte.

Sie wäre nie zu dieser Erkenntnis gekommen, hätte der Mensch Sylvia nicht gezeigt, dass sie noch viel mehr Leben vor sich hatte.

Ihr Drache brummte. *Natürlich haben wir das. Du hast mir nie zugehört.*

Hab' ich, Liebes. Aber … ich weiß, du bist immer auf meiner Seite. Es brauchte einen Fremden, um mir klarzumachen, dass es mehr war als nur mein Drache, der mich unterstützen wollte.

Ihr Tier seufzte. *Egal wie es passiert ist, es ist gut. Denn bald haben wir noch ein Kind zu lieben.*

Obwohl sie bei dem Gedanken, nochmal ein Kind großzuziehen, erschöpft war – diesmal war sie in ihren Vierzigern, kein Teenager und auch nicht mehr Anfang zwanzig –, konnte sie nicht anders, als ihren Bauch zu reiben und einen Schub Liebe zu spüren. *Und diesmal tue ich alles, um für ihn oder sie da zu sein.*

Nicht nur, weil das unverhoffte Kind ihr Leben wahrscheinlich gerettet hatte, laut den Ärzten.

Cat bemerkte endlich ihre Anwesenheit und sah lächelnd zu ihr auf. „Bist du müde, oder kannst du ein bisschen plaudern?"

Sie ließ sich etwas ungelenk auf den Stuhl gegenüber ihrer Tochter gleiten – und sie wusste, dass der sechste Monat nichts war im Vergleich zu dem Umfang, den sie im achten oder neunten haben würde. Sie antwortete: „Natürlich kann ich mich unterhalten, Liebes. Ich habe das von der Schwester deines Gefährten gehört und dass ihre Familie herkommt. Wolltest du darüber reden?"

Cat blinzelte. „Woher weißt du das alles so schnell?"

Sie zuckte mit den Schultern. „Ich bin nicht so gut wie Lorna oder Meg, aber von den Gästen krieg ich meinen Anteil an Tratsch mit." Sie griff über den Tisch, nahm Cats Hand und drückte sie. „Du kannst mir alles erzählen, Catherine. Das weißt du."

Cat nickte. „Aye, weiß ich. Aber ich will nur ein bisschen sitzen und plaudern, bis mein Magen sich beruhigt und ich laufen kann, ohne dass mir schlecht wird. Ich bin jetzt auch schwanger, also weiß ich, dass man sich in der einen Sekunde gut fühlt und einem in der nächsten schlecht ist oder man sich erschöpft fühlt." Sie musterte Sylvias Gesicht. „Sag mir, wenn du müde bist, Mum. Ich meine es ernst."

Es war immer noch seltsam, zu denken, dass sie und ihre Tochter gleichzeitig schwanger waren.

Sie konzentrierte sich auf Cats Frage und antwortete: „Das Kind benimmt sich gerade, versprochen. Ich hab' das schließlich schon mal gemacht – und mehr als einmal, falls du dich erinnerst."

Cat schnaubte. „Zu meinem ewigen Frust, aye, das weiß ich nur zu gut."

Die Liebe in der Stimme ihrer Tochter sagte

Sylvia, dass die Worte nur Spaß waren. Sie hatte Glück, dass all ihre Kinder einander ziemlich nahestanden.

Ein Herzschlag verstrich, und Cat fragte: „Wirst du mir je vom Vater erzählen?"

Das Bild von einem großen Menschen, der sie küsste, während er ihre Hüfte streichelte, ihre Schenkel und dann dazwischen, blitzte in ihrem Kopf auf. Es kostete Sylvia alles, nicht rot zu werden.

Ihr Drache sagte: *Wir sollten ihn suchen.*

Sie räusperte sich und ignorierte ihr Tier, dann zuckte sie mit den Schultern. „Ich weiß selbst nicht viel. Aber es spielt keine Rolle. Das Kind hat mir vielleicht das Leben gerettet und meine Krankheit vertrieben – zumindest denken die Ärzte das gerade –, und mir eine zweite Chance gegeben." Sie drückte Cats Hand erneut. „Und diesmal werde ich die Mutter sein, die es verdient."

Cat runzelte die Stirn. „Fang nicht an, so was zu sagen. Du bist eine brillante Mutter, die unter den gegebenen Umständen ihr Möglichstes gegeben hat, und ich liebe dich. Ich würde keine andere wollen."

Bei ihren Worten traten Sylvia Tränen in die Augen. „Du hattest mehr verdient nach dem Tod deines Vaters, und das weißt du. Aber jetzt hast du dein eigenes Kind, um das du dich kümmern musst. Das wird dich genug beschäftigen, sodass du dir keine Sorgen mehr um mich machen musst." Sie lächelte. „Ich gebe zu, ich hätte nie gedacht, dass das passiert – dass wir Kinder haben, die im Alter so nah beieinander sind. Ich werde gleichzeitig Großmutter und nochmal Mutter."

Cat schmunzelte. „Du bist immer noch ziemlich jung und hübsch für eine werdende Großmutter." Sie beugte sich ein bisschen vor. „Hoffen wir einfach, dass keine von uns Zwillinge kriegt, sonst werden es zu viele neue MacAllisters auf einmal, und wir wissen beide, dass es schon genug von uns gibt."

Sylvia schüttelte den Kopf. „Ich hatte schon Zwillinge, und so sehr ich Ian und Emma liebe, aber einmal reicht. Nicht nur wegen der zusätzlichen Arbeit – ich war am Ende so groß wie ein kleiner Lastkahn."

Einen Moment lang herrschte Schweigen, und Cat rutschte auf ihrem Stuhl herum. Sylvia erkannte das als ein Zeichen dafür, dass Cat sich wegen etwas ein wenig unbehaglich fühlte und überlegte, wie sie es sagen sollte. Doch bevor sie fragen konnte, platzte Cat heraus: „Tut mir leid, dass ich in den letzten Monaten und all die Male davor gemeckert habe. In letzter Zeit hab' ich gemerkt, wie gut ich es eigentlich hatte im Vergleich zu anderen."

Sie musterte ihre Tochter und fragte leise: „Du meinst wie dein Mann und seine Schwester?"

Cat nickte, während sie mit dem Finger Muster auf den Tisch malte. „Ich weiß, wir hatten es schwer nach Dads Tod, aber er hat uns geliebt bis zu dem Tag, an dem es passiert ist."

Die Erinnerungen ließen sie lächeln. „Aye, dein

Vater war etwas Besonderes. Liebevoll, charmant und in der Lage, meinem Vater die Stirn zu bieten – was schon etwas heißen will."

Cat schmunzelte erneut. „Angesichts der Tatsache, dass sein Vater Grandpa Archie ist, muss deiner ein Kinderspiel gewesen."

Sylvia lachte leise. „Du erinnerst dich nicht mehr gut an meinen Vater, weil er gestorben ist, als du noch ganz klein warst, aber er war einschüchternd. Ein Beschützer, der nicht viel redete, aber wenn, dann hat man zugehört. Er hat deinem Vater tatsächlich gedroht, ihm einen Stein ans Bein zu binden und ihn in die Nordsee zu werfen, falls er mich je traurig macht. Und weißt du, was dein Dad darauf gesagt hat?" Cat schüttelte den Kopf, und Sylvia lachte bei der Erinnerung. „Dafür sollte er wohl besser ein Stahlseil nehmen, sonst schneidet er das Seil einfach mit einer Kralle durch und fliegt direkt zurück zu mir."

Cat schnaubte. „Typisch Dad, Vorschläge zu machen, wie man seine eigene Ermordung besser plant."

Ein Schub Sehnsucht durchflutete Sylvias Körper. Sie vermisste es, einen Mann zu haben – einen besten Freund, einen Gefährten im Leben.

Am meisten vermisste sie Arthur. Aber sie wusste, sie würde ihn nie zurückbekommen.

Ihr Drache meldete sich. *Ich sage immer noch, wir sollten diesen Menschen suchen. Er hat dich für eine Weile deine Traurigkeit vergessen lassen.*

Und wie genau? Außer seinem Namen, der Tatsache,

dass er Amerikaner ist und in irgendeinem Restaurant in San Francisco arbeitet, weiß ich fast nichts über ihn.

Ich wette, Ian und Emma könnten ihn finden, wenn du sie fragst.

Aye, und dann werden sie beim Hacken in wer weiß was erwischt und werden ins Gefängnis gesteckt. Nein, danke.

„Mum?" Sylvia begegnete wieder dem Blick ihrer Tochter. „Falls ich irgendwas tun kann, um dir zu helfen – beim Kind oder sonst was –, sag's einfach, aye?"

Da Sylvia ihre Tochter nicht bitten würde, einen Mann für sie zu finden, nickte sie nur. „Aye, mach ich. Ich vermisse es, so allein mit dir zu plaudern. Das müssen wir öfter machen."

Cat drückte ihre Hand. „Stimmt. So sehr ich meine Geschwister liebe, es ist schön, mal nicht mit vier anderen starken Persönlichkeiten konkurrieren zu müssen."

Sylvia lachte. „Du hast ja keine Ahnung. Versuch mal, mit euch allen in einem Raum zu konkurrieren."

Außerhalb ihres Restaurants war sie schüchtern und zurückhaltend, was in der weitverzweigten Familie ihres verstorbenen Gefährten fehl am Platz war. Ganz zu schweigen davon, dass sie auf ihrer Seite fast keine Familie mehr hatte, die noch lebte.

Sylvia war ganz einfach die Außenseiterin. Es störte sie nicht besonders, aber es konnte manchmal anstrengend sein, zu erklären, dass sie Zeit allein verbringen wollte – oder es besser gesagt brauchte.

Ihr Sohn Ian verstand das Bedürfnis nach Ruhe

und Stille mehr als der Rest, aber er war immer noch charmanter, als Sylvia sich je erhoffen konnte.

Ihr Drache seufzte. *Hör auf, nach Fehlern zu suchen. Ich glaube, das sind Ausreden, damit wir keinen anderen Mann suchen. Oder vielleicht sogar einen bestimmten Mann.*

Der Mensch aus San Francisco war extrovertiert und charmant gewesen. Und für einen Tag und eine Nacht war Sylvia jemand anderes gewesen – fast, als hätte in Glasgow mit Menschen auszugehen eine andere Seite von ihr hervorgelockt. Ob es war, weil sie Menschen waren oder einfach, weil sie nicht von Leuten umgeben war, die erwarteten, dass sie sich auf eine bestimmte Weise verhielt, wusste sie nicht.

Aber sie war nicht die, die sie zu Hause wirklich war. Er würde bald sehen, dass sie nicht die kühne, spontane Person war, die sie an dem Tag gewesen war. Und die Zurückweisung brauchte sie nicht.

Sie ignorierte sowohl ihr Tier als auch die Erinnerung an den mysteriösen Amerikaner und plauderte mit ihrer ältesten Tochter über alles und nichts. Und sie konnte nicht umhin zu bemerken, wie glücklich Cat war. Der wahre Gefährte ihrer Tochter hatte sich als genau das herausgestellt, was sie brauchte. Aye, er hatte ein bisschen Ärger nach Lochguard gebracht, aber nichts, womit der Clan nicht fertigwerden konnte.

Aber es ließ Sylvia erkennen, dass sie auch wieder solch ein Glück wollte.

Also, aye, es war Zeit, mit den Ausreden aufzuhören und ein paar Dinge für sich selbst zu tun. Ihre Kinder waren erwachsen, und sobald sie sich an eine Routine mit ihrem neuen Baby gewöhnt hatte, hatte sie noch den Rest ihres Lebens vor sich.

Und so sehr sie ihren verstorbenen Gefährten immer lieben würde, wusste sie, er hätte gewollt, dass sie ein bisschen Glück außerhalb ihrer Kinder fand. Und so beschloss Sylvia – erst zum zweiten Mal in einem Jahrzehnt (das erste Mal war ihr One-Night-Stand mit dem Menschen gewesen) –, mehr zu sein als nur eine Mutter. Sie war auch eine einsame Frau mit eigenen Bedürfnissen.

Es wurde höchste Zeit, etwas dagegen zu tun – solange es nicht mit einem bestimmten Menschen war, sondern mit jemandem, der wusste, wer sie war, und es akzeptierte.

Kapitel Neunzehn

Lachlan war sich nicht sicher, wie die Drachenwandler das hinbekommen hatten, aber irgendwie hatten sie seinen Schwager und seine beiden Neffen geschnappt und nach Lochguard gebracht, ohne dass irgendwer Alarm geschlagen oder die Polizei verständigt hatte.

Vielleicht wäre manch einer erleichtert darüber gewesen, aber es machte Lachlan nur noch bewusster, wie leicht es den Drachenjägern fallen würde, dasselbe zu tun.

Zumindest schien seine Schwester sich ein bisschen an Cat zu gewöhnen. Seine Drachenfrau hatte Sarah und ihren Söhnen geholfen, sich in einem vorübergehenden Cottage einzurichten, während Lachlan vergeblich versucht hatte, seinen Schwager zu besuchen.

Was nur damit geendet hatte, dass der Mann ihn angeschrien und alle Drachenwandler beschimpft hatte.

Er hatte gehen müssen, bevor er dem Bastard eine reingehauen hätte.

Auf dem Heimweg gab er sein Bestes, das Arschloch zu vergessen und sich auf den nächsten Punkt auf der nie endenden Liste an Aufgaben zu konzentrieren – Cat zur Gefährtin zu nehmen.

Lachlan erreichte Finns Cottage, klopfte, und Arabella, Finns Gefährtin, öffnete die Tür. Sie hob eine Augenbraue und sagte: „Du siehst scheiße aus.“

Ihre Worte brachten ihn zum Lächeln. Er mochte die Direktheit der Drachenfrau lieber als jede Art von Smalltalk. „Es waren lange vierundzwanzig Stunden.“

Sie trat beiseite, und ihre Pupillen blitzten, als er an ihr vorüberging. Sie sagte: „Hoffentlich nicht zu anstrengend. Das hier soll einer dieser ‚glücklichster Tag deines Lebens‘-Momente sein.“

Weil er nicht darauf eingehen wollte, dass der erste Kuss mit Cat alles ausgelöst hatte und eigentlich als der glücklichste Moment angesehen werden sollte, nickte er nur und folgte Arabella den Flur hinunter zu Finns Büro.

Drinnen war der Raum bis auf den letzten Platz gefüllt mit Cats Geschwistern, ihrer Mutter, Finn, Faye und Grant und sogar einem kleinen blonden Kind, das er als Finns und Arabellas Tochter Freya kannte.

Die kleine Freya starrte ihn an und lächelte.

Er musste müde sein, denn das Kind war kaum ein Jahr alt und wirkte viel zu intelligent für sein Alter.

Er schaute sich um und entdeckte schließlich Cat in der Ecke neben einem kleinen Tisch. Sie trug ein langes, fließendes Kleid in Dunkelblau. Auf den ersten Blick wirkte es züchtig, aber der seidene Stoff zeichnete jede Kurve ihres Körpers nach und überließ kaum etwas der Fantasie.

Mit einem Knurren ging er zu ihr und stellte sich so hin, als wollte er sie vor dem Raum abschirmen. Er flüsterte: „Warum trägst du ein verdammtes Nachthemd in einem Raum voller Leute?"

Einer ihrer Mundwinkel zuckte nach oben. „Das ist Lochguards formelle Kleidung. Das solltest du wissen, Mr. MDA-Experte."

„Ich war noch nie bei einer formellen Drachenveranstaltung." Er brachte den Mund an ihr Ohr und murmelte: „Aber falls ich in Zukunft welche besuchen muss, kommen Rüschen dran. Oder vielleicht extra Schichten. Viele. Damit andere Männer nicht starren."

Sie lachte, aber es war Finn, der antwortete: „Wenn du denkst, ihr Kleid ist schlimm, ist dir schon klar, dass Drachenwandler *nackt* sind, wenn sie wandeln, aye?"

Lachlan schwang den Blick zum Clanführer und starrte ihn finster an. Unverwandt.

Arabella stellte sich neben Finn, berührte seinen Arm und seufzte. „Provozier ihn nicht, Finn. Er ist ein Mensch, erinnerst du dich? Die sind prüde und leicht zu beschämen."

Lachlan war nicht in Stimmung für das übliche

Necken, aber er spürte Cats Hand an seiner Wange, und sie drehte vorsichtig seinen Kopf zurück, bis er ihrem Blick begegnete. Sie küsste ihn sanft und flüsterte: „Konzentrier dich einfach auf mich, aye? Paarungszeremonien sind normalerweise nur zwischen zwei Personen."

Sie hielten ihre Zeremonie in einem kleinen, überfüllten Raum ab, da alles überstürzt hatte gehen müssen, um seiner Schwester zu helfen.

Lachlans Ärger verflog, und er rieb seine Wange an ihrer. „Ich mach's wieder gut, versprochen."

Sie strich mit einem Finger an seinem Hals entlang. „Da gibt's nichts wiedergutzumachen. Ich liebe dich, weißt du noch?"

Ohne sich darum zu scheren, wer noch im Raum war, nahm Lachlan ihre Lippen in einem verzweifelten Kuss, leckte, kostete, brauchte ihre beruhigende Präsenz, um seine schlimmsten Impulse zu kontrollieren.

Als er Cat endlich wieder Luft holen ließ, atmeten beide angestrengt, und ihre Wangen waren gerötet.

Jemand jubelte, aber er ignorierte es. Er murmelte: „Ich liebe dich", küsste sie sanft und fragte: „Was machen wir? Beim MDA bringen sie uns die Feinheiten von Paarungszeremonien nicht bei."

Sie drehte sich um und nahm einen Armreifen aus einer Schachtel auf dem Tisch. Er war silbern und mit Zeichen graviert, die er als die alte Drachensprache kannte, aber nicht lesen konnte.

Als Cat seinen Blick auf den Armreif bemerkte, erklärte sie: „Das ist mein Name in der alten Sprache. Nachdem ich meinen Teil gesagt habe – so wie Ehegelübde bei Menschen –, lege ich ihn dir an. Du machst dasselbe bei mir, nur dass auf meinem Armreif dein Name steht."

Es wirkte fast mittelalterlich, Cat buchstäblich mit seinem Namen zu beanspruchen. Und doch gefiel ihm die Idee, dass sie einander gehören würden.

Obwohl es genau genommen nicht stimmte, dass eine Paarungszeremonie nur zwischen zwei Personen war – das MDA war schließlich bei jeder Paarung zwischen Menschen und Drachen involviert –, war der Austausch der Armreife wirklich nur für sie beide.

Cat lächelte ihn an und wartete, bis alle verstummten. Als Schweigen herrschte, sagte sie: „Lachlan MacKintosh, als wir uns das erste Mal trafen, spürte ich eine seltsame Anziehung zu dir. Es ergab keinen Sinn, da du so zurückhaltend warst und ich das komplette Gegenteil. Aber in diesen Unterschieden haben wir, glaube ich, mehr von uns selbst entdeckt und ermutigt, mehr von dem zu sein, was wir sein wollten. Auch wenn unsere Reise gerade erst begonnen hat, bin ich besser, weil ich dich kenne, Lachlan. Ich liebe dich und kann's kaum erwarten, unsere Familie zu haben, wenn unser Kind kommt. Akzeptierst du meinen Gefährtenanspruch?"

Er nickte, und Cat legte das kühle Metall um

seinen Arm, während ihre Pupillen blitzten. Sie hatte gesagt, die Zeremonie sei nur zwischen zwei Leuten, aber in Wahrheit waren es drei – mit ihrem Drachen.

Sie sah wieder zu ihm auf, bevor sie die Augen zu dem anderen Armreif und zurück huschen ließ, was ihm sagte, dass er dran war.

Er räusperte sich, nahm den silbernen Armreif und sagte: „Ich habe dieselbe Anziehung gespürt, von der du gesprochen hast, Cat MacAllister. Allerdings hat sie mehr getan als nur mein Interesse geweckt – sie hat mich ehrlich gesagt zu Tode erschreckt. Mein Leben bestand aus Aufgaben, Fristen und Zeitplänen, um mich in der Spur zu halten. Ich hielt das für den einzigen Weg, zu leben und nicht wieder in die dunkelsten Tiefen meiner selbst abrutschen zu können. Doch es brauchte eine temperamentvolle Drachenfrau, um mir zu zeigen, dass die Isolation mir mehr geschadet hat als alles andere. Liebe, Freundschaft und sogar ein bisschen Spaß haben mir mehr geholfen als alles, was ich in fast zehn Jahren getan habe, um nüchtern zu bleiben. Ich hätte nie gedacht, dass ich je ein Vater sein würde, aber jetzt kann ich mir nicht mehr vorstellen, kein Kind mit dir zu bekommen. Aye, ich habe immer noch Angst, aber aus anderen Gründen. Ich liebe dich, Catherine MacAllister. Akzeptierst du meinen Gefährtenanspruch?"

„Das tue ich."

Er schob den silbernen Armreif um ihren Oberarm und hielt einen Moment inne, um die

Stelle zu streicheln, wo das Metall ihre Haut berührte, ohne den Blick von ihrem abzuwenden.

Und für ein paar Sekunden vergaß er alle anderen im Raum außer Cat. Sie war sein Leitstern geworden, und er konnte sich sein Leben ohne sie nicht mehr vorstellen.

Weil er sie in seinen Armen spüren musste, zog er sie an seinen Körper und küsste sie erneut – seine Lippen glitten zwischen ihre, während sie seiner Zunge Schlag um Schlag entgegenkam. Sie stöhnte, und er widerstand kaum dem Drang, sie auf den kleinen Tisch zu heben und sie hier und jetzt zu nehmen.

Aber ihre Brüder fingen an zu pfeifen und zu johlen, und er unterbrach den Kuss mit einem Seufzen. Er lehnte die Stirn an ihre und sagte: „Ich wünschte, wir könnten richtige Flitterwochen machen."

Sie lächelte, während sie seine Wange berührte. „Vielleicht eines Tages. Aber das ist das erste Mal, dass ich dich überhaupt darüber nachdenken höre, dich vor einer Verantwortung zu drücken – wo doch die Künstler bald ankommen."

Ganz zu schweigen davon, dass er sich um seine Schwester kümmern musste – was, obwohl es unausgesprochen blieb, einen Herzschlag lang in der Luft hing.

Cat richtete sich auf, schmiegte sich an seine Seite und drehte sie zum Publikum. Seine Braut fragte: „Bevor ich mir eine Stunde nehme, um meinen Gefährten zu vernaschen, wo ist der

Papierkram, den wir unterschreiben müssen, Finn?"

Ihre Schwester Emma lachte und sagte: „Und wer ist jetzt die Dreiste, Cat?"

Cat antwortete: „Ich darf ihn beschämen, du nicht. Also fang gar nicht erst an."

Während er zusah, wie die Schwestern sich gegenseitig aufzogen – noch während Finn die Papiere für Lachlan und Cat auslegte, die sie unterschreiben mussten –, fragte er sich, ob er je wieder seiner eigenen Schwester so nahestehen könnte.

Alles, was er tun konnte, war, es zu versuchen. Doch als Cat mit Liebe in den Augen zu ihm aufblickte, beschloss er, sich eine Stunde zu nehmen, um zu feiern und seine neue Gefährtin, Ehefrau – oder welchen Begriff sie auch immer benutzen wollten – zu genießen. Sie waren schon so viele Kompromisse eingegangen, um ihm zu helfen, aber das hier würde er ihr wenigstens geben.

Also führte er Cat vorsichtig zur Tür und sagte: „Wenn nicht gerade Gewalt oder Racheaktionen an den Toren des Clans auftauchen, existieren wir die nächste Stunde über nicht."

Während Cat kicherte, hielt er seine Frau nah an sich – er genoss ihre Wärme an seiner Seite und ihren Duft in seiner Nase.

Aye, sie bedeutete ihm jetzt die Welt. Und irgendwie hoffte Lachlan nur, dass er der Herausforderung gewachsen war, sie zu schützen und zu verehren, wie sie es verdiente.

Kapitel Zwanzig

Cat starrte ununterbrochen auf das glitzernde silberne Band an Lachlans Arm, während er die Tür zu ihrem Cottage öffnete – sowohl sie selbst als auch ihr Tier waren stolz, ihren Namen an seinem Arm zu sehen.

Aye, es hatte schon einen Rausch und Liebeserklärungen gegeben. Aber irgendwie weckten die Metallbänder ein noch besitzergreifenderes Bedürfnis in ihr.

Ihr Drache sagte: *Vielleicht sollte er sich unseren Namen auf den Arm tätowieren lassen.*

Er würde es wahrscheinlich tun, wenn wir ihn darum bitten, aber ich brauche das nicht. Lachlan gehört uns, und das reicht.

Vielleicht für dich.

Lachlan strich über ihren Rücken und holte ihre Aufmerksamkeit zurück. „Bist du zu müde? Wenn ja, sag es nur. Ich kann warten."

So sehr es ihr gefiel, wie er versuchte, sich um

sie zu kümmern – etwas, das ihr in ihrem Erwachsenenleben meist fremd gewesen war –, knurrte sie ungeduldig. Sie zog seinen Kopf zu ihrem Mund herunter und flüsterte: „Das seidige Reiben dieses Kleides an meinen Nippeln den ganzen Weg nach Hause hat mich feucht für dich gemacht, Lachlan. Also trag mich nach oben, und nimm mich zum ersten Mal als deine Gefährtin, oder ich lass meinen Drachen raus, damit er es tut."

Sie konnte hören, wie sein Herz schneller schlug, bevor er sagte: „Als ob das was Schlechtes wäre."

Ihr Tier summte. *Dann lass mich ihn haben.*

Noch nicht.

Weil sie ihn ein bisschen wahnsinnig machen wollte, bewegte sie eine Hand zum Knoten ihres Kleides, zog daran und ließ es fallen – direkt an der Haustür.

Nacktheit störte sie nicht, aber Lachlans Augen weiteten sich. Er zerrte sie hinein und drückte sie gegen die Tür. Mit den Händen links und rechts neben ihrem Kopf tanzte sein Atem über ihre Lippen, als er sagte: „Was zur Hölle war das?"

Sie lächelte. „Was denn? Mir war heiß."

„Von wegen."

„Drachen kümmern sich nicht um Nacktheit, weißt du noch?"

„Ich stelle mir vor, das tun sie verdammt nochmal schon, wenn ihre Gefährtin ihnen gerade gesagt hat, wie feucht ihre Pussy ist."

Sie schlang die Arme um seinen Nacken, hakte

ein Bein um seine Oberschenkel und drückte sich an ihn. „Na, dann solltest du wohl besser was dagegen tun, aye?"

Er presste seine Lippen hart auf ihre und drückte sie noch fester gegen die Tür, während sie sich an ihm rieb. Die Reibung seiner Hose an ihrer Klitoris ließ sie stöhnen. Im nächsten Moment unterbrach Lachlan den Kuss, drehte sie um und legte ihre Hände über ihrem Kopf an die Tür. Er fuhr ihren Arm hinunter, hielt beim silbernen Reif an ihrem Oberarm inne und packte dann ihre Hüften. Er zog sie grob zurück, bevor eine seiner Hände zu ihrem Po wanderte. Dann strich er ein paar Augenblicke lang über ihre Pobacke – die Wärme seiner Haut an ihrer ließ noch mehr Hitze zwischen ihre Schenkel schießen –, bevor er tiefer glitt. Als seine Finger durch die Lippen ihrer Pussy strichen, bog Cat den Rücken mit einem Schrei durch.

Er neckte langsam ihre Öffnung, und sie versuchte, sich zurückzuschieben – sie wollte mehr als einen Finger.

Er knabberte an ihrem Ohrläppchen, bevor er sagte: „Sag mir, was du willst, Mädel, und ich gebe es dir."

Sie sah über ihre Schulter, die Hitze in seinem Blick ließ noch mehr Feuchtigkeit in ihre Scham schießen. „Dich. Ich will einfach nur dich."

Er versetzte ihr einen Klaps auf den Po, und das Brennen ließ ihre Pussy pochen. „Du wirst mich immer haben. Aber du solltest wissen, dass ich gerade nicht die Geduld habe, das so in die Länge zu ziehen, wie du es verdienst."

Sie lächelte langsam. „Du erinnerst dich an den Rausch. Manchmal ist hart und schnell genauso gut."

Sie hob ihren Po und stellte sich auf die Zehenspitzen – bot sich ihm an –, und Lachlans Blick wurde besitzergreifend. Mit einem erstickten Laut öffnete er seine Hose, befreite seinen Schwanz und positionierte ihn an ihrem Eingang. Als er in die Stelle biss, wo ihr Hals in die Schulter überging, stieß er zu, und sie stöhnte auf, wie gefüllt sie in dieser Position war.

Lachlan grub die Finger in ihr Haar, zog daran, um ihr Gesicht mehr zu sich zu drehen, und nahm ihre Lippen in einem Kuss.

Seine Zunge traf ihre, streichelte, lockte und machte sie wahnsinnig.

Finger zwickten einen ihrer Nippel, und sie keuchte. Lachlan nutzte die Gelegenheit, tiefer in ihren Mund vorzudringen – als müsste er jeden Zentimeter von ihr beanspruchen, sonst würde er sterben.

Cat war niemand, der nur dasaß und kam seiner Zunge mit ihrer eigenen entgegen – sie liebte den intimen, besitzergreifenden Tanz, bei dem sie einander erneut beanspruchten.

Er unterbrach den Kuss lange genug, um zu sagen: „Fass dich für mich an … ich will, dass du feucht für mich bist, bevor ich weitermache."

Cat nahm eine Hand von der Tür, fuhr ihren

Körper hinunter und endlich zu dem empfindlichen Knopf zwischen ihren Schenkeln. Ohne den Blick abzuwenden, begann sie zu reiben und zu kreisen, wie sie es mochte – jeder Strich machte es schwerer, zu stehen, während die Hitze sich aufbaute und sie noch feuchter wurde.

Dass sie all das tat, während Lachlan in ihr war und sich nicht bewegte, war auf seltsame Weise erotisch.

Als sie anfing zu stöhnen und nah dran war, befahl Lachlan: „Hand zurück an die Tür!"

Sein Befehl ließ sie erschaudern, und sie tat, wie geheißen.

Er küsste sie wieder, hielt sie an der Taille fest und bewegte die Hüften – stieß erst langsam zu, aber schneller mit jeder Sekunde, bis sie nicht anders konnte als kleine Laute von sich zu geben, jedes Mal, wenn seine Hoden gegen ihre Pussy klatschten.

Bei ihrem leisen Wimmern wurden seine Stöße wilder – fast, als würde er sterben, wenn er sie nicht härter und schneller nahm – getrieben von dem Bedürfnis, ihre Pussy mit seinem Schwanz zu markieren. Nur weil ihre Hände sich gegen die Tür stemmten, blieb sie aufrecht stehen.

Dann unterbrach er den Kuss, fuhr mit der Hand ihren Bauch hinunter, zwischen ihre Schenkel und fand ihre Klitoris. Sie war schon empfindlich von vorhin und stöhnte bei seiner gierigen Berührung. Während er rieb, kreiste und gegen das empfindliche Nervenbündel schnippte, bog Cat den Rücken weiter durch – die Lust baute sich auf.

Er sagte: „Du gehörst mir, Cat MacAllister MacKintosh. Komm für mich, Mädel. Lass mich spüren, wie deine Pussy meinen Schwanz im Gegenzug beansprucht."

Als er gegen ihre Klitoris stieß, schrie Cat auf, während Lust ihren Körper flutete – sie umklammerte seinen Schwanz, während Lachlan weitermachte, jeder Stoß ihre Lust steigerte und den Höhepunkt hinauszögerte.

Als er endlich erstarrte und seinen Orgasmus herausstöhnte – so tief in ihr, dass sie seine Hitze spüren konnte – sank sie schwer gegen die Tür und versuchte, wieder zu Atem zu kommen.

Lachlan schlang die Arme um sie und küsste ihre Schulter. Langsam zog er sie aufrecht, bis sie an seiner Brust lehnte.

So blieben sie einen Moment, ihr schwerer Atem erfüllte ihre Ohren, und Cat genoss das Gefühl seiner Gestalt hinter sich, bis Lachlan endlich sagte: „Das war besser als jeder Rausch."

Ihr Drache schnaubte. *Dem würde ich gern widersprechen.*

Cat kicherte. „Jetzt hast du meinen Drachen beleidigt."

Er legte träge eine Hand um ihre Brust, bevor er mit ihrem Nippel spielte. „Na ja, vielleicht sollte er mich vom Gegenteil überzeugen."

Ihr Drache sagte: *Gerne.*

Cat ließ ihren Drachen die Kontrolle über ihren

Geist übernehmen, drehte sich um und drückte ihn zu Boden. Sie streckte ihre Krallen aus, schnitt seine Kleidung auf und machte sich daran, Lachlan auf ihre eigene Weise zu beanspruchen.

Und für den Rest der Stunde beanspruchten Cat und Lachlan einander abwechselnd auf neue Weisen – entschlossen, einander für immer zu zeichnen.

Kapitel Einundzwanzig

C at und ihr neuer Gefährte schafften es gerade noch zum Abendessen an ihrem Paarungstag, bevor Lachlans Schwager erneut ihre Aufmerksamkeit brauchte.

Der Menschenmann hatte versucht, eine Beschützerin anzugreifen und gedroht, die Drachenfrau langsam zu töten. Er war spektakulär gescheitert – Iris war eine der stärksten Beschützerinnen in Lochguard –, aber es unterstrich nur das, was Sarah über ihren Mann gesagt hatte: dass er Drachenwandler hasste.

Und am nächsten Morgen, nachdem weder sie noch Lachlan vor Sorge viel Schlaf bekommen hatten, begann sie sich zu fragen, wie diese Situation je gelöst werden konnte, bevor noch Leute starben.

Ihr Drache sagte leise: *Vertraue Finn. Er findet einen Weg.*

So sehr sie ihrem Clanführer normalerweise

vertraute, schien die ganze verdammte Situation unmöglich.

Trotzdem hatte sie es geschafft aufzustehen und sich *nicht* zu übergeben, bevor sie hinunterging, um Toast zu machen. Gerade als Lachlan zu ihr stieß – er war endlich eingenickt, und sie hatte ihn nicht wecken wollen –, klopfte es an der Haustür.

Cat wollte hingehen, aber Lachlan küsste ihre Wange und murmelte: „Je weniger du dich morgens bewegen musst, desto besser, Mädel." Er berührte vorsichtig ihren Unterleib, bevor er aus dem Raum ging.

Sie spürte noch die verbleibende Wärme seiner Finger an ihrem Bauch, als er zurückkam – Finn und Grant direkt hinter ihm.

Bevor sie ihnen auch nur Tee oder Kaffee anbieten konnte, sprach Finn ohne Aufforderung: „Die Drachenjäger bleiben ein Problem, aber ihr müsst euch keine Sorgen mehr um den Schuldeneintreiber für die Spielschulden eures Schwagers und die Konsequenzen."

Lachlan runzelte die Stirn. „Ich dachte nicht, dass du Leute in jener Welt kennst."

Finn schüttelte den Kopf. „Tue ich nicht. Ich habe Kontakte in Glasgow, aye. Aber nicht bei den Schuldeneintreibern. Grant kann euch mehr dazu sagen."

Er bedeutete Grant zu sprechen, und der stillere Drachenmann übernahm die Erklärung: „Jemand, dem ich vertraue, hat eine Nachricht geschickt – im Wesentlichen, dass die Gruppe, bei der Rob Carter

Schulden hat, gerade von einer unbekannten Gruppe ins Visier genommen wird. Wenn wir all die Vorarbeit ruinieren, die sie für den Schlag gegen sie vorbereitet haben, indem wir mit ihnen reden oder ermitteln, bestrafen sie ganz Lochguard."

Cat runzelte die Stirn. „Wer zur Hölle würde so was anordnen?"

Finn und Grant warfen einander einen Blick zu, bevor Grant antwortete: „Ich weiß es nicht sicher, aber ich vermute schon eine Weile, dass einige Drachenwandler als eine Art Spezialagenten von Menschen rekrutiert wurden. Es gab da einen Skyhunter-Mann, den ich vor langer Zeit gekannt habe und der offiziell für tot erklärt wurde – aus der Armee hatte er extrem wertvolle Fähigkeiten, über die alle immer noch reden –, und ich schwöre, ich habe ihn vor nicht allzu langer Zeit in Glasgow gesehen."

Lachlan grunzte. „Das ist eine ziemlich dünne Beweislage für eine solche Schlussfolgerung."

Finn nickte. „Aye, aber es gibt mehr. Das MDA hat heute Morgen eine Nachricht geschickt, dass sie euren Paarungsantrag noch prüfen, auch deine Bitte, beim MDA zu bleiben, und die deiner Schwester, vorübergehend hier zu wohnen. Es wurde nicht ausdrücklich gesagt, aber es war impliziert, dass, wenn wir den kriminellen Arschlöchern nachstellen, sie alles ablehnen könnten."

Cats Miene wurde finsterer. Mit wem zur Hölle hatte Lachlans Schwager sich eingelassen?

Ihr Drache sagte: *Er wusste vielleicht nicht, wie etabliert oder korrupt sie sind. Er scheint allerdings nicht der Hellste zu sein, wenn er Schulden bei gefährlichen Leuten anhäuft.*

Sie konzentrierte sich auf die anderen im Raum und fragte: „Was ist mit Robs Familie? Egal, in welche Schwierigkeiten er da geraten ist – lassen wir wirklich zu, dass die menschlichen Kriminellen sie umbringen, weil er seine Schulden nicht zahlt?"

Grant schüttelte den Kopf. „Nein, natürlich nicht. Die Nachricht sagte, sie würden geschützt werden, und wir sollen den Menschen hier eingesperrt halten, bis wir Bescheid kriegen, dass wir ihn gehen lassen dürfen."

Also hätten sie Rob wer weiß wie lange als Gefangenen hier.

Cat sah zu Lachlan und versuchte, seinen Gesichtsausdruck zu deuten. Wenn sie dem Befehl folgten, könnte das den Riss zwischen Lachlan und seiner Schwester vertiefen – wenn auch nur, weil seine Neffen ständig fragen würden, wo ihr Vater war. Und das würde bedeuten, dass Sarah entweder lügen oder ihnen die Wahrheit sagen musste.

Beides wollte Cat nicht für die Jungs, die erst fünf und sieben Jahre alt waren.

Finn sagte leise: „Ich weiß, das ist viel verlangt, aye? Aber wenn wir gegen die Bitte agieren, ruiniert es mehr als ein Leben. Ist das nicht schlimmer, als deine Schwester ein bisschen zu enttäuschen?"

Cat öffnete den Mund, um zu sagen, dass es mehr als das war, aber Lachlan legte eine Hand an ihren unteren Rücken und kam ihr zuvor. „Ich bin mir nicht sicher, ob wir eine Wahl haben." Er sah zu Cat hinunter und fügte hinzu: „Ich habe Sarah in der Vergangenheit weit Schlimmeres angetan. Das hier ist kaum was."

Sie legte eine Hand an seine Brust. „Lachlan, du solltest das nicht so abtun. Sobald alles sicher ist, könnte sie entscheiden, dass sie fertig mit dir ist, und mit ihren Jungs abhauen. Wenn wir Rob gefangen halten, könnte das der letzte Tropfen für Sarah sein, und du siehst sie alle vielleicht nie wieder."

Beruhigend drückte er sanft gegen ihren Rücken. „Mir wäre lieber, wenn sie leben und nicht mit mir reden, als dass sie liebevolle Gedanken haben, kurz bevor sie sterben."

Bei der ganzen verdammten Situation brodelte Wut in ihr hoch. Lachlan hatte so viel getan, sich so angestrengt, ein besserer Mensch zu werden – für alle –, und es konnte jetzt alles vergeblich gewesen sein.

Na ja, nicht vergeblich, da Cat an seiner Seite stehen würde. Aber der Gedanke, dass er seine Schwester nach all der Zeit verlieren könnte, gefiel ihr gar nicht.

Weil sie seine Haut an ihrer spüren wollte, nahm Cat seine Hand und verschränkte ihre Finger mit seinen.

Die Entscheidung lag bei ihm, erkannte sie, und sie konnte in seinen Augen sehen, wie er sie traf. Aber Cat würde kämpfen, um ihm auf jede erdenkliche Weise zu helfen.

Ihr Drache sagte: *Und ich.*

Sie flüsterte: „Egal was passiert, ich bin immer noch hier, Lachlan."

Ihr Gefährte drückte ihre Finger und warf ihr einen liebevollen Blick zu, bevor er zu Finn sah. „Was ist mit den Künstlern, die in weniger als einer Woche ankommen? Ist es sicher, Fremde hier wohnen zu lassen?"

Im jüngsten Chaos hatte Cat das Event völlig vergessen. Typisch Lachlan, sich jedes Detail zu merken, egal was sonst los war.

Grant war derjenige, der antwortete: „Jeder einzelne Teilnehmer wurde vom MDA überprüft – und von uns. Wenn einer eine Bedrohung ist, versteckt er es verdammt gut. Das Beste, was wir tun können, ist, sie in den Cottages direkt außerhalb von Lochguards Toren unterzubringen – für die Sicherheit aller –, und alles genau zu beobachten, während sie tagsüber im Lagerhaus sind."

Lachlan sah sie wieder an. „Gibt's irgendwas, womit ich dich überzeugen kann, dich von diesen Leuten fernzuhalten?"

Sie hob die Brauen. „Wenn du da bist, bin ich da. Ich wünschte, wir könnten es absagen, aber mit der Drohung der Jäger ..."

Er nickte. „Aye, ich weiß."

Während sie zu ihrem Gefährten aufblickte, wollte Cat ihn einfach nur umarmen und sagen, dass alles gut werden würde.

Und doch hatte sie keine verdammte Ahnung, ob das stimmte.

Das ganze Chaos mit dem Kunstkollektiv und den Drachenjägern war eine „Wie man's auch machst, ist es verkehrt"-Situation.

Alles, was sie tun konnten, war Vermutungen anzustellen und wachsam zu sein.

Obwohl Cat es hasste, dass sie ständig über ihre Schulter würde blicken müssen. Kunst war etwas Besonderes für sie, eine ihrer größten Freuden, und diese Kunst war wegen der verdammten Drachenjäger irgendwie beschmutzt.

Ihr Tier sagte: *Eines Tages sind auch sie weg. Genau wie die Drachenritter.*

Ich hoffe es. Lieber früher als später, das wäre fantastisch.

Finns Stimme unterbrach ihre Gedanken. „Stonefire, Skyhunter und Snowridge schicken alle ein oder zwei Beschützer, um die Dinge zu überwachen, während die Künstler hier sind. Einer von ihnen malt nebenbei und wird die ganze Zeit als normaler Teilnehmer im Lagerhaus sein – um ein Auge auf alles zu haben, ohne aufzufallen. Chase McFarland installiert extra Sicherheit – Schlösser, versteckte Kameras und Panikknöpfe – als weitere Vorsichtsmaßnahme. Beschützer werden in einem der kleinen Büros im Gebäude sein, auf Abruf bereit." Finn hielt inne, sah zwischen ihnen hin und her und fügte hinzu: „Ich weiß, es ist nicht narrensicher, aber es ist das Beste, was wir tun können."

Während Finn und Grant die letzten Details mit Lachlan besprachen, hatte Cat eine Idee. Sobald sie

wieder allein mit ihrem Mann war, sagte sie: „Ich
sollte diejenige sein, die mit deiner Schwester
spricht und ihr die Situation erklärt."

Lachlan runzelte die Stirn. „Sie fängt gerade an,
sich bei dir wohlzufühlen. Also nein, das sollte ich
schaffen."

Sie schüttelte den Kopf. „Du hast gesagt, sie
kommt besser mit Frauen klar, aye? Lass mich mit
ihr reden. Vielleicht gibt es Dinge, die sie dir nicht
sagen will, aus Angst, dich aufzuregen. Wenn sie so
weit gegangen ist, dir Hilfe zu suchen, als du sie
gebraucht hast, glaube ich auch, dass sie es
vermeiden würde, dich zu belasten, wenn sie könnte
– damit du nicht rückfällig wirst." Sie sah das
Zögern in seinen Augen aufblitzen. Sie hielt sein
Kinn mit der Hand und sagte: „Ich bin jetzt deine
Gefährtin, Lachlan. Wir teilen alles, auch Lasten.
Lass mich das für dich tun, weil es mir das Herz
brechen würde, wenn das der letzte Tropfen wäre,
der deine Schwester für immer vertreibt. Lass sie
mich hassen, nicht dich. Das verkrafte ich."

Während sie auf seine Antwort wartete,
wanderte ihr Drache rastlos in ihrem Kopf auf und
ab. Cat wusste, dass ihr Tier mehr tun wollte als
reden – es würde lieber mitkämpfen.

Aber Cat war keine Soldatin, keine Beschützerin
oder so was. Sie konnte gut mit Leuten umgehen –
mit ihnen reden, das Gute in ihnen hervorholen
und so viel mehr.

Und sie wollte diese Stärken nutzen, um zu
helfen.

Lachlan seufzte endlich. „Ich muss mich immer noch daran gewöhnen, jemanden an meiner Seite zu haben, der mir den Rücken stärkt. Es wird Zeit brauchen, nicht alles allein machen zu wollen."

Sie hob die Brauen. „Heißt das ja, du lässt mich Sarah erzählen, was los ist?"

Er berührte ihre Wange mit der freien Hand. „Aye, mach ich. Aber wenn sie dich zum Weinen bringt, besuche ich sie selbst."

Ihr Drache schnaubte. *Wir sind stärker als das.*

Cat ignorierte ihr Tier und antwortete Lachlan: „Ich bezweifle, dass es dazu kommt. Und jetzt erzähl mir alles, was bei deiner Schwester helfen könnte."

Und während Lachlan das tat, begann Cat, ihren Ansatz zu formulieren.

Es schien, als würden all die Jahre, in denen sie sich um ihre Geschwister gekümmert hatte – Wege gefunden hatte, sie zu beruhigen, zu tadeln oder einfach da zu sein, wenn sie weinten –, sich jetzt als nützlicher erweisen, als sie gedacht hatte.

Kapitel Zweiundzwanzig

Kurze Zeit später, flankiert von Connor auf der einen und Jamie auf der anderen Seite, erreichte Cat das Cottage, in dem Sarah und ihre Söhne untergebracht waren. Sie schaute zu beiden Seiten und sagte: „Vergesst nicht: Sie sollen sich willkommen fühlen, aber fangt nicht an zu ringen oder irgendwas, das so aussehen könnte, als würdet ihr sie verletzen, und ihre Mum aufregen würde."

Connor verdrehte die Augen. „Jamie und ich haben beide schon mit den Kindern in der Schule gearbeitet. Und obwohl ich ihnen nicht gerade im Garten Kochen beibringen kann, hat Jamie seinen Fußball mitgebracht. Ich bin mir sicher, wir können ein bisschen kicken, ohne Knochen zu brechen."

Jamie warf den schwarz-weißen Ball hoch, ließ ihn auf seinem Knie hüpfen und fing ihn wieder auf. „Selbst wenn ich nur Tricks mache, hält sie das bei Laune, aye? Wenn nicht, fällt Connor und mir schon was ein, um sie abzulenken. Mach dir keine

Sorgen um sie, Cat. Du hast schon genug zu tun. Überlass das uns."

Zum ersten Mal, dass sie sich erinnern konnte, sah Cat Jamie wirklich als erwachsenen Mann und nicht mehr als Kind.

Manchmal vergaß sie, dass er nicht mehr der kleine Junge war, der ihr überallhin gefolgt war.

Ihr Drache seufzte. *Aye, aye, er ist groß geworden. Und jetzt beeil dich. Du weißt, dass Lachlan Löcher in den Teppich läuft, wenn wir nicht kommen.*

Sie holte tief Luft und klopfte an die Tür.

Obwohl Sarah gesagt worden war, dass Cat kommen würde, öffnete die Menschenfrau die Tür nur einen Spalt, musterte Cats Brüder und sagte schließlich: „Aye? Was wollt ihr?"

Cat deutete auf ihre Begleiter. „Meine Brüder Connor und Jamie helfen oft hier in der Schule aus. Da deine Söhne sie bald besuchen werden, dachte ich, sie könnten ihnen im Garten ein paar Fragen beantworten, während wir uns unterhalten."

Sarah sah misstrauisch zu Connor und Jamie. Da die Menschenfrau im Vergleich winzig war und Drachenwandler nicht gewohnt, verstand Cat, wie einschüchternd sie wirken mussten.

Also hielt Connor die Dose hoch, die er mitgebracht hatte. „Ich habe Kekse gebacken, um euch willkommen zu heißen. Wir sind jetzt immerhin Familie."

Sarah starrte auf die Dose. Eine leise Stimme hinter ihr fragte: „Können wir welche haben, Mum?"

Ein kleiner dunkler Kopf tauchte neben ihr auf – der Ältere von Sarahs Söhnen, Mark. Bevor Sarah antworten konnte, fielen die Augen des Jungen auf den Fußball und wurden groß. Mark sah zu Jamie hoch. „Bist du hier der Trainer? Ich will spielen, aber alle Jungs in der Schule sagen, ich bin Mist."

Jamie lächelte den Jungen an. „Ich war auch mal Mist. Aber mit viel Übung bin ich einer der besten Spieler in den Highlands geworden."

„Von allen Drachen?", fragte Mark ehrfürchtig.

Jamie senkte die Stimme. „Von allen Menschen auch." Er zuckte mit den Schultern. „Ich darf aber für keine Mannschaft spielen, weil ich ein Drachenwandler bin. Deshalb unterrichte ich Jungs und Mädchen einfach zum Spaß. Wenn deine Mum sagt, es ist okay, kann ich dir ein paar Sachen hier im Garten zeigen."

Mark schaute zu seiner Mutter hoch. „Darf ich, Mum? Bitte?"

Sarah wirkte unentschlossen, also sprach Cat: „Ich schwöre beim Leben meines ungeborenen Kindes, dass ich meinen Brüdern mein Leben anvertrauen würde, Sarah. Sie passen auf die Jungs auf, als wären es ihre eigenen, versprochen."

Sarah sah sie einen Augenblick lang an, bevor sie schließlich seufzte. Sie riss Connor die Dose aus der Hand und sagte zu ihrem Sohn: „Hol deinen Bruder."

„Aber Mum, er ist so langsam."

Sarah hob eine Augenbraue, und Mark sackte ein bisschen zusammen – wie Kinder es tun, wenn sie wissen, dass sie nicht gewinnen können. „Aye, ich hole ihn."

Er flitzte davon, und Sarah öffnete die Tür weiter. „Wir setzen uns in die Küche, die geht zum Vorgarten raus." Sarah fixierte erst Connor, dann Jamie mit einem Blick. „Ich behalte euch im Auge, also denkt dran."

Na ja, zumindest bei ihren Kindern war Sarah stärker, als sie aussah.

Und obwohl sie Cats Brüder nicht gerade warmherzig empfangen hatte, wusste sie, dass volles Vertrauen Zeit brauchte. Das würde sie nehmen.

Beide Jungs tauchten in der Tür auf. Der Jüngere hatte auch dunkle Haare, war aber ein wenig schüchterner als sein großer Bruder und versteckte sich hinter Mark.

Als spürte er, dass er die Spannung lösen musste, rannte Connor weiter zurück, ging in die Hocke, machte einen Salto in der Luft und landete wieder auf den Füßen.

Der Jüngere – Joey – keuchte. „Nochmal!"

Connor grinste. „Nur, wenn du nach draußen kommst."

Mark ging zuerst und folgte Jamie, als wäre er ein Gott. Joey brauchte ein paar Sekunden, aber als seine Mutter ihn sanft vorwärts schob, rannte er zu Connor.

Während ihre Brüder anfingen, mit den Jungs zu spielen, lächelte Cat Sarah an. „Die beiden sind bereit für ein Nickerchen, wenn meine Brüder mit ihnen fertig sind."

Sarah nickte, sagte aber nichts. Sie deutete jedoch ins Haus, und Cat folgte der Menschenfrau in die kleine Küche, die tatsächlich zum Vorgarten hinausging.

Sobald Sarah den Wasserkocher gefüllt und angestellt hatte, fragte sie: „Warum bist du hier? Niemand wollte mir sagen, warum du kommst."

Cat lehnte sich an eine Arbeitsplatte. „Zuerst mal: Lachlan wollte das machen, aber ich hab' ihn überredet, mich zu lassen."

Sarah schüttelte den Kopf. „Niemand zwingt meinen Bruder zu irgendwas. Jedenfalls nicht mehr."

Sie lächelte. „Vielleicht früher nicht, aber er hat sich verändert." Sarah öffnete den Mund, doch Cat kam ihr zuvor. „Aber über deinen Bruder können wir später reden. Ich bin hier, weil ich erklären muss, was mit dir und deiner Familie passieren wird."

Sie rechnete damit, dass Sarah eine Erklärung fordern, erstarren oder irgendeine Emotion zeigen würde. Doch die Menschenfrau hob nur die Augenbrauen.

Cat hatte das Gefühl, dass die Frau jahrelang Erklärungen hatte ertragen müssen. Welche, die in Wahrheit nur Ausreden dafür gewesen waren, dass sie verletzt worden war.

Ihr Drache spürte ihre Unruhe, blieb aber still, um Sarah nicht abzulenken. Cat beschloss, direkt zu sein. „Wir haben rausgefunden, wie wir euch schützen können, aber es gibt ein paar

Bedingungen. Und zwar: Du und deine Familie bleibt in Lochguard, bis man uns Bescheid gibt, dass es sicher ist."

„Ich wusste das."

„Aye, aber leider bedeutet das, dass wir deinen Mann die ganze Zeit eingesperrt lassen müssen, bis dieser Bescheid kommt."

Sie beobachtete die Frau genau, konnte aber keine Emotion von ihr ablesen.

Vielleicht hatte sie – wie Lachlan – schon jung gelernt, ihre Gefühle zu verbergen, um sich zu schützen.

Sarah sagte endlich: „Das dachte ich mir. Er hasst eure Art, aye?"

„Aber du nicht. Ich bin neugierig, warum?"

Der Wasserkocher stellte sich mit einem Klick aus, und Sarah drehte sich um, um das heiße Wasser in die Tassen zu gießen. „Ich hab' mal einen Drachenwandler getroffen, obwohl ich nicht wusste, dass er einer war, bis er es mir im Gehen gesagt hat. Seine Augen haben nicht ein einziges Mal geblitzt – zumindest nicht, bis er mir gesagt hatte, was er ist." Sie legte ein paar Kekse auf einen Teller, und Cat hielt den Mund und wartete, dass Sarah weitersprach, in der Hoffnung, sie würde die ganze Geschichte erzählen.

Ein paar Augenblicke später tat die Menschenfrau es. „Wir waren letzten Sommer im Lake District, und Joey ist irgendwo bei Keswick verschwunden. Mein Mann war an dem Morgen irgendwo hin gegangen, und ich habe mein Bestes

gegeben, mit der Situation umzugehen. Der
Drachenmann war zufällig mit seinem eigenen
Sohn in der Gegend, hörte von Joeys Verschwinden
und hat mir geholfen, ihn zu finden." Sie hielt inne
und drehte sich zu Cat um. „Er war nichts als nett
zu mir und meinen Jungs. Als er mir verriet, dass er
vom Clan Stonefire kam, habe ich es fast nicht
geglaubt, bis er seine Pupillen zu Schlitzen hat
werden lassen und wieder zurück. Das war das erste
Mal, dass ich mir Gedanken darüber gemacht habe,
wie Drachenwandler wirklich sind – im Gegensatz
zu dem, was in den Nachrichten und Gerüchten
rumschwirrt."

Cat nickte und fragte sich, ob sie herausfinden
könnte, wer der Mann gewesen war. Vielleicht
konnte er Sarah helfen, mehr Vertrauen zu
Drachenwandlern im Allgemeinen aufzubauen.

Sarah starrte sie einen Moment lang an, bevor
sie fragte: „Was ich nicht verstehe, ist, warum ihr
alle so bereit seid, uns zu helfen? Aye, du bist
Lachlans Braut. Aber eine Heirat sorgt nicht
automatisch dafür, dass eine Familie sich um einen
kümmert."

Die Aussage verriet mehr, als Sarah
wahrscheinlich ahnte. Cat vermutete, dass die
Familie von Sarahs Mann ebenfalls schrecklich war.

Ihr Drache brummte, blieb aber still. Cat
antwortete der Menschenfrau: „Ähnlich wie der
Drachenmann dir geholfen hat, deinen Sohn zu
finden, ohne etwas dafür zu verlangen, helfen
Drachenwandler gern, wo sie können. Ganz zu

schweigen davon, dass Lochguard sich um seine Familie kümmert. Selbst wenn man nur lose verwandt mit dem Clan ist, reicht das." Sie trat einen Schritt auf Sarah zu. „Obwohl ich zugebenermaßen überrascht bin, dass du nicht wütender bist, dass Rob die ganze Zeit hier eingesperrt sein wird."

„Sie haben mich vorhin mit Rob reden lassen." Sarahs Blick wanderte zum Fenster, wo Connor und Jamie mit ihren Jungs spielten. „Und deswegen wusste ich, dass ich die Entscheidung treffen muss zu bleiben – für meine Söhne –, egal was passiert." Sie hielt inne, ballte die Hände zu Fäusten und fuhr fort: „Er hat rundheraus abgelehnt, auch nur zu versuchen, sich zu benehmen. Hat geschworen, alles zu tun, um freizukommen, und gesagt, es wär' ihm egal, wenn die Drachenbastarde uns alle umbringen. Das wär' besser, als ihre Sklaven zu sein, oder so'n Scheiß." Ihre Stimme war leise, aber immer noch wütend, als sie sagte: „Nicht einmal mein Flehen, an unsere Söhne zu denken, hat ihn umgestimmt."

Cat wollte die Frau umarmen, hielt sich aber zurück. Sie spürte, dass die Frau verzweifelt versuchte, nicht zu weinen. Und wie sie bei Lachlan gelernt hatte, war Berührung nicht instinktiv tröstend für die MacKintosh-Geschwister.

Sarah schüttelte den Kopf. „Und wenn Rob nicht einmal versucht, nett zu den Drachen hier zu sein, die seine Söhne schützen – geschweige denn Pläne macht, uns zusammen zu halten –, dann ist er für mich verloren." Die Menschenfrau seufzte und trat näher ans Fenster, bis sie die kleine Kante greifen konnte. „Vor allem jetzt, wo ich Mark und Joey da draußen im Garten spielen sehe. Sie sind so glücklich wie seit Monaten nicht – mit zwei komplett Fremden. Entspannter, als ich sie je mit ihrem eigenen verdammten Vater gesehen hab'." Sie drehte sich zu Cat zurück. „Ich hab' versucht, es funktionieren zu lassen, gehofft, ich könnte es richten. Aber ich bin fertig. Meine Jungs brauchen mich, und das ist alles, was zählt."

Cat trat einen Schritt näher. „Und sie können von Glück sagen, dass sie dich haben." Sarah wirkte zweifelnd, aber Cat fügte hinzu: „Ich weiß, wir kennen einander kaum, aber ich hoffe, wir können Freundinnen werden, Sarah. Ich will, dass mein Kind seine oder ihre Cousins kennt – ganz zu schweigen von ihrer Tante." Sie trat noch einen Schritt näher. „Und ich glaube, du könntest ein bisschen Freundschaft gebrauchen – und vielleicht ein klein wenig Spaß."

Sarah lachte bitter. „Spaß? Das ist was, das ich lange vergessen hab' – falls ich es je hatte."

Sie streckte zögernd eine Hand aus, um Sarahs Schulter zu berühren, und die Menschenfrau ließ es zu. Cat drückte sie beruhigend. „Aye, na ja, das ist etwas, wovon meine Familie reichlich hat. Und bald schon wirst du den Tag verfluchen, an dem du uns kennengelernt hast."

Sarah lächelte zögerlich. „Das bezweifle ich. Wenn du meinen Bruder glücklich machen kannst –

was er anscheinend ist –, werde ich immer dankbar sein."

Trotz allem liebte Sarah ihren Bruder immer noch.

Und der Gedanke wärmte ein wenig Cats Herz.

Einer der Jungs quietschte im Garten, und beide schauten zu, wie Connor eine komplizierte Serie von Saltos machte, bevor er wieder auf den Füßen landete – gerade als Jamie den Fußball mit dem Kopf zu ihm köpfte.

Beide Jungs klatschten, und dann fingen sie alle an, den Ball hin- und herzukicken.

Cat deutete auf den kleinen Tisch. „Lass uns Tee und Kekse nehmen, bevor sie reinkommen. Mit vier Männern sind die Kekse in Sekunden weg."

Sarah lächelte, trug den Tee rüber, und sie setzten sich an den Tisch.

Während Cat mehr über Sarahs Söhne fragte und Sarah sie, wie sie und Lachlan einander kennengelernt hatten, verflog langsam die Spannung im Raum.

Es war ein kleiner Schritt vorwärts, aber einer, den Cat gern nahm. Sie kannte Sarah vielleicht erst seit Kurzem und nicht gut. Aber sie war Lachlans Schwester, und Cat würde alles tun, um der Frau und ihren Söhnen zu helfen, ein bisschen eigenes Glück zu finden.

Kapitel Dreiundzwanzig

Die Ankunft der Künstler und ihr Einzug in Unterkünfte und Ateliers war ohne Zwischenfälle verlaufen. Fast ein Monat war vergangen, und alle Kunstprojekte waren gut im Gange. Heute war der Tag, an dem Führungen für genehmigte Besucher beginnen sollten – mit Präsentation der Wandgemälde und ausgewählter Werke.

Und weil es der erste Tag war, sollten jeden Moment die wichtigeren Gäste vom MDA, bedeutende Wirtschaftsvertreter und Mitglieder der britischen Regierung eintreffen.

Dass bisher alles reibungslos gelaufen war, freute Lachlan – angesichts der Zeit, die er in die Planung des gesamten Events gesteckt hatte.

Und doch, während sein Blick zu Cat glitt, die mit einem der menschlichen Künstler sprach, konnte er nur an seine Gefährtin denken – und daran, sie zu schützen.

Nicht, dass Lachlan eine umfassende Selbstverteidigungsausbildung gehabt hätte – obwohl Faye MacKenzie ihm zweimal die Woche Unterricht gab –, aber er wünschte sich, Cat hätte es sich nochmal überlegt und wäre zu Hause geblieben.

Aber natürlich nicht. Dieses Projekt war auch ihres. Ganz zu schweigen davon, wie sie strahlte, wenn sie mit den anderen Teilnehmern redete, oder wie sie Glück ausstrahlte, wann immer sie an einem Werk arbeitete oder bei einem Wandgemälde half.

Sie würde verrückt werden, wenn sie ständig zu Hause festsäße. Und weil er sie liebte, hatte er nicht mit Finn gesprochen, um sie dazu zu drängen, sicher zu Hause zu bleiben.

Obwohl sein Blick an ihrem Bauch hängen blieb. Für die meisten war kaum zu sehen, dass sie schwanger war – dank ihrer Schürze. Aber Lachlan wusste, dass da eine kleine Wölbung war, ihr Kind, das sich langsam der Welt zu zeigen begann.

Früher hatte ihn der Gedanke, Vater zu werden, entsetzt. Und jetzt? Er konnte es kaum erwarten. Vor allem nach all der zusätzlichen Zeit, die er jetzt mit seinen Neffen verbrachte. Er hatte gelernt, dass er mit Kindern klarkam, wenn er nicht ständig über strikte Zeitpläne, Checklisten und jede Sekunde seines Tages brütete.

Obwohl er dachte, dass die Besuche seinen Neffen mehr halfen als ihm – angesichts der Tatsache, dass ihr Vater beschlossen hatte, lieber zu gehen, statt in Lochguard zu bleiben, sobald die menschliche Verbrecherbande erledigt war. Finn und die anderen hatten versucht, ihn vom Bleiben zu überzeugen – wegen der Drachenjäger –, aber Rob hatte abgelehnt.

Auch wenn Sarah schon mal glücklicher gewesen war, war sie doch nicht so traurig, wie Lachlan es erwartet hatte, nachdem ihr Mann sie verlassen hatte.

Er fragte sich, ob seine Schwester mit jemandem über das redete, was sie in ihrer Ehe durchgemacht hatte. Lachlan konnte sich immer noch nicht verzeihen, dass er nicht da gewesen war, als Sarah mit dem Bastard zusammen gewesen war – während er ihn vielleicht hätte verscheuchen können, um sie zu schützen.

Aber wie Cat ihm immer sagte, musste er sich auf das Hier und Jetzt und die Zukunft konzentrieren, denn die Vergangenheit konnten sie nicht ändern.

Die männliche Stimme von Adam Keith – dem Drachenmann von Seahaven, der ihm bei den Führungen helfen sollte – holte Lachlans Aufmerksamkeit zurück. „Fast alle sind da, im Beschützergebäude versammelt. Wir sollten gehen."

Er nickte. „Aye, nur einen Moment. Ich will erst mit meiner Gefährtin reden. Geh schon vor, ich komm' gleich nach."

Lachlan ging zu seiner Drachenfrau, bevor Adam etwas sagen konnte. Er erreichte sie, und sie hielt inne und lächelte zu ihm hoch. „Wenn du hier bist, um nochmal nach meinem Bauch zu fragen:

Mir geht's gut. Ich hab' dir gesagt, das Vanilleöl über meiner Oberlippe hilft gegen den Farbgeruch."

„Ich weiß, ich bin überfürsorglich, aber es ist schon zwanzig Minuten her, dass ich nach dir gesehen habe. So schlimm bin ich nicht."

Sie hob die Brauen. „Aye, bist du. So schlimm wie jeder Drachenmann, das ist mal sicher."

Die Worte waren jedoch mit einem Lächeln gesagt, und er konnte nicht anders, als zu lachen. „Ich nehme das als Kompliment." Er nickte einem vorbeigehenden Künstler zu, führte Cat an eine leere Seite des Raums und sagte: „Ich treffe gleich die erste Gruppe Gäste, bevor ich sie herbringe. Kannst du allen Bescheid sagen und dafür sorgen, dass sie bereit sind?"

„Aye, natürlich." Sie warf einen Blick auf die Wand mit den fertigen Wandgemälden. „Ich hoffe nur, ihnen gefällt, was sie sehen – sonst schicken sie alle nach Hause und sagen zukünftige Events dieser Art ab."

Obwohl er versuchte, Cat vor den anderen Künstlern nicht zu oft zu berühren, konnte er nicht anders, als ihre Hand zu nehmen und zu drücken. „Sie werden es lieben, Mädel. Vielleicht nicht so sehr, wie ich dich liebe, aber das wäre auch ziemlich schwer."

Sie versetzte ihm einen Schlag auf die Brust. „Da schmeichelst du mir schon wieder. Du wirst allmählich ziemlich gut darin."

Es juckte ihm in den Fingern, sie zu küssen, er widerstand aber irgendwie, da jetzt mehr

Augenpaare sie beobachteten. „Es ist nur die Wahrheit, und du weißt, wie sehr ich die mag."

Sie lachte, drückte seine Hand und schob ihn zur Tür. „Geh schon, sonst denken sie noch, Lachlan MacKintosh sei faul, unpünktlich und unzuverlässig – und das können wir nicht gebrauchen." Sie senkte die Stimme nur für seine Ohren. „Beeindrucke sie, Liebling. Damit sie dich deinen Job behalten lassen."

Er hasste es, dass das MDA ihn weiter hinhielt, ob er noch für sie arbeiten durfte oder nicht. Er seufzte. „Du hast recht."

Sie hielt sich eine Hand ans Ohr. „Was war das? Sag das doch bitte nochmal."

Er knurrte und widerstand dem Drang, ihr einen Klaps auf den Po zu geben. „Du hast recht. Bin schon weg." Er murmelte in ihr Ohr: „Ich liebe dich."

Sie antwortete: „Ich liebe dich auch."

Widerwillig ließ er ihre Hand los und verließ den Hauptkunstraum. Auf dem Weg zum Beschützergebäude konzentrierte er sich auf Fakten und ging im Kopf die Reden durch, die er vor der ersten Gruppe halten würde. Es war wichtig, dass alles perfekt lief. Nicht nur für sich oder gute PR.

Nein, das ganze Event ging darum zu zeigen, dass Drachenwandler in so vielen Dingen wie Menschen waren – zu betonen, dass es mehr Ähnlichkeiten als Unterschiede gab. Und er wollte unbedingt, dass das allgemein anerkannt wurde, damit sein Kind eines Tages eine bessere Zukunft hatte.

Er betrat das Beschützergebäude, ging die Gäste begrüßen und machte sich bereit, charmanter zu sein als je in seinem Leben.

CAT UND DIE ANDEREN KÜNSTLER schafften es irgendwie zu atmen und keine Katastrophe mit verschütteter Farbe zu verursachen, während die erste Gruppe Menschen und Drachenwandler durch den Kunstraum im Lagerhaus geführt wurde.

Ihre Erleichterung, wie gut alles lief, wurde nur verstärkt, als sie Lachlans Blick durch den Raum begegnete, während er den anderen bedeutete, hinauszugehen.

Sein Blick sagte ihr, dass alle bisher zufrieden waren.

Ihr Drache gähnte. *Natürlich sind sie das. Wir sind alle brillant.*

Ich weiß das, aber es ist ein bisschen anders als mit Freunden, aye? Sie haben alles genau unter die Lupe genommen, sogar in Schubladen geschaut.

Was mir lächerlich vorkommt. Wie können Pinsel oder Bleistifte interessant sein?

Nur weil du kein Interesse daran hast, heißt das nicht, dass auch andere keins haben. Denk dran, das hier wird hauptsächlich vom MDA und Firmenspenden finanziert.

Mehr Menschenkram, der mich nicht interessiert.

Sie schnaubte und bemerkte, wie einer der

menschlichen Künstler namens Christopher auf sie zukam. Der Mann hatte einen kahlrasierten Kopf, dunkle Haut und war einer der Stilleren in der Gruppe. Trotzdem war Cat entschlossen, ihn für sich zu gewinnen, bevor er mit den anderen ging.

Sie lächelte ihn an. „Hiya, Christopher. Brauchst du was?"

Er blieb direkt vor ihr stehen, eine Furche zwischen den Brauen. „Es ist vielleicht nichts, aber ich hab' bemerkt, dass einer der Tourteilnehmer noch ein wenig im Flur geblieben ist, als ich von der Toilette kam. Ich wollte gerade fragen, ob er Hilfe braucht, als er Nein sagte und wegging. Allerdings in die entgegengesetzte Richtung des Tourverlaufs."

Ihr Drache war hellwach. *Wir müssen Faye und Grant Bescheid sagen.*

Sie nickte und fragte: „Kannst du mitkommen, um den Beschützern alles zu erzählen, woran du dich von dem Mann erinnerst?"

Er zuckte mit den Schultern. „Klar."

„Großartig." Sie deutete zum Ausgang. „Lass uns keine Zeit verschwenden."

Sie gingen zum kleinen Raum, der für die Sicherheitsüberwachung genutzt wurde. Nach einem kurzen Austausch ließ sie Christopher zurück und ging zum Hauptkunstraum.

Sie wollte nicht paranoid sein, hielt aber Augen und Ohren offen für das kleinste Geräusch. Sie mochte zwar keine Beschützerin sein und hatte auch nie fürs Militär gearbeitet, aber jeder Drachenwandler lernte als Kind, sein überempfindliches Gehör und Reflexe optimal zu nutzen.

Doch sie erreichte den Hauptkunstraum ohne Zwischenfall. Sie war halb drin, als sie von einem Geruch irgendeines Verdünners überwältigt wurde – viel stärker als jede Farbe –, gegen den auch das Vanilleöl nicht ankam, das sie benutzte, um andere Gerüche zu überdecken.

Es war schlimmer als jede Farbe, so viel intensiver, und ihr Magen rebellierte mit den Resten ihres Frühstücks.

Sie rannte aus dem Raum und zur Toilette. Cat erreichte sie gerade rechtzeitig, um ihren Magen in die Porzellanschüssel zu entleeren.

Sobald sie fertig war, gespült und gegurgelt hatte, wusch sie sich die Hände. Sie war fast fertig, als sie Klopfen und Fluchen von der anderen Seite der Wand hörte – wo eine weitere isolierte Toilette war.

Unter normalen Umständen wäre sie hingegangen, um zu sehen, ob da jemand Hilfe brauchte.

Aber da hier vielleicht jemand durch die Flure streifte, wäre sie nicht so dumm selbst nachzusehen.

Nein, sie würde den Beschützern Bescheid sagen und sie sich darum kümmern lassen.

Cat verließ langsam den Raum und schaffte es etwa vier Meter den Flur hinunter, bevor etwas hinter ihr explodierte und sie nach vorn fliegen ließ, bis sie landete und die Welt schwarz wurde.

Kapitel Vierundzwanzig

Lachlan hatte gerade die Tourgruppe an zwei Beschützer übergeben, die sie zum Haupteingang zurückführen würden, als das Gebäude bebte und ein dröhnendes Brüllen die Luft erfüllte.

Einen Herzschlag später roch er sofort Rauch in der Luft – Feuer –, und sein Magen zog sich zusammen, als er nur an eines dachte: Er musste Cat finden.

Lachlan rannte den Flur hinunter zum Hauptkunstraum, wurde aber von hinten gepackt. Er drehte sich um und sah Grant. Da ihn nichts anderes interessierte als Cat zu finden, knurrte er: „Lass mich verdammt nochmal los, Grant."

„Nein. Es ist nicht sicher."

Er kämpfte trotzdem. „Cat, geht's ihr gut? Ich muss sie sehen." Schmerz blitzte in Grants Augen auf, und sein Herz setzte aus. „Nein, nein, nein. Sie darf nicht tot sein."

Der Drachenmann schüttelte den Kopf. „Ich weiß es nicht. Wir suchen noch."

Was bedeutete, dass sie vielleicht noch lebte.

Nein, sie *musste* leben.

Lachlan kämpfte stärker gegen Grants Arme an, denn er musste die eine Person finden, die ihm alles bedeutete.

Er hatte sich fast aus Grants Griff befreit, als ein weiteres Paar Arme ihn zurückhielt. Er bemerkte kaum, dass es Kai Sutherland war – der Beschützer von Stonefire –, als der Drachenmann sagte: „Wenn du ihr helfen willst, bleib hier, damit wir keine verdammten Ressourcen verschwenden müssen, um dir hinterherzulaufen."

Ein Teil seines Gehirns wusste, dass Kai recht hatte. Und doch kämpfte der Drang, Cat zu sehen, sie zu halten, zu küssen und ihr zu sagen, wie sehr er sie liebte, immer noch mit seiner rationalen Seite, und er schien nicht aufhören zu können, sich losreißen zu wollen.

Als noch ein Drachenwandler auftauchte und aussah, als wäre auch er bereit, ihn festzuhalten, hörte Lachlan endlich auf zu kämpfen – er würde nie gegen drei gewinnen.

Seine Augen brannten vor Tränen – und nicht vom dichter werdenden Rauch in der Luft –, aber er kämpfte sie zurück, räusperte sich und verlangte zu erfahren: „Was wird unternommen, um sie und die anderen zu finden?"

Kai antwortete: „Das trainierte Feuerrettungsteam evakuiert jeden, den sie können, und hält uns per Walkie-Talkie auf dem Laufenden. Du musst gehen. Jetzt. Wir wissen noch nicht, ob das Gebäude einstürzt, und ich würde lieber nach den anderen Überlebenden suchen, statt hier zu stehen und deinen Arsch festzuhalten."

Überlebende. Das Wort implizierte, dass manche es nicht geschafft hatten.

Von ganzem Herzen wollte er rennen und Cat finden. Sicherstellen, dass sie eine der Überlebenden war.

Und doch hatte der Drachenmann recht. Lachlan würde nur Zeit und Ressourcen verschwenden, die besser genutzt werden konnten, um seine Gefährtin zu finden. Seine Rücksichtslosigkeit konnte Cat am Ende das Leben kosten.

So sehr es ihn schmerzte, es zuzugeben – zurücktreten war der beste Weg, ihr zu helfen.

Er nickte widerwillig, räusperte die Emotion aus seiner Kehle und sah Kai direkt in die Augen. „Sag mir in der gleichen Sekunde Bescheid, wenn ihr sie findet, aye?"

Kai packte seine Schulter und drückte sie. „Du hast mein Wort."

Nach einem letzten Blick den Flur hinunter, der sich Sekunde für Sekunde mehr mit Rauch zu füllen schien, ließ Lachlan sich von jemandem aus dem Gebäude zu einem sicheren Treffpunkt auf einem kleinen Hügel führen.

Aus der Ferne konnte er sehen, wie viel schlimmer es war, als er gedacht hatte.

Rauch quoll aus dem Gebäude. Einige Fenster waren schon zerborsten, Flammen leckten in die Luft. Und immer mehr Drachen flogen in der Nähe, kreisten und warteten auf einen Befehl, den Lachlan nicht kannte.

Und obwohl das Chaos vor ihm so gut wie das Ende seiner Karriere beim MDA signalisierte, war Lachlan das scheißegal. Alles, was zählte, waren Cat und sein ungeborenes Kind.

Denn wenn sie nicht überlebte, glaubte er nicht, dass er es tun würde.

Er hasste sich selbst nicht so sehr, um zu glauben, es sei alles seine Schuld, aber er hätte sich mehr bemühen können, sie davon zu überzeugen, zu Hause zu bleiben. Oder mit Finn reden, um sicherzustellen, dass sie das Gebäude nicht betrat, solange ein möglicher Feind in der Ferne lauerte.

Trotz allem hatte er es nicht geschafft, die zu schützen, die ihm wichtig waren.

Er hatte keine Ahnung, wie lange er dort gestanden und zugesehen hatte, wie das Feuer immer mehr vom Gebäude fraß, als eine Explosion die restlichen Fenster zerbarst und den Großteil des Dachs zerstörte.

Lachlan zuckte nicht zusammen und schrie auch nicht auf.

Nein. Stattdessen fiel er auf die Knie und vergrub das Gesicht in den Händen – eine Schwere, durch die er kaum atmen konnte, lastete auf ihm.

Die Explosion war so viel mehr als ein zerstörtes Projekt. Er hatte nichts von Cat gehört, und er bezweifelte, dass jemand die Explosion überlebt haben konnte, die den Großteil des Dachs zum Einsturz gebracht hatte.

Hatte er sie wirklich verloren? Würde er ihr Lächeln nie wieder sehen? Oder den Schalk in ihren Augen beobachten, bevor sie die lang verstaubten Teile von ihm hervorlockte, die Spaß haben wollten?

Nie wieder ihre weiche Haut berühren oder stolz sein, weil sie errötete, wenn er sie kommen ließ?

Nie zusehen, wie sie ihr Kind in den Armen hielt, mit Liebe in den Augen für das Kind, das sie gemacht hatten?

Verdammt! Wie konnte das passiert sein?

War sie wirklich weg?

Er wollte es nicht glauben, aber er musste vielleicht der hässlichen Wahrheit ins Auge sehen: Er hatte seine Liebe und beste Freundin verloren – ganz zu schweigen von ihrem ungeborenen Kind.

Er erwartete Traurigkeit, aber ein Gefühl der Leere umfing ihn. Zu betäubt, um etwas anderes zu tun als auf dem Boden zu sitzen, zuckte er fast zusammen, als jemand seine Schulter schüttelte.

Er nahm die Hände vom Gesicht und sah Faye MacKenzies wilde Haare und braune Augen – ihr Blick voller … Verärgerung?

Endlich verstand er ihre Worte. „Ich hab' überall nach dir gesucht. Komm mit zur Krankenstation."

Lachlan schaute zurück zum Gebäude. „Warum? Der Arzt kann die Toten nicht zurückbringen."

Faye grunzte. „Cat lebt, du verdammter Bastard."

Er stand sofort auf und packte Fayes Schultern. „Was?"

„Ich will nicht lügen — sie ist schwer verletzt. Aber sie lebt. Wenn du sie also sehen willst, komm mit."

Sie marschierte los, und er folgte. Ein Funke Hoffnung flackerte in seiner Brust auf. Vielleicht, nur vielleicht, würde er noch eine Chance haben, seine Gefährtin vor der Welt zu schützen. Alt mit ihr zu werden.

Kinder mit ihr zu haben.

Obwohl sich bei dem Gedanken seine Brust zusammenzog. Faye hatte das Kind nicht erwähnt und vielleicht absichtlich nicht.

Er wollte fragen, fürchtete aber, dass das Wissen, sein Kind verloren zu haben, ihn so überwältigen könnte, dass er Cat nicht helfen konnte, wenn sie es brauchte.

Konzentrier dich auf das, was du jetzt hast. Cat lebte. Das war alles, was er im Moment wissen musste.

Welche Trauer auch folgte — sie würden sie gemeinsam bewältigen.

Bald erreichten sie die Krankenstation, und Faye führte ihn am Wartebereich vorbei in ein kleines Zimmer am Ende des Flurs.

Dr. Campbell und ein Pfleger, den Lachlan nicht kannte, beendeten gerade etwas – ihre großen Gestalten blockierten das Bett und jeden Blick auf Cat.

Als sie sich umdrehten, hob der Arzt eine Hand, um ihn aufzuhalten, bevor er sagte: „Sie kommt gleich in den OP. Ich gebe dir dreißig Sekunden, aber nicht mehr. Und sie darf sich nicht bewegen."

Lachlan nickte, und Dr. Campbell verließ den Raum, während Lachlan zum Bett rannte.

Cats Gesicht war voller kleiner Schnitte, ein paar blaue Flecken bildeten sich, ihre Haut war extrem blass, und sie war viel zu still.

Lachlan konnte kaum ein Schluchzen unterdrücken.

Er holte tief Luft, legte die Finger über ihre und küsste ihre Wange. „Ich liebe dich, Cat. Und du kommst verdammt nochmal da durch. Ich bin der mit der dunklen, emotionalen Vergangenheit, nicht du. Also denk nicht einmal daran, mich zu übertrumpfen."

Sie bewegte sich nicht und reagierte auch nicht.

Und in diesem Moment wollte er nichts mehr, als dass Cat wieder die Augen über ihn verdrehte.

Der Pfleger sagte: „Ich muss sie jetzt wegbringen."

Lachlan küsste vorsichtig ihre Lippen und zwang sich irgendwie zurückzutreten.

Während er zusah, wie Cat den Flur hinunter gebracht wurde, legte sich eine Taubheit über ihn, die er nie gekannt hatte.

Das war vielleicht das letzte Mal, dass er sie lebend gesehen hatte.

Der Boden begann sich zu drehen, und starke Hände führten ihn zurück ins Zimmer und drückten ihn in einen Stuhl. Erst als sie sprach, merkte er, dass Faye immer noch bei ihm war. „Wein' ruhig. Ich hab' nie verstanden, warum Männer immer stoisch bleiben sollen."

Irgendwie krächzte er: „Ich kann nicht."

Faye knurrte: „Sei nicht dumm –"

Er unterbrach sie und begegnete ihrem Blick. „Wenn ich jetzt weine, bedeutet das, dass ich aufgegeben habe. Und ich weigere mich, das zu tun."

Sie musterte ihn einen Moment, bevor sie sich in den Stuhl neben ihn setzte. „Aye, na ja, das ergibt einen Sinn." Sie hielt inne, bevor sie leise sagte: „Cat ist stark, Lachlan. Sie gibt nicht leicht auf."

„Aye, ich weiß."

Schweigen senkte sich herab, und keiner von ihnen hatte die Kraft, es zu füllen.

Schließlich nahm Faye seine Hand und drückte sie. So blieben sie sitzen, der eine als Ehemann, die andere als Freundin, und warteten darauf, ob Cat es schaffte.

LACHLAN HATTE KEINE AHNUNG, wie lange er in dem Raum gesessen und auf Neuigkeiten über Cat gewartet hatte.

Irgendwann war Faye gegangen und durch Cats Mutter Sylvia ersetzt worden.

Und dann hatten die verschiedenen MacAllister-Geschwister abwechselnd auf dem Stuhl neben ihm gesessen, Dinge gemurmelt, die er nicht hörte, bis sie alle zusammen schweigend dagesessen und auf Neuigkeiten über Cat oder das Kind gewartet hatten.

Schließlich erschien die hochschwangere Dr. Layla McFarland in der Tür, wodurch er sich nur noch schlechter fühlte. Sie sollte nicht arbeiten, wenn sie es vermeiden konnte, wegen ihrer schwierigen Schwangerschaft.

Als sie jedoch zu sprechen anfing, vergaß Lachlan alles außer den Worten aus ihrem Mund. „Fangen wir mit den guten Nachrichten an – Cat lebt und hat gute Chancen auf vollständige Genesung.“

Ein undefinierbarer Laut entwich seiner Kehle, und Sylvia nahm seine Hand. Sie war diejenige, die fragte: „Und die schlechten Neuigkeiten?“

Er versuchte, sich auf das Schlimmste vorzubereiten, wusste aber immer noch nicht, wie er den Verlust seines Kindes überleben sollte.

Dr. McFarlands Stimme wurde weicher. „Es steht noch auf der Kippe, ob wir das Kind retten können oder nicht. Cat hat viel Blut verloren. Und selbst wenn sie stark genug für einen Kaiserschnitt wäre, ist das kleine Mädchen viel zu klein, um jetzt schon außerhalb der Mutterleibs überleben zu können.“

Mädchen. Seine Tochter.

Etwas drückte sein Herz zusammen, und er bekam kaum Luft.

Nach einem Augenblick packte Lachlan die Armlehne seines Stuhls mit der freien Hand und krächzte: „Kann ich Cat sehen?"

Die Ärztin antwortete: „Bald. Dr. Campbell macht noch die Untersuchung nach der OP. Ich wollte euch nur ein Update geben."

Sylvia sagte: „Danke, Layla."

Die Ärztin ging mit einem mitfühlenden Nicken, und Sylvia drückte seine Hand erneut. „Von all meinen Kindern ist Catherine die sturste und entschlossenste. Wenn jemand das schaffen kann, dann sie."

Er fand irgendwie die Kraft zu nicken.

Das Schweigen im Raum, ohne dass die Geschwister sich stritten, unterstrich nur, wie ernst die ganze Situation war.

Er lehnte den Kopf zurück, schloss die Augen und wünschte sich, alles wäre vorbei – er und Cat faul im Bett, beide schützend die Hände über Cats Bauch, als könnte die Geste ihre Tochter vor jeder Gefahr bewahren.

Irgendwann betrat jemand anderes den Raum, aber er hatte nicht die Kraft, die Augen zu öffnen, bis er Sarah sagen hörte: „Lachlan?"

Seine Lider flogen auf, und er begegnete dem Blick seiner Schwester. Bei dem traurigen, liebevollen Ausdruck, den er dort sah, hätte er fast angefangen zu weinen.

Dann kam sie näher, beugte sich vor und umarmte ihn fest.

Obwohl ihre Kindheit immer darin bestanden hatte, dass er Sarah gehalten und sie getröstet hatte, waren zum ersten Mal in ihrem Leben die Rollen vertauscht.

Stille Tränen liefen über seine Wangen, während er seine Schwester festhielt. Nicht, weil er Cat aufgegeben hatte, sondern weil Sarahs Anwesenheit tröstend war und alle Mauern durchbrach, die er errichtet hatte.

Sie waren einmal ein Team gewesen, und jetzt brauchte er sie wieder.

Sie murmelte Worte, die er nicht hörte. Nach einer Weile ließ sie ihn los, und er bemerkte kaum, dass alle anderen sie allein gelassen hatten.

Sarah setzte sich neben ihn, nahm seine Hand, drückte sie, und sie sagten nichts mehr.

Und doch half ihr stiller Trost mehr als alles andere.

Schließlich kam eine Schwester, um ihn zu Cat zu bringen. Er brachte seine tauben Beine irgendwie wieder in Bewegung, bis er neben ihrem Bett saß, ihre Hand an seine Wange hielt und dem stetigen Piepen des Herzmonitors lauschte.

Es gab so viel, was er ihr sagen wollte, doch er konnte sich nicht dazu bringen, sie zu behandeln, als würde sie sterben. Die Ärzte hielten ihre Prognose für gut, aber nicht garantiert.

Also schickte er ihr einfach seine Liebe und Wünsche, genoss ihre kühle Berührung und legte sanft eine Hand auf die kleine Wölbung ihres Bauchs.

Alles, was Lachlan anzubieten hatte, war Stärke für seine Gefährtin und Tochter.

Er hoffte nur, dass es genug war.

Kapitel Fünfundzwanzig

Nach und nach sickerte Schmerz in Cats Bewusstsein, während sie Stimmen von irgendwoher hörte. Zwei männliche, wenn sie das richtig hörte.

Aber sie hatte nicht die Kraft, mehr zu tun, als dazuliegen und zu versuchen, zu verstehen, was sie sagten.

Während sie das tat, füllte die schwache Stimme ihres Drachen ihren Kopf. *Ich will aufwachen.*

Aber es wird wehtun.

Trotzdem sollten wir aufwachen.

Die Stimmen wurden klarer, und eine war ihr vertrauter als die andere – Lachlan.

Alles, woran sie sich erinnerte, war ein lautes Geräusch, bevor der ständige Schmerz und die männlichen Stimmen kamen.

Wenn sie herausfinden wollte, was passiert war, musste sie die Augen öffnen.

Ganz zu schweigen davon, dass sie unbedingt

Lachlan sehen wollte, sich von ihm küssen lassen und sich an seiner Stärke festhalten, um gegen die Schmerzen anzukämpfen, die mit jeder Sekunde schärfer wurden.

Und sie konnte das alles verdammt nochmal nicht tun, wenn sie die Augen nicht öffnete.

Nie im Leben waren ihr ihre Lider so schwer vorgekommen – als wären sie aus Stein und nicht aus Fleisch.

Dann verstand sie Lachlans Frage: „Und das Kind?"

Ihr Kleines! Wenn sie so viele Schmerzen hatte, wie ging es dann ihrem Kind?

Hatte sie es verloren?

Wenn ja, würde Lachlan sie genauso brauchen wie sie ihn.

Sie rang die Welle von Traurigkeit nieder und dachte nur an ihren Gefährten und ihr Kind, was ihr ein bisschen mehr Kraft gab, und ihre Lider öffneten sich flatternd. Sie hörte nicht, was die Antwort auf Lachlans Frage war, denn stattdessen stürzte er zu ihr und berührte sanft ihre Wange. „Cat? Bist du wach?"

Alles, was sie schaffte, war ein Stöhnen.

Dr. Campbell tauchte auf ihrer anderen Seite auf und sagte: „Ich werde dich nur schnell untersuchen, Cat. Versuch' noch nicht zu reden, aye? Blinzle einmal, um meine Fragen zu beantworten, wenn du das schaffst."

Auch wenn es Konzentration erforderte, schaffte sie es.

Der Arzt nickte. „Aye, ein Blinzeln für ja, zwei für nein."

Aber während der Arzt sie abtastete und Fragen stellte, konnte Cat den Blick nicht von Lachlan abwenden.

Schatten unter seinen Augen und Stoppeln im Gesicht sagten ihr, dass er eine Weile nicht geschlafen oder sich rasiert hatte.

Wie lange war sie bewusstlos gewesen?

Dr. Campbell war endlich fertig und erklärte: „Ich glaube, Cat hat das Schlimmste überstanden. Was das Kind angeht – du musst es mindestens den nächsten Monat, vielleicht zwei, ganz ruhig angehen lassen, sonst riskierst du eine Fehlgeburt. Dass die Schwangerschaft noch nicht so weit fortgeschritten ist, hat sie wahrscheinlich gerettet, aber wir müssen trotzdem vorsichtig sein." Er sah zu Lachlan und dann zurück zu Cat. „So gern ich euch definitive Antworten geben würde – in der Medizin gibt's immer ein bisschen Unsicherheit. Essen, schlafen und ruhen ist mein bester Rat." Er ging zur Tür. „Ich bin in fünfzehn Minuten mit einer Schwester zurück. Wenn du nicht so lange wach bleiben kannst, ist das okay, Cat. Ruh dich aus, wann immer du musst."

Sobald sie allein waren, setzte Lachlan sich auf den Stuhl neben ihrem Bett, führte ihre Finger an seine Lippen, küsste sie und murmelte: „Ich liebe dich."

Der Schmerz in seinen Worten, als hätte er gedacht, sie würde sterben, berührte Frau und Tier gleichermaßen. „Ich liebe dich auch. Und jetzt erzähl mir, was passiert ist." Er runzelte die Stirn, aber sie fügte schnell hinzu, bevor er sich weigern konnte: „Ich kann nicht schlafen, bevor ich es nicht weiß."

Das war wahrscheinlich eine der wenigen Lügen, die sie ihm je gesagt hatte, da sie kaum wach bleiben konnte, aber sie musste hören, was sie ins Krankenhaus und ihr Kind in Gefahr gebracht hatte.

Er seufzte, drehte ihre Hand und küsste die Handfläche, bevor er antwortete: „Einer der Tourbesucher war von den Drachenjägern bestochen worden. Und aye, das MDA hatte gründliche Hintergrundchecks machen sollen. Soweit ich weiß, rollen gerade Köpfe."

Eine Erinnerung zuckte wie ein Blitz durch ihren Kopf. „Die Person auf der Toilette."

Lachlan nickte. „Der Bastard wurde sofort getötet, obwohl die Experten denken, er hat die Bombe versehentlich zu früh ausgelöst. Und angesichts des Orts im Gebäude – weit weg vom Hauptkunstraum oder irgendwelchen Büros, denken sie, die Aktion sollte eher einschüchtern als töten. Obwohl es nah an einem Vorratsraum war, was das Feuer am Ende schlimmer gemacht hat."

Ihr Herz setzte einen Schlag aus. „Ist jemand gestorben? Außer dem Terroristen?"

„Nein, aber einer aus dem Rettungsteam hat ein Bein verloren. Er musste seinen Teampartner bitten, es abzuschneiden, sonst wäre er eingeklemmt geblieben und umgekommen."

Mitgefühl mit dem Unbekannten drohte, sie zum Weinen zu bringen. Sie kannte jeden in Lochguard – also kannte sie auch diesen Mann. Und selbst wenn es einer der Beschützer gewesen war, die hier zu Gast waren und von denen manche auch eine Feuerrettungsausbildung hatten, wäre es nicht weniger schlimm.

Sie hätte nach seinem Namen fragen können, aber Cat glaubte nicht, dass sie es gerade verkraften konnte, ihre Identität zu erfahren. Wenn sie stärker war, würde sie die Trauer bewältigen.

Aber jetzt musste sie ruhig und stark bleiben und ihren Stresspegel niedrig halten, um ihr Kind zu schützen.

Lachlan sprach wieder: „Finn und das MDA kümmern sich um alles. Für dich heißt es erstmal gesund werden." Er küsste ihr Handgelenk. „Und unsere Tochter schützen."

„Tochter?", wiederholte sie. Drachenwandler erfuhren das Geschlecht normalerweise erst bei der Geburt.

Er lächelte. „Dr. McFarland ist es rausgerutscht. Und ich konnte es dir nicht vorenthalten, obwohl ich weiß, dass Drachenwandler normalerweise bis zur Geburt warten."

Sie blickte auf ihren Bauch hinunter. *Eine Tochter.* Sie hatte sich immer eine Tochter gewünscht, hatte aber angenommen, sie würde einen Jungen bekommen, da die bei Drachenwandlern häufiger waren.

Eine Tochter zu haben war ein kostbares Geschenk für einen Drachen, und Cat war entschlossen, alles zu tun, was sie konnte. „Dann muss ich wohl eine Weile Bettruhe ertragen, damit sie wirklich kommt und irgendwann Papas kleines Mädchen wird."

Er lächelte und vertrieb ein bisschen die Traurigkeit aus seinem Blick. Der Anblick wärmte ihr Herz. Er antwortete: „Ich mache alles, um dir zu helfen, Mädel. Gelüste, Unterhaltung, alles. Du wirst so genervt von mir sein, dass du erleichtert aufatmen wirst, wenn ich mal aufs Klo muss."

Sie schüttelte den Kopf, und es war ihr egal, dass das Schmerzen in ihrer Schulter verursachte. „Niemals. Na ja, meistens nicht. Ich bin sicher, mein Temperament flammt irgendwann auf, und ich brauche vielleicht ein paar Minuten Pause, um es wieder zu zügeln."

Er stand auf, beugte sich über sie und drückte sanft die Lippen auf ihre. Sie wollte mehr als die keusche Berührung, wusste aber, dass sie es nicht konnte. Noch nicht.

Allein ihre Erschöpfung sagte ihr das.

Er wich ein paar Zentimeter zurück und murmelte: „Ich mag dein Temperament ganz gern. Das letzte Mal, dass es aufgeflammt ist, sind wir im Bett gelandet, und ich hatte Kratzer auf dem Rücken."

„Und wie ich mich erinnere, hat es dir gefallen."

„Und wie."

Sie lächelte, aber es kostete mehr Kraft, als sie zugeben wollte.

Sie war so verdammt müde.

Die schwache Stimme ihres Drachen sagte: *Wir sollten wieder schlafen, um uns und dem Kind zu helfen.*

Ich dachte, du wolltest wach sein.

War ich. Wir haben unseren Mann gesehen, seine Sorge gelindert. Jetzt will ich schlafen.

Trotz all der Male, in denen ihr Tier gesagt hatte, menschliche Gefühle seien Zeitverschwendung, hatte ihr Drache ein weiches Herz, wenn es um ihren Gefährten ging.

Sie musste den Gedanken wohl nicht für sich behalten haben, denn ihr Tier schnaubte. *Er gehört uns. Wir müssen uns um ihn kümmern. Er ist unser Schatz.*

Trotz allem, was Geschichten immer über Drachen sagten, dass sie Juwelen und solche Dinge horteten, war die einzige Art Schatz, den Drachenwandler wirklich bewachten, Liebe und Familie.

Zumindest taten das die meisten ihrer Art. Und sie gehörte definitiv zur Mehrheit.

Lachlan strich über ihre Stirn und sagte: „Schlaf, Mädel. Ich bin genau hier."

Sie sah ihm in die Augen. „Nur, wenn du versprichst, auch zu schlafen. Du siehst wahrscheinlich genauso schlimm aus wie ich gerade."

Er legte eine Hand über sein Herz. „So schmeichelhaft von meiner Gefährtin."

Ihre Lippen zuckten. „Versprich einfach, dass du auch auf dich aufpasst, aye? Dieses Kind braucht beide Eltern."

Er strich über ihre Wange und sagte: „Versprochen. Ich sitze hier, bis du einschläfst, und dann mach' ich selbst ein kleines Nickerchen."

Ihre Augen fielen zu, und sie murmelte: „Ich frage später, wie lange, also solltest du es besser."

Sein warmes Lachen lockte sie endlich in den Schlaf, und sie träumte von dem Tag, an dem sie wieder ohne Sorgen mit ihrem Gefährten im Bett kuscheln konnte.

Kapitel Sechsundzwanzig

Nach sechs Wochen, die sie größtenteils in einem verdammten Bett verbracht hatte, wobei sie jeden Tag ein bisschen mehr den Verstand verlor, war Cat entschlossen, sowohl Lachlan als auch den Arzt zu überzeugen, dass sie es verlassen durfte – wenigstens für ein paar Stunden am Tag.

Die einzige Frage war, wie.

Es war ja nicht so, als wollte sie Ärger machen – vor allem, da Layla erst kürzlich Zwillinge bekommen hatte und Dr. Campbell alles allein stemmen musste, bis Dr. Innes aus Stonefire hochkommen würde.

Und sie würde natürlich alles tun, um ihre eigene Tochter zu schützen, selbst wenn es noch mehr Langeweile bedeutete.

Aber sicher, säße sie in einem Rollstuhl, könnte sie wenigstens eine Weile draußen sitzen. Oder ihre Familie besuchen. Oder sich sogar von Lachlan in ihr Atelier bringen lassen.

Sie hatte seit der Bombenexplosion im Lagerhaus nicht wirklich etwas malen können. Klar, sie hätte im Bett etwas zeichnen oder malen können. Aber es war schwer gewesen, an diesen glücklichen Ort in sich zurückzukehren, wo sie ihre Inspiration fand – vor allem, da so viel in ihrem Leben immer noch schiefgehen konnte.

Aber ein bisschen Freiheit hätte sie davon abhalten können, Lachlan so oft anzublaffen. Ihr Mann hatte das nicht verdient.

Ihr Drache schnaubte. *Er ist schlimmer als ein Drachenmann, der seine Gefährtin wie eine Glucke bewacht.*

Sei nett, Drache. Er dachte, er hätte uns verloren. Natürlich ist er beschützend. Du bist nur so unleidlich, weil du nicht wandeln durftest.

Ihr Drache brummte. *Und wenn es nach dem Arzt geht, dürfen wir das auch erst wieder nach der Entbindung.*

Und doch wusste Cat, dass ihr Drache bereitwillig auf das Wandeln verzichten würde, um ihr Kind zu schützen.

Sie waren offenbar beide einfach nur unleidlich.

Cat dachte gerade wieder darüber nach, wie sie alle überzeugen könnte, sie mehr als nur zur Toilette, zum Duschen oder zu ihren kurzen Spaziergängen aus dem Bett zu lassen, damit ihre Muskeln nicht verkümmerten, als jemand an die Haustür hämmerte. Eine Minute später stürmte Lachlan ins Zimmer. „Deine Mum hat Wehen, und der Arzt denkt, das Kind kommt bald."

Sie rutschte an den Bettrand. „Dann muss ich da sein, wenn mein Geschwisterchen ankommt."

Lachlan zögerte. „Solltest du aufstehen?"

Sie streckte die Hand nach ihm aus und wartete, ob er ihr hochhelfen würde. Er tat es. Sie nahm seine Hand und drückte sie. „Du kannst mich tragen, wenn's sein muss, aber meine Mum braucht uns alle da."

Dass sie immer noch nichts über den Vater gesagt oder ihn kontaktiert hatte, blieb unausgesprochen.

Endlich zog er sanft an ihrem Arm und half ihr hoch. „Die Krankenstation ist nah genug. Solange du versprichst, zu sitzen, während wir warten, bis dein Bruder oder deine Schwester da ist, sollte es okay sein. Die Entfernung ist nicht viel mehr als das, was du bei deinem täglichen Pflichtspaziergang durchs Haus machst." Sein Blick wurde beschützend. „Aber du sagst mir in der Sekunde Bescheid, in der du müde wirst oder irgendwas komisch ist. Versprich mir das, Cat."

Nachdem sie genickt hatte, küsste sie ihn. „Ich liebe dich wirklich, weißt du?"

Er hob eine Augenbraue. „Weil ich dir erlaube, zu gehen? Die Messlatte ist ganz schön tief gesunken, aye?"

Trotz seiner Worte tanzte Belustigung in seinen Augen. Sie streckte einen Moment lang die Zunge raus, bevor sie antwortete: „Mehr, weil du mit meiner Familie klarkommen musst − inklusive der erweiterten −, sobald mein Geschwisterchen da ist. Und dafür verdienst du definitiv Liebe von mir."

Er seufzte. „Versuch einfach, deinen Großvater

von mir fernzuhalten, aye? Ich freue mich, dass der Mann so spät im Leben noch Leute hat, an denen ihm etwas liegt, aber ich will lieber nichts von seinen neuesten Heldentaten hören."

Sie kicherte. „Was? Wenn mein Großvater erwähnt, dass er gern gefesselt wird, macht dich das nicht an?"

Er legte einen Arm um ihre Taille und führte sie ins Bad. „Du schuldest mir definitiv was, Mädel. Und jetzt lass uns dich fertig machen."

Sie neckte ihren Gefährten die ganze Zeit weiter und staunte immer wieder darüber, wie weit er gekommen war seit dem ersten Tag, an dem er Lochguard betreten hatte.

Auch seine Schwester wurde immer weniger zögerlich gegenüber fast allen im Clan. Obwohl Cat dachte, die Menschenfrau würde noch eine Weile zynisch bleiben, was bei ihrer Familiengeschichte und dem Arschloch von Mann, der bald ihr Ex-Mann wäre, verständlich war.

Auf dem Weg zur Krankenstation, währenddessen Cat sich mehr an ihn lehnte, als sie zugeben wollte, schien alles fast wieder normal.

Na ja, außer, dass das MDA Lachlan hinhielt, ob er noch für sie arbeiten durfte oder nicht.

Aber sie verdrängte diese Sorge. Es sollte ein Tag zum Feiern sein – und nichts anderes.

In der Sekunde, in der sie den Warteraum der Krankenstation betraten, wurden sie von etwa zwanzig Angehörigen der MacAllister-Familie begrüßt. Der Anblick wärmte ihr Herz. Auch wenn ihre Mutter nur über ihren früheren Gefährten mit ihnen verwandt war, betrachteten sie sie immer noch als eine der Ihren.

Grandpa Archie steuerte auf sie zu, aber sie wurden gerettet, als Holly MacKenzie — die Menschenfrau war Teilzeit-Krankenschwester — mit einem Lächeln auf sie zukam. „Eure Mum hat ein kleines Mädchen bekommen. Beide sind wohlauf, und Sylvias Kinder können sie jetzt sehen." Proteste brachen aus, aber Holly warf ihnen etwas zu, das Cat für ihren strengen Krankenschwestern-Blick hielt. „Nur ihre Kinder — leibliche oder durch Paarung. Wir dürfen sie doch nicht überfordern, aye?"

Das Gemurmel verstummte, während Lachlan und Cat sich zu ihren vier anderen Geschwistern gesellten. Sobald sie alle zusammen waren, bedeutete Holly ihnen, ihr zu folgen.

Connor sprach auf dem Weg als Erster: „Cat kriegt ein Mädchen, und jetzt Mum? Ist das nicht ein ziemlicher Zufall?"

Holly sagte: „Ich hab' da tatsächlich eine Theorie."

Connor fragte: „Und die wäre?"

Die menschliche Schwester zuckte mit den Schultern. „Wenn ich so an alle Paarungen denke, scheint es, dass, wenn der Vater ein Mensch und die Mutter eine Drachenwandlerin ist, die Wahrscheinlichkeit für ein Mädchen extrem hoch ist."

Emma platzte heraus: „Aber du hattest zwei Mädchen, und bei euch ist es umgekehrt."

Holly antwortete: „Aye, aber das passiert manchmal, sogar, wenn es zwei Drachenwandler sind. Aber wenn man sich die harten Daten ansieht, ergibt das, was ich über menschliche Väter und Drachenmütter gesagt habe, einen Sinn. Ich bin überrascht, dass das niemand früher bemerkt hat."

Cat brachte es nicht über sich zu erwähnen, dass das ein neues Phänomen war, dass Clanführer Menschenmännern erlaubten, Drachenfrauen als Gefährtinnen zu nehmen. Für den Großteil ihrer aufgezeichneten Geschichte hatten die Drachenmänner sich geweigert, sie mit Menschen zu teilen.

Oh, die Männer durften Menschen nehmen, aber nicht umgekehrt.

Aber egal, *falls* Holly recht hatte, war die Wahrscheinlichkeit größer, dass der Liebhaber ihrer Mutter ein Mensch war und kein Drachenwandler. Keine Garantie, aber es würde mehr Sinn ergeben, dass sie ihn nicht kontaktieren oder von dem Überraschungskind erzählen wollte.

Immerhin mussten Drachenwandler immer bei einem Clan leben, was auch das jüngste Kind ihrer Mutter einschließen würde. Und vielleicht war es dem Mann unmöglich, alles hinter sich zu lassen und nach Lochguard zu ziehen.

Holly wusste vielleicht sogar, ob der Vater ein Mensch war, durfte es aber wegen der Schweigepflicht nicht direkt sagen.

Doch jetzt blieb Holly vor einer Tür stehen und lächelte – womit sie Cats volle Aufmerksamkeit zurückbekam. „Ich weiß, das ist viel verlangt von jedem in Lochguard, aber versucht, ein bisschen ruhiger als normal zu sein, aye? Da eure Mum diesmal etwas älter ist, hat sie das viel Kraft gekostet. Haltet es kurz."

Sie nickten alle und betraten den Raum.

Ihre Mum lag im Bett, kuschelte ein kleines Bündel in den Armen und wirkte irgendwie glücklicher, als Cat sie seit Langem gesehen hatte.

Als sie sie bemerkte, bedeutete sie ihnen mit dem Kopf, näherzukommen. „Kommt und begrüßt eure Schwester." Sobald sie alle ums Bett versammelt waren, zog sie die Decke zurück und präsentierte ein kleines Ding mit massenhaft dunkelrotem Haar. „Sagt Hallo zu Sophie Rose."

Cat strich über die weiche Wange ihrer Schwester. „Hallo, Sophie."

Während alle nacheinander ihre Schwester bewunderten, beobachtete Cat ihre Mum genau. Sie sah müde aus, aye, und hielt ihre jüngste Tochter beschützend an sich gedrückt. Und obwohl sie *tatsächlich* fast nur glücklich wirkte, fing Cat in den Augen ihrer Mum Blicke von Traurigkeit auf – oder war es Bedauern? –, wenn sie dachte, niemand sähe hin.

Vielleicht wünschte sie sich doch, der Vater wäre hier.

Ihr Drache meldete sich. *Wir sollten mehr über ihn rausfinden. Ich glaube, sie will ihn wiedersehen.*

Aye, das glaube ich auch. Aber ich kann nicht viel tun. Sie sagt kein Wort über ihn. Und ich glaube, nicht einmal Ian und Emma können ihn mit so wenig Infos finden.

Ihr Drache seufzte und verstummte.

Als spürte er ihre Traurigkeit, schlang Lachlan die Arme von hinten um sie und legte die Hände über ihren immer größer werdenden Bauch. Er flüsterte nur für ihre Ohren: „Wir helfen ihr alle, Mädel. Und vielleicht lassen wir ein paar Andeutungen darüber fallen, dass wir ihr auch bei der Suche nach dem Vater helfen können, wenn sie will. Ansonsten muss Liebe reichen. Das hilft mehr als alles andere. Ich sollte es wissen."

Während sie sich an die Brust ihres Gefährten lehnte und den Kopf an seine Schulter legte, nickte sie.

Lachlan hatte versucht, sich von der Welt zurückzuziehen, und war davon elend geworden. Alles, was Cat und ihre Geschwister tun konnten, war, ihre Mum und die neue Schwester zu lieben und zu hoffen, dass es reichte, um sie davon abzuhalten, sich vor ihnen zu verstecken oder wieder in eine Depression zu fallen.

Zu wissen, dass Lachlan immer da sein, sie lieben und an ihrer Seite stehen würde, komme, was wolle, machte plötzlich alles leichter.

Sie hätte nie gedacht, dass der pünktliche, überorganisierte, kühle MDA-Mitarbeiter je zu dem warmen, liebevollen, unterstützenden Mann an ihrer Seite werden würde.

Die Liebe hatte ihn wirklich verändert. Sie

musste hoffen, dass die Liebe auch ihrer Mutter durch alles half.

Obwohl Lachlan sie ein bisschen fester hielt, seufzte Cat und nahm sich einen Moment, um in der Wärme ihres Gefährten zu schwelgen. Zusammen konnten sie alles schaffen.

Und mehr konnte sie nicht verlangen.

Epilog

Vier Monate später

Als Lachlan seine kleine Tochter Felicity zum ersten Mal im Arm hielt, rangen all die Gefühle in ihm um die Vorherrschaft:

Glück. Liebe. Angst. Beschützerinstinkt. Unsicherheit.

Er kannte seine Tochter erst seit ein paar Minuten, und doch wusste er ohne jeden Zweifel: Er würde jederzeit sein Leben für sie geben.

Niemand würde ihr je wehtun, solange er es verhindern konnte.

Und als sie sich ein wenig wand und sich dann wieder beruhigte, konnte er einfach nicht begreifen, wie ein Vater seinem Kind wehtun konnte.

Er küsste ihre Stirn, verweilte einen Moment und sagte dann: „Ich liebe dich, Felicity. Daddy wird dich nach Strich und Faden verwöhnen. Warte nur ab."

Cats müdes Schnauben holte seine Aufmerksamkeit zurück. Er verlagerte Felicity in einen Arm und nahm mit der anderen Hand eine von Cats. „Was?"

„Alle dachten, du wärst der Strenge und ich die Gelassene, aber ich hab' ihnen gesagt, sie liegen falsch. Du wirst ihr jeden Wunsch von den Augen ablesen, und ich muss dann die Böse sein. Ich hätte mit Connor und Ian wetten und ein kleines Vermögen machen sollen."

Er setzte sich neben sie und drückte sanft ihre Hand. „Ich werde sie verwöhnen, aber es wird natürlich Regeln geben."

Sie hob die Brauen. „So wie du sie angesehen hast – als wäre sie das Kostbarste auf der Welt –, bezweifle ich, dass du je Nein zu ihr sagen kannst."

„Du bist mir auch wichtig, aber wer hat dafür gesorgt, dass du dich monatelang geschont und ausgeruht hast?"

Sie seufzte. „Bettruhe ist das Allerletzte, selbst mit dem Kunstbuch-Projekt, das die Zeit gefüllt hat. Und so glücklich ich bin, dass unsere Tochter da ist – und fast ebenso glücklich bin ich darüber, wieder laufen zu können, ohne dass alle denken, ich zerbreche gleich."

Er küsste ihre Stirn. „Du bist stark, Mädel. Natürlich bist du das. Aber nicht jeder überlebt eine Explosion, aye? Es war besser, vorsichtig zu sein."

Sie lehnte sich an ihn und strich über die Wange ihrer Tochter. „Ich weiß. Tut mir leid, dass ich so unleidlich war. Vor allem, wo du die letzten

Monate all die neuen Aufgaben vom MDA hattest."

Lachlan hatte schließlich doch noch die Nachricht bekommen, dass er immer noch für das MDA arbeiten durfte. Nicht mehr in seinem alten Job als Event-Koordinator, sondern in einer neuen Position – er half Menschen- und Drachenunternehmen, Partnerschaften oder vorteilhafte Arbeitsbeziehungen aufzubauen, etwas, von dem er als ein Mensch, der bei einem Drachenclan lebte, viel verstand. Der Job bestand hauptsächlich darin, beide Seiten aufzuklären, und er konnte ihn von Lochguard aus erledigen, solange er Telefon und Computer hatte.

Damit und mit seiner Hilfe bei Cats Kunstbuch waren es ein paar arbeitsreiche Monate gewesen.

Er verlagerte Felicity so, dass Cat sie halten konnte, und schlang die Arme um seine Gefährtin und seine Tochter. „Du hast ein ganzes neues Leben in dir getragen. Ich denke, das entschuldigt Stimmungsschwankungen und Wutausbrüche."

Obwohl ihre erzwungene Bettruhe nicht das Einzige war, das Cat im letzten Monat ihrer Schwangerschaft gestresst hatte.

Der Vater ihrer jüngsten Schwester war eines Tages einfach vor Lochguards Toren aufgetaucht, was alle möglichen Turbulenzen und Peinlichkeiten ausgelöst hatte.

Doch selbst das schien sich langsam einzuspielen. Der Mensch hatte sich Lachlan gegenüber ein bisschen aufgewärmt, und er glaubte, der Mann bemühte sich sehr, Sylvia den Hof zu machen. Wie das ausging, lag jedoch letztlich bei Cats Mutter.

Felicity wand sich erneut, und beide betrachteten sie nur. So blieben sie, bis die Schwester Holly ins Zimmer kam und sagte: „Jetzt kümmern wir uns um die Nachgeburt und dann um eure Familie. Ich glaube nicht, dass Layla und Alex sie noch länger hinhalten können."

Holly bot an, das Kind zu nehmen, aber Lachlan schüttelte den Kopf und nahm sie. „Ich passe auf sie auf." Er küsste Cat und ging zu einem Stuhl an der Seite, während Dr. Alex Campbell und Holly erledigten, was nötig war.

Als Cat versorgt und bereit für Besucher war, gefielen ihm die dunklen Ringe unter ihren Augen nicht. Er setzte sich wieder neben sie und murmelte: „Ich sage ihnen, sie sollen verdammt nochmal warten, wenn du ein Nickerchen brauchst."

Sie lächelte zu ihm auf. „So gern ich sehen würde, wie du das versuchst – du siehst auch aus, als würdest du gleich umkippen. Also lass sie reinkommen, aye? Dann können wir alle drei schlafen."

Cat streckte die Arme aus, und er legte Felicity mühelos zurück hinein.

Und obwohl er seine Tochter eine Weile gehalten hatte, juckte es ihm in den Fingern, sie wieder hochzunehmen.

Seine Gefährtin hatte wahrscheinlich recht – er würde derjenige sein, der sie verwöhnte.

Nicht, dass er sich auch nur ein bisschen schlecht dabei fühlte.

Cats Geschwister stürmten zuerst herein, gefolgt von Sylvia mit der kleinen Sophie und dann seiner Schwester Sarah mit ihren Söhnen. Während alle nacheinander Felicity hielten, über sie gurrten und gratulierten, saß Lachlan einfach neben Cat, den Arm um sie, und strich sanft mit dem Daumen über ihren Arm.

Die beiden lehnten sich schweigend aneinander – sie wussten ohne Worte, wie glücklich sie sich schätzen konnten, von Liebe und Familie umgeben zu sein.

Und für jemanden wie Lachlan, der nie gewusst hatte, wie das war, war es fast überwältigend.

Doch dann nahm Cat seine Hand, führte sie an ihre Wange, und er küsste ihren Scheitel.

Nur für ihre Ohren flüsterte er: „Ich liebe dich."

Sie begegnete seinem Blick und erwiderte es lautlos mit den Lippen.

Und einfach so senkte sich wieder Frieden über ihn. Cat war sein Kompass, sein Leitstern, und solange er sie hatte, war er der glücklichste Mann der Welt.

Die Chance des Drachen

Im letzten Jahr hat Jake Swift ständig an den One-Night-Stand gedacht, den er mit einer wunderschönen Drachenwandlerin hatte – einer, die sich lautlos in die Nacht davongestohlen hatte. Entschlossen, sie wiederzusehen, schafft er es endlich bis nach Schottland vor die Tore von Clan Lochguard und bittet darum, Sylvia sprechen zu dürfen. Sie ist genauso sexy und warmherzig, wie er sie in Erinnerung hat, doch schon bald erfährt er ihr Geheimnis: Er ist Vater, und sie haben gemeinsam eine Tochter.

Sylvia MacAllister hat ihr Bestes gegeben, alleinerziehende Mutter ihrer Überraschungstochter zu sein. Es ist nicht leicht, aber sie ist entschlossen, die beste Mutter zu sein, die sie sein kann – vor allem, weil sie vor über zehn Jahren bei ihren anderen Kindern versagt hat. Als der Vater ihrer Tochter plötzlich in Lochguard auftaucht und Teil ihres Lebens sein will, ist Sylvia sich nicht sicher, aber sie gewährt ihm zwei Wochen, um zu sehen, wie es läuft. Die Schwierigkeit wird darin bestehen, sich ausschließlich darauf zu konzentrieren, was das Beste für ihre Tochter ist – und keine Bindung zu dem attraktiven Menschenmann aufzubauen.

Jake gibt alles, um Sylvia für sich zu gewinnen, trotz ihrer Zweifel. Doch mit ihren jeweiligen Vergangenheiten und den Familiendramen scheint eine gemeinsame Zukunft unsicher. Wird Jake Sylvia überzeugen können, dass er sowohl sie als auch ihre Tochter will? Oder bleibt ihm nur die Rolle des Teilzeit-Vaters, ohne seine neue Familie für sich beanspruchen zu können?

Über die Autorin

Jessie Donovan hat mehr als eine halbe Million Bücher verkauft, Hunderttausende weitere kostenlos an ihre Leser*Innen verschenkt und es sogar auf die Bestsellerlisten der *NY Times* und *USA Today* geschafft. Sie ist vor allem für ihre Drachenwandler-Serie bekannt, schreibt aber auch über Elfenhexen, Vampire, Alien-Krieger und hat sogar eine verrückt-komische Liebesromanreihe aufgelegt, die in Schottland spielt. Wenn sie nicht gerade ein Buch liest, auf ihrem Laufband joggt oder mit nur wenigen Groschen in der Tasche durch ein fremdes Land reist, findet man sie oft auf Facebook oder TikTok, wo sie mit ihren Lesern interagiert. Sie lebt in der Nähe von Seattle. Dort regnet es zwar oft, doch der Regen macht auch alles grün.

Besuchen Sie ihre Website unter: www.JessieDonovan.com